Das Spukhotel in Venedig

**William Wilkie Collins** (1824-1889) war ein englischer Romanautor und Dramatiker, und verfasste die ersten *Mystery Thriller* überhaupt. Seine bekanntesten Werke sind *Die Frau in Weiß* (The Woman in White, 1860) und *Der Mondstein* (The Moonstone, 1868). Beide Romane würde man heute als *Mystery Thriller* bezeichnen. *Der Mondstein* gilt zudem als der erste moderne englische Kriminalroman. Des weiteren lernte Collins im Jahr 1850 Charles Dickens kennen, der sein Freund und Mentor wurde. Sie arbeiteten bei verschiedenen Werken zusammen. So gilt Wilkie Collins heute als einer der großen viktorianischen Schriftsteller.

### Covertext:

Bei den in England verbliebenen Verwandten eines frisch verheirateten Ehemanns trifft ein Brief ein, der seinen Tod während der Flitterwochen in Italien anzeigt. Keiner der Verwandten will den Briefen, die seinen Tod bestätigen, Glauben schenken,, und alle beginnen, gegenüber der Ehefrau misstrauisch zu werden, zumal in London Gerüchte über ihre Vergangenheit kursieren. Die Verwandten beschließen, selbst nach Italien zu reisen, um das Geheimnis des Todesfalls zu lüften. Als sie im Hotel ankommen, erlebt jeder von ihnen etwas Unheimliches, und sie beginnen sich zu fragen, ob der Ehemann wirklich so einfach gestorben ist, wie es ihnen beschrieben wurde – oder ob mehr dahinter steckt. Das Rätsel wird immer größer. Was ist wirklich im Hotel mit dem Ehemann passiert? Was werden sie herausfinden, wenn sie unter dem Dach schlafen, wo er starb?

Eine brillant geschriebene und unterhaltsame Lektüre von dem großen viktorianischen Schriftsteller.

# Wilkie Collins

# DAS SPUKHOTEL IN VENEDIG

### Eine mehr als unheimliche Geschichte

Neu
aus dem Englischen übertragen

Mystery Thriller

© 2022, Wilkie Collins

Bibliografische Information der Deutschen Nationalbibliothek:
Die Deutsche Nationalbibliothek verzeichnet diese Publikation in der
Deutschen Nationalbibliografie; detaillierte bibliografische Daten
sind im Internet über dnb.dnb.de abrufbar

Neuübersetzung nach der Ausgabe von Chatto & Windus, London, 1879
Alle Rechte vorbehalten

Herstellung und Verlag: BoD – Books on Demand, Norderstedt
ISBN: 978-3-7557-3455-0

# Inhaltsverzeichnis

# DER ERSTE TEIL

## KAPITEL I

Im Jahr 1860 erreichte der Ruf von Doktor Wybrow als Londoner Arzt seinen Höhepunkt. Es wurde aus zuverlässiger Quelle berichtet, dass er eines der größten Einkommen durch die Ausübung der Medizin in der Neuzeit bezog.

Eines Nachmittags, gegen Ende der Londoner Saison, hatte der Doktor gerade sein Mittagessen eingenommen, nachdem er einen besonders harten Vormittag in seinem Sprechzimmer verbracht hatte und den Rest des Tages mit einer beachtlichen Liste von Besuchen bei Patienten in deren eigenen Häusern ausgefüllt hatte, als der Diener ankündigte, dass eine Dame ihn zu sprechen wünsche.

'Wer ist sie?', fragte der Doktor. 'Eine Fremde?'

'Ja, Sir.'

'Ich empfange keine Fremden außerhalb der Sprechstunde. Sagen Sie ihr, wie die Sprechstunde ist und schicken Sie sie weg.'

Ich habe es ihr gesagt, Sir.

'Und?'

'Und sie wird nicht gehen.'

'Sie wird nicht gehen?' Der Doktor lächelte, als er die Worte wiederholte. Er war auf seine Art ein Humorist, und die Situation hatte eine absurde Seite, die ihn ziemlich amüsierte. 'Hat diese hartnäckige Dame Ihnen ihren Namen genannt?', erkundigte er sich.

'Nein, Sir. Sie hat sich geweigert, einen Namen zu nennen. Sie sagte, sie würde Sie keine fünf Minuten aufhalten und die Sache sei zu wichtig, um bis morgen zu warten. Da ist sie im Sprechzimmer, und ich weiß nicht, wie ich sie wieder herausbekommen soll.'

Doktor Wybrow dachte einen Moment lang nach. Sein Wissen über Frauen (beruflich gesprochen) beruhte auf der reifen Erfahrung von mehr als dreißig Jahren; er hatte sie in all ihren Spielarten kennengelernt - insbesondere die Spielart, die nichts vom Wert der Zeit weiß und nie zögert, sich hinter den Privilegien ihres Geschlechts zu verstecken. Ein Blick auf seine Uhr verriet ihm, dass er bald seine Visite bei den Patienten beginnen musste, die in ihren Häusern auf ihn warteten. Er entschied sich sofort für den einzig vernünftigen Weg, der unter diesen Umständen möglich war. Mit anderen Worten, er beschloss, zu fliehen.

'Steht der Wagen vor der Tür?', fragte er.

'Ja, Sir.'

'Sehr gut. Öffnen Sie mir die Haustür, ohne ein Geräusch zu machen, und lassen Sie die Dame ungestört das Sprechzimmer benutzen. Wenn sie des Wartens überdrüssig wird, wissen Sie, was Sie ihr sagen müssen. Wenn sie fragt, wann ich zurückerwartet werde, sagen Sie, dass ich in meinem Club zu Abend esse und den Abend im Theater verbringe. Nun denn, leise, Thomas! Wenn Ihre Schuhe knarren, bin ich ein verlorener Mann.'

Er ging geräuschlos in die Halle, gefolgt von dem Diener auf Zehenspitzen.

Hatte die Dame im Sprechzimmer einen Verdacht? Oder knarrten Thomas' Schuhe und war ihr Gehör ungewöhnlich scharfsinnig? Wie auch immer die Erklärung lauten mag, das, was tatsächlich geschah, war über jeden Zweifel erhaben. Genau in dem Moment, als Doktor Wybrow sein Sprechzimmer betrat, öffnete sich die Tür, die Dame erschien auf der Schwelle und legte ihm die Hand auf den Arm.

Ich bitte Sie, Sir, nicht wegzugehen, ohne mich vorher mit Ihnen sprechen zu lassen.

Der Akzent war fremd, der Ton tief und fest. Ihre Finger schlossen sich sanft und doch entschlossen um den Arm des Doktors.

Weder ihre Sprache noch ihre Handlung hatten den geringsten Einfluss darauf, dass er ihrer Bitte nachkam. Der Einfluss, der ihn auf dem Weg zu seinem Wagen augenblicklich aufhielt, war der stille Einfluss ihres Gesichts. Der verblüffende Kontrast zwischen der leichenhaften Blässe ihres Teints und dem überwältigenden Leben und Licht, dem metallischen Glitzern in ihren großen schwarzen Augen, zog ihn buchstäblich in seinen Bann. Sie war geschmackvoll in dunklen Farben gekleidet, von mittlerer Größe und (anscheinend) mittleren Alters - vielleicht ein oder zwei Jahre über dreißig. Ihre unteren Gesichtszüge - Nase, Mund und Kinn - besaßen die Feinheit und Zartheit der Formen, die man bei Frauen ausländischer Spezies häufiger sieht als bei Frauen englischer Herkunft. Sie war zweifellos eine hübsche

Person - mit dem einen gravierenden Nachteil ihres grässlichen Teints und dem weniger auffälligen Mangel an Zärtlichkeit im Ausdruck ihrer Augen. Abgesehen von seinem ersten Gefühl der Überraschung kann man das Gefühl, das sie bei dem Doktor hervorrief, als ein überwältigendes Gefühl professioneller Neugier beschreiben. Der Fall könnte sich als etwas völlig Neues in seiner beruflichen Erfahrung erweisen. 'Es sieht so aus', dachte er, 'und es lohnt sich, darauf zu warten'.

Sie merkte, dass sie einen starken Eindruck auf ihn gemacht hatte, und ließ ihren Griff um seinen Arm los.

Sie haben in Ihrer Zeit schon viele unglückliche Frauen getröstet", sagte sie. 'Trösten Sie heute eine mehr.'

Ohne auf eine Antwort zu warten, ging sie zurück ins Zimmer.

Der Doktor folgte ihr und schloss die Tür. Er setzte sie auf den Patientenstuhl gegenüber den Fenstern. Selbst in London war die Sonne an diesem Sommernachmittag blendend hell. Das strahlende Licht strömte auf sie ein. Ihre Augen begegneten ihm unbeirrt, mit der stählernen Standhaftigkeit der Augen eines Adlers. Die glatte Blässe ihrer faltenlosen Haut wirkte noch furchterregender weiß als je zuvor. Zum ersten Mal seit einem langen Jahr spürte der Doktor, wie sein Puls in Gegenwart einer Patientin schneller schlug.

Nachdem sie seine Aufmerksamkeit erlangt hatte, schien sie ihm seltsamerweise nichts mehr zu sagen zu haben. Eine seltsame Apathie schien von dieser resoluten Frau Besitz ergriffen zu haben. Der Doktor, der gezwungen war, zuerst zu sprechen, fragte lediglich in der üblichen Formulierung, was er für sie tun könne.

Der Klang seiner Stimme schien sie aufzurütteln. Sie schaute immer noch in das Licht und sagte abrupt: 'Ich muss Ihnen eine schmerzliche Frage stellen.'

'Was ist es?'

Ihr Blick wanderte langsam vom Fenster zum Gesicht des Doktors. Ohne den geringsten Anschein von Aufregung formulierte sie die 'schmerzhafte Frage' mit diesen außergewöhnlichen Worten:

'Ich möchte bitte wissen, ob ich Gefahr laufe, verrückt zu werden?'

Einige Männer hätten sich vielleicht amüsiert, andere hätten sich erschrocken. Doktor Wybrow war sich nur einer gewissen Enttäuschung bewusst. War dies der seltene Fall, den er erwartet hatte, weil er voreilig nach dem äußeren Erscheinungsbild urteilte? War die neue Patientin nur eine hypochondrische Frau, deren Krankheit ein gestörter Magen und deren Unglück ein schwaches Gehirn war? 'Warum kommen Sie zu mir?', fragte er schroff. 'Warum gehen Sie nicht zu einem Arzt, dessen Spezialgebiet die Behandlung von Geisteskranken ist?'

Sie hatte ihre Antwort auf der Stelle parat.

'Ich gehe nicht zu einem solchen Arzt', sagte sie, 'weil er ein Spezialist ist: Er hat die fatale Angewohnheit, jeden nach seinen eigenen Regeln zu beurteilen. Ich komme zu Ihnen, weil mein Fall jenseits aller Linien und Regeln liegt und weil Sie in Ihrem Beruf berühmt sind für die Entdeckung von Geheimnissen in Krankheiten. Sind Sie zufrieden?'

Er war mehr als zufrieden - seine erste Idee war schließlich die richtige gewesen. Außerdem war sie richtig informiert, was seine berufliche Stellung betraf. Die Fähigkeit, die ihn zu Ruhm und Reichtum gebracht hatte, war seine (unter seinen Brüdern unübertroffene) Fähigkeit zur Entdeckung von weit entfernten Krankheiten.

'Ich stehe zu Ihrer Verfügung', antwortete er. 'Lassen Sie mich versuchen herauszufinden, was mit Ihnen los ist.'

Er stellte seine medizinischen Fragen. Sie wurden prompt und klar beantwortet und ließen keinen anderen Schluss zu, als dass die fremde Dame geistig und körperlich bei bester Gesundheit war. Er begnügte sich nicht mit Fragen, sondern untersuchte sorgfältig die großen Organe des Lebens. Weder seine Hand noch sein Stethoskop konnten etwas entdecken, was nicht in Ordnung war. Mit der bewundernswerten Geduld und Hingabe an seine Kunst, die ihn seit seiner Zeit als Lernenden auszeichnete, unterzog er sie dennoch einem Test nach dem anderen. Das Ergebnis war immer dasselbe. Es gab nicht nur keine Tendenz zu einer Erkrankung des Gehirns, es gab nicht einmal eine spürbare Störung des Nervensystems. 'Ich kann nichts finden, was mit Ihnen nicht stimmt', sagte er. 'Ich kann mir nicht einmal die außergewöhnliche Blässe Ihres Teints erklären. Sie verwirren mich völlig.'

'Die Blässe meines Teints ist gar nichts', antwortete sie etwas ungeduldig. 'In meinem frühen Leben bin ich nur knapp dem Tod durch eine Vergiftung entkommen. Seitdem habe ich nie wieder einen Teint gehabt - und meine Haut ist so empfindlich, dass ich nicht malen kann, ohne einen hässlichen Ausschlag zu bekommen. Aber das ist nicht von Bedeutung. Ich wollte, dass Sie Ihre Meinung positiv äußern. Ich habe an Sie geglaubt, und Sie haben mich enttäuscht.' Ihr Kopf sank auf ihre Brust. 'Und so endet es!', sagte sie bitter zu sich selbst.

Das Mitgefühl des Doktors war gerührt. Vielleicht wäre es richtiger zu sagen, dass sein Berufsstolz ein wenig verletzt war. 'Es kann noch gut ausgehen', bemerkte er, 'wenn Sie mir helfen wollen.'

Sie sah wieder mit blitzenden Augen auf. 'Sprechen Sie offen', sagte sie. 'Wie kann ich Ihnen helfen?'

'Ganz einfach, Madame, Sie kommen zu mir wie ein Rätsel und Sie überlassen es mir, mit Hilfe meiner Kunst die richtige Antwort zu finden. Meine Kunst kann vieles, aber nicht alles. Es muss zum Beispiel etwas vorgefallen sein - etwas, das nichts mit Ihrer körperlichen Gesundheit zu tun hat -, das Sie in Angst und Schrecken versetzt hat, sonst wären Sie nicht hierher gekommen, um mich zu konsultieren. Ist das wahr?'

Sie faltete die Hände in ihrem Schoß. 'Das ist wahr!', sagte sie eifrig. 'Ich fange an, wieder an Sie zu glauben.'

'Nun gut. Sie können nicht erwarten, dass ich die moralische Ursache für Ihre Beunruhigung herausfinde. Ich kann mit Sicherheit feststellen, dass es keinen physischen Grund zur Beunruhigung gibt, und mehr kann ich nicht tun, es sei denn, Sie schenken mir Ihr Vertrauen.'

Sie erhob sich und drehte sich im Zimmer um. 'Und wenn ich es Ihnen sage?', sagte sie. 'Aber ich werde keine Namen nennen!'

'Es ist nicht nötig, Namen zu nennen. Ich will nur die Fakten.'

'Die Fakten sind nichts', erwiderte sie. 'Ich kann Ihnen nur meine eigenen Eindrücke schildern - und Sie werden mich wahrscheinlich für einen phantasievollen Narren halten, wenn Sie erfahren, wie diese aussehen. Aber das macht nichts. Ich werde mein Bestes tun, um Sie zufrieden zu stellen - ich werde mit den Fakten beginnen, die Sie haben wollen. Glauben Sie mir, sie werden Ihnen nicht viel helfen.'

Sie setzte sich wieder hin. Mit den einfachsten Worten begann sie das seltsamste und wildeste Geständnis, das der Doktor je gehört hatte.

# KAPITEL II

'Es ist eine Tatsache, Sir, dass ich Witwe bin', sagte sie. 'Eine andere Tatsache ist, dass ich wieder heiraten werde.'

Da hielt sie inne und lächelte über einen Gedanken, der ihr in den Sinn kam. Doktor Wybrow war von ihrem Lächeln nicht sehr angetan, es hatte etwas Trauriges und Grausames an sich. Es kam langsam, und es verschwand plötzlich. Er begann zu zweifeln, ob es klug gewesen war, auf seinen ersten Eindruck zu reagieren. Mit einem gewissen zärtlichen Bedauern dachte er an die banalen Patienten und die entdeckbaren Krankheiten, die auf ihn warteten.

Die Dame fuhr fort.

'Meine bevorstehende Hochzeit', sagte sie, 'ist mit einem peinlichen Umstand verbunden. Der Herr, dessen Frau ich werden soll, war mit einer anderen Dame verlobt, als er mir zufällig im Ausland begegnete: Diese Dame war mit ihm verwandt und verschwägert. Ich habe ihr unschuldig ihren Geliebten geraubt und ihre Lebensperspektiven zerstört. Unschuldig, sage ich - denn er hat mir nichts von seiner Verlobung erzählt, bis ich ihn akzeptiert hatte. Als wir uns das nächste Mal in England trafen - und als zweifellos die Gefahr bestand, dass ich von der Affäre erfuhr - sagte er mir die Wahrheit. Ich war natürlich entrüstet. Er hatte eine Entschuldigung parat; er zeigte mir einen Brief von der Dame selbst, in dem sie ihn von seiner Verlobung entbunden hatte. Einen edleren, einen hochmütigeren Brief habe ich in meinem Leben noch nie gelesen. Ich weinte darüber - ich, der ich keine Tränen für meine eigenen Sorgen habe! Wenn der Brief ihm irgendeine Hoffnung auf Vergebung gelassen hätte, hätte ich mich definitiv geweigert, ihn zu heiraten. Aber die Festigkeit des Briefes - ohne Zorn, ohne ein Wort des Vorwurfs, sogar mit herzlichen Wünschen für sein Glück - die Festigkeit des Briefes, sage ich, ließ ihm keine Hoffnung. Er appellierte an mein Mitgefühl, er appellierte an seine Liebe zu mir. Sie wissen, wie Frauen sind. Auch ich hatte ein weiches Herz - ich sagte: "Nun gut, ja! In einer Woche (ich zittere, wenn ich daran denke) werden wir heiraten.'

Sie zitterte wirklich - sie musste innehalten und sich beruhigen, bevor sie fortfahren konnte. Der Doktor, der auf weitere Fakten wartete, begann zu befürchten, dass er sich auf eine lange Geschichte einlassen würde. 'Verzeihen Sie, wenn ich Sie daran erinnere, dass ich leidende Menschen habe, die auf mich warten', sagte er. 'Je eher Sie zur Sache kommen, desto besser für meine Patienten und für mich.'

Das seltsame Lächeln, das gleichzeitig so traurig und so grausam war, zeigte sich wieder auf den Lippen der Dame. 'Jedes Wort, das ich gesagt habe, ist auf den Punkt gebracht', antwortete sie. 'Sie werden es gleich selbst sehen.'

Sie nahm ihre Erzählung wieder auf.

Gestern - Sie brauchen keine lange Geschichte zu fürchten, Sir - erst gestern war ich unter den Besuchern einer Ihrer englischen Mittagsgesellschaften. Eine Dame, die mir völlig fremd war, kam spät herein, nachdem wir den Tisch verlassen und uns in den Salon zurückgezogen hatten. Sie nahm zufällig einen Stuhl in meiner Nähe, und wir wurden einander vorgestellt. Ich kannte sie beim Namen, so wie sie mich kannte. Es war die Frau, die ich ihres Liebhabers beraubt hatte, die Frau, die den noblen Brief geschrieben hatte. Nun hören Sie zu! Sie waren ungeduldig mit mir, weil ich Sie nicht für das interessierte, was ich gerade sagte. Ich habe es gesagt, um Sie davon zu überzeugen, dass ich keine Feindseligkeit gegen die Dame hege, was mich betrifft. Ich bewunderte sie, ich fühlte für sie - ich hatte keinen Grund, mir Vorwürfe zu machen. Das ist sehr wichtig, wie Sie gleich sehen werden. Was sie betrifft, so habe ich Grund zu der Annahme, dass ich ihr die Umstände richtig erklärt habe und dass sie verstanden hat, dass ich in keiner Weise schuld daran war. Nun, da Sie all diese notwendigen Dinge wissen, erklären Sie mir bitte, wenn Sie können, warum mir, als ich aufstand und die Augen dieser Frau sah, von Kopf bis Fuß kalt wurde und ich zum ersten Mal in meinem Leben schauderte und zitterte und wusste, was eine tödliche Panik vor Angst ist.'

Der Doktor begann sich endlich zu interessieren.

'Gab es irgendetwas Bemerkenswertes an der persönlichen Erscheinung der Dame?', fragte er.

'Überhaupt nichts!', war die vehemente Antwort. 'Hier ist die wahre Beschreibung von ihr: Die gewöhnliche englische Dame; die klaren, kalten, blauen Augen, der feine, rosige Teint, die ungemein höfliche Art, der große, gut gelaunte Mund, die zu dicken Wangen und das Kinn: das und nichts weiter.'

'Gab es irgendetwas in ihrem Gesichtsausdruck, als Sie sie zum ersten Mal sahen, das Sie überrascht hat?'

'Da war eine natürliche Neugier, die Frau zu sehen, die ihr vorgezogen worden war; und vielleicht auch ein gewisses Erstaunen, keine einladendere und schönere Person zu sehen; beide Gefühle hielten sich in den Grenzen der guten Erziehung, und beide hielten nicht länger als ein paar Augenblicke an -

soweit ich das sehen konnte. Ich sage "soweit", weil die schreckliche Aufregung, die sie mir mitteilte, mein Urteilsvermögen störte. Wenn ich zur Tür hätte gehen können, wäre ich aus dem Zimmer gerannt, so sehr erschreckte sie mich! Ich war nicht einmal in der Lage, aufzustehen - ich sank in meinem Stuhl zurück; ich starrte entsetzt auf die ruhigen blauen Augen, die mich nur mit sanfter Überraschung ansahen. Zu sagen, sie wirkten auf mich wie die Augen einer Schlange, ist noch zu wenig. Ich spürte ihre Seele in ihnen, wie sie in meine blickte und dabei unbewusst auf ihr eigenes sterbliches Ich blickte, wenn so etwas möglich ist. Ich erzähle Ihnen meinen Eindruck, in all seinem Schrecken und in all seiner Torheit! Diese Frau ist dazu bestimmt (ohne es selbst zu wissen), das böse Genie meines Lebens zu sein. Ihre unschuldigen Augen sahen verborgene Fähigkeiten des Bösen in mir, die ich selbst nicht kannte, bis ich sie unter ihrem Blick spürte. Wenn ich in meinem zukünftigen Leben Fehler begehe - wenn ich mich sogar eines Verbrechens schuldig mache - wird sie die Strafe dafür auf sich nehmen, ohne (wie ich fest glaube) irgendeine bewusste Ausübung ihres eigenen Willens. In einem unbeschreiblichen Moment fühlte ich all dies - und ich nehme an, mein Gesicht hat es gezeigt. Das gute, kunstlose Geschöpf war von einer Art sanfter Sorge um mich beseelt. "Ich fürchte, die Hitze im Zimmer ist zu viel für Sie; wollen Sie mein Riechfläschchen ausprobieren?" Ich hörte sie diese freundlichen Worte sagen und erinnere mich an nichts weiter - ich wurde ohnmächtig. Als ich wieder zu mir kam, war die ganze Gesellschaft verschwunden, nur die Dame des Hauses war bei mir. Für den Moment konnte ich nichts zu ihr sagen; der schreckliche Eindruck, den ich versucht habe, Ihnen zu schildern, kam mit der Wiederkehr meines Lebens zu mir zurück. Sobald ich sprechen konnte, flehte ich sie an, mir die ganze Wahrheit über die Frau zu sagen, die ich verdrängt hatte. Sehen Sie, ich hatte die leise Hoffnung, dass ihr guter Charakter nicht wirklich verdient war, dass ihr edler Brief eine geschickte Heuchelei war, kurz gesagt, dass sie mich insgeheim hasste und schlau genug war, dies zu verbergen. Nein! Die Dame war seit ihrer Kindheit mit ihr befreundet, kannte sie so gut, als wären sie Schwestern, wusste, dass sie so gut, so unschuldig und so unfähig war, jemanden zu hassen, wie die größte Heilige, die je gelebt hat. Meine letzte Hoffnung, dass ich nur eine gewöhnliche Vorwarnung vor der Gefahr in der Gegenwart eines gewöhnlichen Feindes gespürt hatte, war für immer zerstört. Es gab noch eine weitere Anstrengung, die ich unternehmen konnte, und ich unternahm sie. Ich ging zu dem Mann, den ich heiraten werde. Ich flehte ihn an, mich von meinem Versprechen zu entbinden. Er weigerte sich. Ich erklärte, dass ich meine Verlobung lösen würde. Er zeigte mir Briefe von seinen Schwestern, Briefe von seinen Brüdern und seinen lieben Freunden - alle baten ihn, es sich noch einmal zu überlegen, bevor er mich zu seiner Frau macht; alle wiederholten die Berichte über mich in Paris, Wien und London, die so viele gemeine Lügen sind. "Wenn Sie sich weigern, mich zu heiraten", sagte er, "geben Sie zu, dass diese Berichte wahr sind - Sie geben zu, dass Sie Angst haben, der Gesellschaft als meine Frau zu begegnen." Was sollte ich darauf antworten? Es gab keinen Grund, ihm zu widersprechen - er hatte schlichtweg Recht: Wenn ich auf meiner Weigerung beharrte, würde das die völlige Zerstörung meines Rufes zur Folge haben. Ich willigte ein, die Hochzeit so stattfinden zu lassen, wie wir sie vereinbart hatten, und verließ ihn. Die Nacht ist vergangen. Ich bin hier mit meiner festen Überzeugung, dass diese unschuldige Frau einen fatalen Einfluss auf mein Leben haben wird. Ich bin hier mit meiner einzigen Frage, die ich dem einzigen Mann stellen muss, der sie beantworten kann. Zum letzten Mal, Sir, was bin ich - ein Dämon, der den Racheengel gesehen hat, oder nur eine arme, verrückte Frau, die durch die Wahnvorstellungen eines gestörten Geistes in die Irre geführt wird?'

Doktor Wybrow erhob sich von seinem Stuhl, entschlossen, das Gespräch zu beenden.

Das, was er gehört hatte, beeindruckte ihn stark und schmerzlich. Je länger er ihr zugehört hatte, desto unwiderstehlicher drängte sich ihm die Überzeugung auf, dass diese Frau bösartig war. Er versuchte vergeblich, sie sich als bemitleidenswerte Person vorzustellen - eine Person mit einer krankhaft sensiblen Vorstellungskraft, die sich der Fähigkeiten zum Bösen bewusst ist, die in uns allen schlummern, und die sich ernsthaft bemüht, ihr Herz für den Gegeneinfluss ihrer eigenen besseren Natur zu öffnen; die Mühe war ihm zu groß. Ein perverser Instinkt in ihm sagte wie in Worten: "Hüte dich davor, ihr zu glauben!

'Ich habe Ihnen bereits meine Meinung gesagt', sagte er. 'Es gibt keine Anzeichen dafür, dass Ihr Verstand gestört ist oder gestört werden könnte, die die medizinische Wissenschaft entdecken könnte - so wie ich es verstehe. Was die Eindrücke angeht, die Sie mir anvertraut haben, so kann ich nur sagen, dass Ihr Fall (wie ich zu glauben wage) eher einen spirituellen als einen medizinischen Rat erfordert. Seien Sie versichert, dass das, was Sie mir in diesem Raum gesagt haben, nicht nach außen dringen wird. Ihr Geständnis ist in meiner Obhut sicher.'

Sie hörte ihm mit einer gewissen verbissenen Resignation bis zum Schluss zu.

'Ist das alles?', fragte sie.

'Das ist alles', antwortete er.

Sie legte ein kleines Papierpäckchen mit Geld auf den Tisch. 'Vielen Dank, Sir. Hier ist Ihr Honorar.'

Mit diesen Worten erhob sie sich. Ihre wilden schwarzen Augen blickten nach oben, mit einem Ausdruck der Verzweiflung, der so trotzig und so schrecklich in seiner stillen Qual war, dass der Doktor den Kopf abwandte, weil er den Anblick nicht ertragen konnte. Der bloße Gedanke, ihr irgendetwas wegzunehmen - nicht nur Geld, sondern auch irgendetwas, das sie angefasst hatte - widerte ihn plötzlich an. Ohne sie anzusehen, sagte er: "Nehmen Sie es zurück, ich will mein Honorar nicht.

Sie hörte weder auf ihn, noch hörte sie ihn. Immer noch den Blick nach oben gerichtet, sagte sie langsam zu sich selbst: 'Lass das Ende kommen. Ich habe mit dem Kampf abgeschlossen: Ich ergebe mich.'

Sie zog ihren Schleier über ihr Gesicht, verbeugte sich vor dem Doktor und verließ den Raum.

Er läutete die Glocke und folgte ihr in die Halle. Als der Diener die Tür hinter ihr schloss, überkam den Doktor ein plötzlicher Impuls der Neugier, der seiner unwürdig war und dem er gleichzeitig nicht widerstehen konnte. Er errötete wie ein Junge und sagte zu dem Diener: "Folgen Sie ihr nach Hause und finden Sie ihren Namen heraus. Einen Moment lang sah der Mann seinen Herrn an und zweifelte daran, ob ihn seine eigenen Ohren nicht getäuscht hatten. Doktor Wybrow sah ihn schweigend an. Der unterwürfige Diener wusste, was dieses Schweigen bedeutete - er nahm seinen Hut und eilte auf die Straße.

Der Doktor ging zurück in sein Sprechzimmer. Ein plötzliches Gefühl der Abscheu überkam ihn. Hatte die Frau eine Infektion des Bösen im Haus hinterlassen, und hatte er sich damit angesteckt? Welcher Teufel hatte ihn besessen, sich in den Augen seines eigenen Dieners zu erniedrigen? Er hatte sich schändlich verhalten - er hatte einen ehrlichen Mann, einen Mann, der ihm jahrelang treu gedient hatte, gebeten, zum Spion zu werden! Bei dem bloßen Gedanken daran rannte er wieder in die Halle hinaus und öffnete die Tür. Der Diener war verschwunden; es war zu spät, ihn zurückzurufen. Aber eine Zuflucht vor seiner Selbstverachtung stand ihm nun offen - die Zuflucht der

Arbeit. Er stieg in seinen Wagen und machte seine Runde zu seinen Patienten.

Wenn der berühmte Arzt seinen eigenen Ruf hätte erschüttern können, hätte er es an diesem Nachmittag getan. Nie zuvor hatte er sich am Krankenbett so wenig willkommen gefühlt. Niemals zuvor hatte er das Rezept, das er hätte schreiben müssen, das Gutachten, das er hätte abgeben müssen, auf morgen verschoben. Er ging früher als sonst nach Hause - unsagbar unzufrieden mit sich selbst.

Der Diener war zurückgekehrt. Dr. Wybrow schämte sich, ihn zu befragen. Der Mann berichtete über das Ergebnis seiner Besorgung, ohne darauf zu warten, gefragt zu werden.

'Der Name der Dame ist Gräfin Narona. Sie lebt in...'

Ohne abzuwarten, wo sie wohnte, quittierte der Doktor die wichtige Entdeckung ihres Namens mit einer stummen Verbeugung des Kopfes und betrat sein Sprechzimmer. Das Honorar, das er vergeblich abgelehnt hatte, lag immer noch in seinem kleinen weißen Papierumschlag auf dem Tisch. Er versiegelte es in einem Umschlag, adressierte es an das Armenkästchen des nächstgelegenen Polizeigerichts und wies den Diener an, es am nächsten Morgen zum Magistrat zu bringen. Der Diener wartete pflichtbewusst und stellte die übliche Frage: "Essen Sie heute zu Hause, Sir?

Nach kurzem Zögern sagte er: 'Nein, ich werde im Club zu Abend essen.'

Die am leichtesten verderbliche aller moralischen Qualitäten ist die Qualität, die man 'Gewissen' nennt. In einem Zustand des menschlichen Geistes ist das Gewissen der strengste Richter, der ihn verurteilen kann. In einem anderen Zustand sind er und sein Gewissen in der komfortablen Eigenschaft von Komplizen bestens miteinander verträglich. Als Doktor Wybrow sein Haus zum zweiten Mal verließ, versuchte er nicht einmal, sich zu verbergen, dass sein einziges Ziel bei dem Abendessen im Club war, zu hören, was die Welt über die Gräfin Narona sagte.

# KAPITEL III

Es gab eine Zeit, in der ein Mann auf der Suche nach dem Vergnügen des Klatsches die Gesellschaft von Damen suchte. Heute weiß der Mann es besser. Er geht in den Raucherraum seines Clubs.

Doktor Wybrow zündete sich eine Zigarre an und blickte auf die versammelten Brüder im gesellschaftlichen Konklave. Der Raum war gut gefüllt, aber der Gesprächsfluss war immer noch träge. Der Doktor verabreichte ganz unschuldig das gewünschte Stimulans. Als er sich erkundigte, ob jemand die Gräfin Narona kenne, erntete er so etwas wie einen Schrei des Erstaunens. Niemals zuvor (da war sich das Konklave einig) war eine so absurde Frage gestellt worden! Jede menschliche Kreatur, die auch nur den geringsten Anspruch auf einen Platz in der Gesellschaft hatte, kannte die Gräfin Narona. Eine Abenteurerin mit einem europäischen Ruf der schwärzesten möglichen Farbe - so lautete die allgemeine Beschreibung der Frau mit dem totenähnlichen Teint und den funkelnden Augen.

Jedes Mitglied des Clubs trug seinen eigenen kleinen Vorrat an Skandalen zu den Memoiren der Gräfin bei. Es war zweifelhaft, ob sie wirklich, wie sie sich selbst nannte, eine dalmatinische Dame war. Es war zweifelhaft, ob sie jemals mit dem Grafen verheiratet gewesen war, dessen Witwe sie zu sein vorgab. Es war zweifelhaft, ob der Mann, der sie auf ihren Reisen begleitete (unter dem Namen Baron Rivar und in der Rolle ihres Bruders) überhaupt ihr Bruder war. Es wurde berichtet, dass der Baron an jedem 'Tisch' auf dem Kontinent ein Spieler war. Es wurde geflüstert, dass seine so genannte Schwester nur knapp der Verwicklung in einen berühmten Giftmordprozess in Wien entgangen war, dass sie in Mailand als Spionin im Interesse Österreichs bekannt war, dass ihre 'Wohnung' in Paris bei der Polizei als nichts anderes als ein privates Spielkasino denunziert worden war und dass ihr jetziges Erscheinen in England das natürliche Ergebnis dieser Entdeckung war. Nur ein Mitglied der Versammlung im Raucherzimmer schlug sich auf die Seite dieser vielgeschmähten Frau und erklärte, dass ihr Charakter auf grausamste und ungerechteste Weise angegriffen worden sei. Aber da der Mann ein Anwalt war, war seine Einmischung umsonst: Sie wurde natürlich dem Geist des Widerspruchs zugeschrieben, der seinem Beruf innewohnt. Als er spöttisch gefragt wurde, was er von den Umständen halte, unter denen sich die Gräfin verlobt habe, gab er die charakteristische Antwort, dass er die Umstände für beide Parteien für sehr vorteilhaft halte und dass er den zukünftigen Ehemann der Dame für einen äußerst beneidenswerten Mann halte.

Als der Doktor dies hörte, stieß er einen weiteren Schrei des Erstaunens aus, indem er sich nach dem Namen des Herrn erkundigte, den die Gräfin zu heiraten gedachte.

Seine Freunde in der Raucherecke waren sich einig, dass der berühmte Arzt ein zweiter 'Rip-van-Winkle' sein musste und dass er gerade aus einem zwanzigjährigen, übernatürlichen Schlaf erwacht war. Es war schön und gut zu sagen, dass er sich seinem Beruf widmete und weder Zeit noch Lust hatte, auf Dinnerpartys und Bällen Klatsch und Tratsch aufzuschnappen. Ein Mann, der nicht wusste, dass die Gräfin Narona sich in Homburg von keinem Geringeren als Lord Montbarry Geld geliehen und ihn dann getäuscht hatte, um ihr einen Heiratsantrag zu machen, war ein Mann, der wahrscheinlich noch nie von Lord Montbarry selbst gehört hatte. Die jüngeren Mitglieder des Clubs machten sich über den Scherz lustig und schickten einen Kellner, um die 'Peerage' zu holen, und lasen dem Doktor die Memoiren des fraglichen Adligen vor - mit anschaulichen Informationshäppchen, die sie selbst einfügten.

Herbert John Westwick. Erster Baron Montbarry, von Montbarry, King's County, Irland. Wurde für seine hervorragenden militärischen Verdienste in Indien zum Peer ernannt. Geboren 1812. Achtundvierzig Jahre alt, Arzt, zum jetzigen Zeitpunkt. Nicht verheiratet. Wird nächste Woche heiraten, Doktor, und zwar das reizende Geschöpf, von dem wir gesprochen haben. Mutmaßlicher Erbe, der nächste Bruder seiner Lordschaft, Stephen Robert, verheiratet mit Ella, der jüngsten Tochter von Reverend Silas Marden, Rektor von Runnigate, und hat drei Töchter. Die jüngeren Brüder seiner Lordschaft, Francis und Henry, sind unverheiratet. Schwestern seiner Lordschaft, Lady Barville, verheiratet mit Sir Theodore Barville, Bart, und Anne, Witwe des verstorbenen Peter Norbury, Esq. von Norbury Cross. Denken Sie an die Verwandten seiner Lordschaft, Doktor. Drei Brüder Westwick, Stephen, Francis und Henry, und zwei Schwestern, Lady Barville und Mrs. Norbury. Keiner der fünf wird bei der Hochzeit anwesend sein, und keiner der fünf wird etwas unternehmen, um sie zu verhindern, wenn die Gräfin ihnen nur eine Chance gibt. Zu diesen feindseligen Familienmitgliedern kommt noch ein weiterer beleidigter Verwandter hinzu, der nicht in der 'Peerage' erwähnt wird, eine junge Dame...

Ein plötzlicher Ausbruch von Protest in mehr als einem Teil des Raumes stoppte die kommende Enthüllung und befreite den Doktor von weiterer Verfolgung.

'Erwähnen Sie den Namen des armen Mädchens nicht; es ist zu schade, sich über diesen Teil der Angelegenheit lustig zu machen; sie hat sich unter schändlicher Provokation edel verhalten; es gibt nur eine Entschuldigung für

Montbarry - er ist entweder ein Verrückter oder ein Narr.' Mit diesen Worten äußerte sich der Protest auf allen Seiten. In einem vertraulichen Gespräch mit seinem nächsten Nachbarn erfuhr der Doktor, dass die Dame, von der die Rede war, ihm bereits (durch das Geständnis der Gräfin) als die von Lord Montbarry verlassene Dame bekannt war. Ihr Name war Agnes Lockwood. Sie wurde beschrieben, dass sie der Gräfin an persönlicher Anziehungskraft überlegen war und auch um einige Jahre jünger war als sie. Unter Berücksichtigung der Torheiten, die Männer in ihren Beziehungen zu Frauen tagtäglich begehen, war Montbarrys Wahn immer noch der ungeheuerlichste Wahn, den es gibt. In dieser Meinungsäußerung waren sich alle Anwesenden einig - sogar der Anwalt. Keiner von ihnen konnte sich an die unzähligen Fälle erinnern, in denen sich der sexuelle Einfluss bei Frauen als unwiderstehlich erwiesen hat, ohne dass sie auch nur den Anspruch auf Schönheit erhoben hätten. Gerade die Mitglieder des Clubs, die die Gräfin (trotz ihrer persönlichen Nachteile) am leichtesten hätte faszinieren können, wenn sie es für lohnenswert gehalten hätte, waren die Mitglieder, die sich am lautesten über Montbarrys Wahl einer Frau wunderten.

Während das Thema der Heirat der Gräfin noch immer das einzige Gesprächsthema war, betrat ein Mitglied des Clubs das Raucherzimmer, dessen Erscheinen augenblicklich eine Totenstille auslöste. Doktor Wybrows nächster Nachbar flüsterte ihm zu: 'Montbarrys Bruder - Henry Westwick!'

Der Neuankömmling sah sich langsam und mit einem bitteren Lächeln um.

'Sie sprechen alle von meinem Bruder', sagte er. 'Beachten Sie mich nicht. Keiner von Ihnen kann ihn so sehr verachten wie ich. Fahren Sie fort, meine Herren - fahren Sie fort!'

Aber einer der Anwesenden nahm den Redner beim Wort. Dieser Mann war der Anwalt, der bereits die Verteidigung der Gräfin übernommen hatte.

'Ich stehe mit meiner Meinung allein da', sagte er, 'und ich schäme mich nicht, sie vor allen zu wiederholen. Ich halte die Gräfin Narona für eine grausam behandelte Frau. Warum sollte sie nicht die Frau von Lord Montbarry sein? Wer kann schon behaupten, dass sie ihn aus gewinnsüchtigen Motiven geheiratet hat?'

Montbarrys Bruder wandte sich scharf an den Sprecher. 'Ich sage es!', antwortete er.

Diese Antwort hätte einige Männer erschüttern können. Der Anwalt stand so fest wie eh und je auf seinem Standpunkt.

Ich glaube, ich habe Recht", erwiderte er, "wenn ich behaupte, dass das Einkommen seiner Lordschaft nicht mehr als ausreicht, um seinen Lebensunterhalt zu bestreiten, und dass es sich dabei um ein Einkommen handelt, das fast ausschließlich aus Grundbesitz in Irland stammt, von dem jeder Hektar verpfändet ist.

Montbarrys Bruder machte ein Zeichen und gab zu, dass er so weit keine Einwände hatte.

Wenn seine Lordschaft zuerst stirbt", fuhr der Anwalt fort, "bin ich darüber informiert worden, dass die einzige Vorsorge, die er für seine Witwe treffen kann, darin besteht, dass er nicht mehr als vierhundert Euro pro Jahr für die Miete des Anwesens zahlen muss. Seine Altersversorgung und seine Zulagen sterben bekanntlich mit ihm. Vierhundert im Jahr ist also alles, was er der Gräfin hinterlassen kann, wenn er sie zur Witwe macht.'

'Vierhundert im Jahr ist nicht alles', war die Antwort darauf. Mein Bruder hat eine Lebensversicherung über zehntausend Pfund abgeschlossen, die er im Falle seines Todes vollständig der Gräfin überlassen hat.

Diese Ankündigung erregte großes Aufsehen. Die Männer sahen sich an und wiederholten die drei verblüffenden Worte: 'Zehntausend Pfund!' Der Anwalt wurde ziemlich an die Wand gedrückt und unternahm einen letzten Versuch, seine Position zu verteidigen.

'Darf ich fragen, wer diese Abfindung zur Bedingung für die Heirat gemacht hat?', sagte er. 'Sicherlich war es nicht die Gräfin selbst...'

Henry Westwick antwortete: 'Es war der Bruder der Gräfin'; und fügte hinzu: 'was auf dasselbe hinausläuft.'

Danach gab es nichts mehr zu sagen - zumindest so lange, wie Montbarrys Bruder anwesend war. Das Gespräch ging in andere Bahnen, und der Doktor ging nach Hause.

Aber seine morbide Neugierde auf die Gräfin war noch nicht gestillt. In seinen freien Momenten fragte er sich, ob es der Familie von Lord Montbarry gelingen würde, die Hochzeit doch noch zu stoppen. Und mehr noch, er verspürte ein wachsendes Verlangen, den verliebten Mann selbst zu sehen. In der kurzen Zeit vor der Hochzeit schaute er jeden Tag im Club vorbei, um vielleicht Neuigkeiten zu erfahren. Soweit der Club wusste, war nichts geschehen. Die Stellung der Gräfin war sicher, und Montbarrys Entschluss, ihr Ehemann zu werden, war unerschüttert. Sie waren beide römisch-katholisch und sollten im -el am Spanish Place getraut werden. So viel erfuhr der Doktor über die beiden - und nicht mehr.

Am Tag der Hochzeit, nach einem schwachen Kampf mit sich selbst, opferte er tatsächlich seine Patienten und ihre Guineas und schlich sich heimlich davon, um die Hochzeit zu sehen. Bis an sein Lebensende war er wütend auf jeden, der ihn daran erinnerte, was er an diesem Tag getan hatte!

Die Hochzeit war streng privat. Eine enge Kutsche stand vor der Kirchentür; ein paar Leute, meist aus der Unterschicht und vor allem alte Frauen, waren im Inneren des Gebäudes verstreut. Hier und da entdeckte Doktor Wybrow die Gesichter einiger seiner Clubbrüder, die wie er von der Neugier angezogen wurden. Nur vier Personen standen vor dem Altar - die Braut und der Bräutigam und ihre beiden Trauzeugen. Eine der beiden Zeugen war eine ältere Frau, die die Gefährtin oder Zofe der Gräfin gewesen sein könnte; der andere war zweifellos ihr Bruder, Baron Rivar. Die Hochzeitsgesellschaft (die Braut selbst eingeschlossen) trug ihre übliche Morgenkleidung. Lord Montbarry war ein gewöhnlicher Militär mittleren Alters, der sich weder durch sein Gesicht noch durch seine Figur von der Masse abhob. Baron Rivar wiederum war auf seine Art ein weiterer konventioneller Vertreter eines anderen bekannten Typs. Man sieht seinen fein gezeichneten Schnurrbart, seine kühnen Augen, sein scharf gewelltes Haar und seine schneidige Haltung, die sich auf den Boulevards von Paris hundertfach wiederholt. Das einzig Bemerkenswerte an ihm war negativer Art - er war seiner Schwester nicht im Geringsten ähnlich. Auch der amtierende Priester war nur ein harmloser, bescheiden aussehender alter Mann, der resigniert seinen Pflichten nachging und jedes Mal, wenn er die Knie beugte, sichtbare rheumatische Beschwerden verspürte. Die einzige bemerkenswerte Person, die Gräfin selbst, hob nur zu Beginn der Zeremonie ihren Schleier und zeigte in ihrem schlichten Kleid nichts, was einen zweiten Blick wert gewesen wäre. Auf den ersten Blick gab es nie eine uninteressantere und weniger romantische Hochzeit als diese. Von Zeit zu Zeit warf der Doktor einen Blick zur Tür oder auf die Empore, in der vagen Erwartung, dass ein protestierender Fremder auftauchen würde, der im Besitz eines schrecklichen Geheimnisses war und den Auftrag hatte, den Fortgang des Gottesdienstes zu verhindern. Doch nichts dergleichen geschah - nichts Außergewöhnliches, nichts Dramatisches. Als Mann und Frau fest aneinander gebunden, verschwanden die beiden, gefolgt von ihren Trauzeugen, um die Register zu unterzeichnen; und immer noch wartete Doktor Wybrow, und immer noch hegte er die hartnäckige Hoffnung, dass sicherlich noch etwas Sehenswertes passieren würde.

Die Zeit verging, und das Ehepaar kehrte in die Kirche zurück und ging gemeinsam durch das Kirchenschiff zur Tür. Doktor Wybrow wich zurück, als sie sich näherten. Zu seiner Verwirrung und Überraschung entdeckte ihn die Gräfin. Er hörte, wie sie zu ihrem Mann sagte: 'Einen Moment, ich sehe einen Freund'. Lord Montbarry verbeugte sich und wartete. Sie trat auf den Doktor zu, nahm seine Hand und drückte sie fest. Er spürte ihre überwältigenden schwarzen Augen, die ihn durch ihren Schleier hindurch ansahen. 'Noch ein Schritt, sehen Sie, auf dem Weg zum Ende!' Sie flüsterte diese seltsamen Worte und kehrte zu ihrem Mann zurück. Bevor der Doktor sich erholen und ihr folgen konnte, waren Lord und Lady Montbarry in ihren Wagen gestiegen und weggefahren.

Vor der Kirchentür standen die drei oder vier Mitglieder des Clubs, die wie Doktor Wybrow die Zeremonie aus Neugierde beobachtet hatten. Neben ihnen wartete der Bruder der Braut allein. Er war offensichtlich darauf aus, den Mann, mit dem seine Schwester gesprochen hatte, am helllichten Tag zu sehen. Seine kühnen Augen ruhten auf dem Gesicht des Doktors und ließen einen kurzen Moment des Misstrauens aufblitzen. Plötzlich lichtete sich die Wolke; der Baron lächelte mit charmanter Höflichkeit, lüftete seinen Hut vor dem Freund seiner Schwester und ging davon.

Auf den Stufen der Kirche konstituierten sich die Mitglieder des Clubs zu einem Konklave. Sie begannen mit dem Baron. 'Verdammter, schlecht aussehender Schurke!' Sie fuhren mit Montbarry fort. 'Wird er diese schreckliche Frau mit nach Irland nehmen?' 'Nicht er! Er kann es nicht mit den Pächtern aufnehmen; sie wissen von Agnes Lockwood.' Nun, aber wohin geht er? Nach Schottland. 'Gefällt ihr das?' 'Es ist nur für vierzehn Tage, dann kommen sie zurück nach London und gehen ins Ausland.' Und sie werden nie wieder nach England zurückkehren, wie? 'Wer weiß das schon? Haben Sie gesehen, wie sie Montbarry ansah, als sie zu Beginn des Gottesdienstes ihren Schleier lüften musste? An seiner Stelle wäre ich geflüchtet. Haben Sie sie gesehen, Doktor?' Zu diesem Zeitpunkt hatte sich Doktor Wybrow an seine Patienten erinnert und genug vom Klatsch und Tratsch im Club gehört. Er folgte dem Beispiel von Baron Rivar und ging weg.

'Nur noch ein Schritt auf dem Weg zum Ende', sagte er sich auf dem Heimweg. 'Welches Ende?'

# KAPITEL IV

Am Tag der Hochzeit saß Agnes Lockwood allein in dem kleinen Salon ihrer Londoner Wohnung und verbrannte die Briefe, die Montbarry ihr in der vergangenen Zeit geschrieben hatte.

Die boshaft-schlaue Beschreibung der Gräfin, die an Doktor Wybrow gerichtet war, hatte den Charme, der Agnes am meisten auszeichnete, nicht einmal angedeutet - den kunstlosen Ausdruck von Güte und Reinheit, der jeden, der sich ihr näherte, sofort anzog. Sie sah um viele Jahre jünger aus, als sie wirklich war. Mit ihrem hellen Teint und ihrer schüchternen Art schien es nur natürlich, von ihr als 'einem Mädchen' zu sprechen, obwohl sie nun wirklich auf die dreißig zuging. Sie lebte allein mit einer alten Kranken- schwester, die ihr treu ergeben war, von einem bescheidenen kleinen Ein- kommen, das gerade ausreichte, um die beiden zu ernähren. In ihrem Gesicht war keine der üblichen Anzeichen von Trauer zu sehen, als sie die Briefe ihres falschen Liebhabers langsam zerriss und die Stücke in das kleine Feuer warf, das zu ihrer Verbrennung angezündet worden war. Zu ihrem Pech gehörte sie zu den Frauen, die zu tief empfinden, um in Tränen Erleichterung zu finden. Blass und still, mit kalten, zitternden Fingern, vernichtete sie die Briefe einen nach dem anderen, ohne es zu wagen, sie noch einmal zu lesen. Sie hatte den letzten der Serie zerrissen und scheute sich noch, ihn nach den anderen in die schnell vernichtende Flamme zu werfen, als die alte Kranken- schwester hereinkam und fragte, ob sie 'Master Henry' sehen wolle, womit das jüngste Mitglied der Familie Westwick gemeint war, das im Raucherzim- mer des Clubs öffentlich seine Verachtung für seinen Bruder bekundet hatte.

Agnes zögerte. Ein schwacher Schimmer von Farbe stahl sich über ihr Gesicht.

Es war schon lange her, dass Henry Westwick zugegeben hatte, dass er sie liebte. Sie hatte ihm ihr Geständnis gemacht und zugegeben, dass ihr Herz an seinen ältesten Bruder vergeben war. Er hatte seine Enttäuschung hingenommen, und sie hatten sich von da an als Cousins und Freunde getrof- fen. Nie zuvor hatte sie den Gedanken an ihn mit peinlichen Erinnerungen verbunden. Aber jetzt, an dem Tag, an dem die Heirat seines Bruders mit einer anderen Frau den Verrat seines Bruders an ihr vollendet hatte, hatte die Aussicht, ihn zu sehen, etwas unbestimmt Abstoßendes an sich. Die alte Krankenschwester (die sich noch an die beiden in ihren Wiegen erinnerte) bemerkte ihr Zögern, und da sie natürlich mit dem Mann sympathisierte, legte sie rechtzeitig ein Wort für Henry ein. Er sagt, dass er weggeht, meine Liebe, und dass er nur die Hand schütteln und sich verabschieden möchte. Diese schlichte Erklärung des Falles hatte ihre Wirkung. Agnes beschloss, ihren Cousin zu empfangen.

Er betrat das Zimmer so schnell, dass er sie überraschte, als er gerade die Fragmente von Montbarrys letztem Brief ins Feuer warf. Eilig sprach sie zuerst.

'Du verlässt London sehr plötzlich, Henry. Ist es geschäftlich? oder zum Vergnügen?'

Anstatt ihr zu antworten, zeigte er auf den brennenden Brief und auf die schwarze Asche des verbrannten Papiers, die leicht im unteren Teil des Kamins lag.

'Verbrennen Sie Briefe?'

'Ja.'

'Seine Briefe?'

'Ja.'

Er nahm sanft ihre Hand. 'Ich hatte keine Ahnung, dass ich Sie zu einem Zeitpunkt störe, an dem Sie sich wünschen, allein zu sein. Verzeihen Sie mir, Agnes - ich werde Sie sehen, wenn ich zurückkomme.

Sie bedeutete ihm mit einem schwachen Lächeln, sich einen Stuhl zu nehmen.

Wir kennen uns, seit wir Kinder waren", sagte sie. 'Warum sollte ich in Ihrer Gegenwart einen törichten Stolz auf mich empfinden? Warum sollte ich irgendwelche Geheimnisse vor Ihnen haben? Ich habe vor einiger Zeit alle Geschenke Ihres Bruders an mich zurückgeschickt. Man hat mir geraten, mehr zu tun, nichts aufzubewahren, was mich an ihn erinnern könnte - kurz gesagt, seine Briefe zu verbrennen. Ich habe den Rat befolgt, aber ich gebe zu, dass ich ein wenig gezögert habe, den letzten Brief zu vernichten. Nein, nicht weil es der letzte war, sondern weil er dies enthielt.' Sie öffnete ihre Hand und zeigte ihm eine Locke von Montbarrys Haar, die mit einem Stückchen goldener Kordel zusammengebunden war. 'Nun gut, dann lass sie mit dem Rest verschwinden.'

Sie ließ sie in die Flamme fallen. Eine Weile stand sie mit dem Rücken zu Henry, lehnte sich an den Kaminsims und schaute ins Feuer. Er nahm den Stuhl, auf den sie gedeutet hatte, mit einem seltsam widersprüchlichen Gesichtsausdruck: Die Tränen standen ihm in den Augen, während die

Brauen darüber zu einem wütenden Stirnrunzeln zusammengezogen waren. Er murmelte vor sich hin: 'Verflucht sei er!

Sie nahm ihren Mut wieder zusammen und sah ihn wieder an, als sie sprach. 'Nun, Henry, und warum gehst du weg?'

'Ich habe keine Lust mehr, Agnes, und ich will eine Veränderung.'

Sie hielt inne, bevor sie weitersprach. Sein Gesicht verriet ihr, dass er an sie dachte, als er diese Antwort gab. Sie war ihm dankbar, aber ihre Gedanken waren nicht bei ihm, sondern immer noch bei dem Mann, der sie verlassen hatte. Sie wandte sich wieder dem Feuer zu.

'Ist es wahr', fragte sie nach langem Schweigen, 'dass sie heute geheiratet haben?'

Er antwortete ungnädig mit dem einen notwendigen Wort: "Ja.

'Waren Sie in der Kirche?'

Er erwiderte die Frage mit einem Ausdruck von entrüsteter Überraschung. 'In die Kirche gehen?', wiederholte er. 'Ich würde gerne...' Er hielt sich zurück. 'Wie können Sie das fragen?', fügte er in tieferem Tonfall hinzu. 'Ich habe nie mit Montbarry gesprochen, ich habe ihn nicht einmal gesehen, seit er Sie wie den Schurken und Narren behandelt hat, der er ist.'

Sie sah ihn plötzlich an, ohne ein Wort zu sagen. Er verstand sie und bat sie um Verzeihung. Aber er war immer noch wütend. 'Die Rechnung kommt für manche Männer,' sagte er, 'sogar in dieser Welt. Er wird den Tag bereuen, an dem er diese Frau geheiratet hat!'

Agnes nahm einen Stuhl an seiner Seite und sah ihn mit sanfter Überraschung an.

'Ist es vernünftig, so wütend auf sie zu sein, weil Ihr Bruder sie mir vorgezogen hat?', fragte sie.

Henry wandte sich scharf an sie. 'Verteidigen Sie von allen Menschen auf der Welt ausgerechnet die Gräfin?

'Warum nicht?' antwortete Agnes. 'Ich weiß nichts gegen sie. Bei der einzigen Gelegenheit, bei der wir uns begegnet sind, erschien sie mir als eine seltsam ängstliche, nervöse Person, die furchtbar krank aussah; und zwar so krank, dass sie in der Hitze meines Zimmers in Ohnmacht fiel. Warum sollten wir ihr nicht Gerechtigkeit widerfahren lassen? Wir wissen, dass sie nicht die Absicht hatte, mir etwas anzutun; wir wissen, dass sie nichts von meiner Verlobung wusste...

Henry hob ungeduldig die Hand und unterbrach sie. 'Es gibt so etwas wie zu gerecht und zu nachsichtig zu sein!', warf er ein. 'Ich kann es nicht ertragen, Sie so geduldig reden zu hören, nachdem Sie so skandalös grausam behandelt worden sind. Versuchen Sie, die beiden zu vergessen, Agnes. Ich wünschte bei Gott, ich könnte Ihnen dabei helfen!'

Agnes legte ihre Hand auf seinen Arm. 'Du bist sehr gut zu mir, Henry, aber du verstehst mich nicht ganz. Ich habe ganz anders über mich und meine Probleme nachgedacht, als Sie hereinkamen. Ich habe mich gefragt, ob etwas, das mein Herz so sehr erfüllt und alles Beste und Wahrhaftigste in mir aufgesogen hat, wie meine Gefühle für Ihren Bruder, wirklich vergehen kann, als hätte es nie existiert. Ich habe die letzten sichtbaren Dinge zerstört, die mich an ihn erinnern. In dieser Welt werde ich ihn nicht mehr sehen. Aber ist das Band, das uns einst verband, völlig zerrissen? Bin ich von den guten und schlechten Ereignissen seines Lebens so vollständig getrennt, als hätten wir uns nie getroffen und nie geliebt? Was denkst du, Henry? Ich kann es kaum glauben.'

'Wenn Sie ihm die Vergeltung bringen könnten, die er verdient hat', antwortete Henry Westwick streng, 'wäre ich vielleicht geneigt, Ihnen zuzustimmen.'

Als ihm diese Antwort über die Lippen kam, erschien die alte Krankenschwester erneut an der Tür und kündigte einen weiteren Besucher an.

'Es tut mir leid, dass ich Sie störe, meine Liebe. Aber hier ist die kleine Mrs. Ferrari, die wissen möchte, wann sie ein paar Worte mit Ihnen wechseln darf.'

Agnes drehte sich zu Henry um, bevor sie antwortete. 'Erinnern Sie sich an Emily Bidwell, meine Lieblingsschülerin vor Jahren in der Dorfschule und danach mein Dienstmädchen? Sie hat mich verlassen, um einen italienischen Kurier namens Ferrari zu heiraten - und ich fürchte, das ist nicht sehr gut ausgegangen. Hätten Sie etwas dagegen, wenn ich sie für ein oder zwei Minuten zu mir nehme?'

Henry erhob sich, um sich zu verabschieden. 'Ich würde mich freuen, Emily jederzeit wiederzusehen', sagte er. 'Aber es ist das Beste, wenn ich jetzt gehe. Ich bin unruhig, Agnes. Wenn ich noch länger hier bliebe, könnte ich Ihnen Dinge sagen, die Sie jetzt besser nicht sagen sollten. Ich werde heute Abend mit der Post den Kanal überqueren und sehen, wie mir ein paar Wochen Veränderung gut tun werden. Er nahm ihre Hand. 'Gibt es irgendetwas, das ich für Sie tun kann?', fragte er sehr ernsthaft. Sie dankte ihm und versuchte, ihre Hand loszulassen. Er hielt sie mit einem zittrigen, anhalten-den Griff fest. 'Gott segne Sie, Agnes!', sagte er mit zögernder Stimme und blickte zu Boden. Ihr Gesicht errötete erneut und wurde im nächsten Augen-blick blasser als je zuvor. Sie kannte sein Herz genauso gut wie er selbst - sie war zu verzweifelt, um zu sprechen. Er hob ihre Hand an seine Lippen, küsste sie innig und verließ, ohne sie noch einmal anzusehen, das Zimmer. Die Krankenschwester humpelte ihm bis zum Kopf der Treppe hinterher: Sie hatte die Zeit nicht vergessen, als der jüngere Bruder der erfolglose Rivale des älteren um die Hand von Agnes gewesen war. 'Seien Sie nicht niederge-schlagen, Master Henry', flüsterte die alte Frau mit dem skrupellosen gesun-den Menschenverstand von Menschen in den unteren Rängen des Lebens. 'Versuchen Sie es noch einmal, wenn Sie zurückkommen!'

Agnes blieb ein paar Augenblicke allein und drehte sich im Zimmer um, um sich zu beruhigen. Sie hielt vor einer kleinen Aquarellzeichnung an der Wand inne, die ihrer Mutter gehört hatte: Es war ihr eigenes Porträt, als sie noch ein Kind war. 'Wie viel glücklicher wären wir,' dachte sie traurig, 'wenn wir nie erwachsen geworden wären!

Die Frau des Kuriers wurde hereingeführt - eine kleine, sanftmütige, melancholische Frau mit weißen Wimpern und wässrigen Augen, die höflich knickste und von einem kleinen chronischen Husten geplagt wurde. Agnes schüttelte ihr freundschaftlich die Hand. 'Nun, Emily, was kann ich für Sie tun?'

Die Frau des Kuriers gab eine etwas seltsame Antwort: 'Ich habe Angst, Ihnen das zu sagen, Miss.

'Ist es denn so schwierig, Ihnen einen Gefallen zu tun? Setzen Sie sich und lassen Sie mich hören, wie Sie vorankommen. Vielleicht rutscht die Petition ja heraus, während wir reden. Wie verhält sich Ihr Mann Ihnen gegenüber?'

Emilys hellgraue Augen wirkten wässriger als je zuvor. Sie schüttelte den Kopf und seufzte resigniert. 'Ich kann mich nicht positiv über ihn beschwe-ren, Miss. Aber ich fürchte, ich bin ihm gleichgültig, und er scheint sich nicht für sein Zuhause zu interessieren - man könnte fast sagen, er ist seines Zuhauses überdrüssig. Es wäre für uns beide besser, Miss, wenn er eine Weile auf Reisen ginge - ganz zu schweigen von dem Geld, das wir langsam bitter nötig haben.' Sie hielt sich das Taschentuch vor die Augen und seufzte noch resignierter als zuvor.

'Ich verstehe nicht ganz', sagte Agnes. 'Ich dachte, Ihr Mann hätte eine Verabredung mit einigen Damen in die Schweiz und nach Italien?'

'Das war sein Pech, Miss. Eine der Damen wurde krank und die anderen wollten nicht ohne sie gehen. Sie zahlten ihm ein Monatsgehalt als Entschädigung. Aber sie hatten ihn für den Herbst und Winter engagiert und der Verlust ist schwerwiegend.'

'Es tut mir leid, das zu hören, Emily. Hoffen wir, dass er bald wieder eine Chance bekommt.'

'Er ist nicht an der Reihe, Miss, sich zu empfehlen, wenn die nächsten Bewerbungen ins Kurierbüro kommen. Sehen Sie, es gibt so viele von ihnen, die gerade arbeitslos sind. Wenn er privat empfohlen werden könnte..." Sie hielt inne und ließ den unvollendeten Satz für sich selbst sprechen.

Agnes verstand sie sofort. 'Sie wollen meine Empfehlung', erwiderte sie. 'Warum konnten Sie das nicht gleich sagen?'

Emily errötete. 'Es wäre eine große Chance für meinen Mann', antwortete sie verwirrt. 'Heute Morgen kam ein Brief ins Büro, in dem nach einem guten Kurier gefragt wurde (ein Engagement für sechs Monate, Miss!). Jetzt ist ein anderer Mann an der Reihe, und die Sekretärin wird ihn empfehlen. Wenn mein Mann seine Zeugnisse auf demselben Postweg schicken könnte - mit einem Wort in Ihrem Namen, Miss - könnte sich das Blatt wenden, wie man sagt. Eine private Empfehlung unter Gentlemen geht so weit.' Sie hielt wieder inne, seufzte und blickte auf den Teppich hinunter, als hätte sie einen privaten Grund, sich ein wenig zu schämen.

Agnes war den geheimnisvollen Tonfall, in dem ihre Besucherin sprach, langsam leid. 'Wenn Sie wollen, dass ich mich für einen meiner Freunde interessiere', sagte sie, 'warum sagen Sie mir dann nicht den Namen?'

Die Frau des Kuriers begann zu weinen. 'Ich schäme mich, es Ihnen zu sagen, Miss.'

Zum ersten Mal sprach Agnes scharf. 'Blödsinn, Emily! Sagen Sie mir den Namen direkt - oder lassen Sie das Thema fallen - was auch immer Ihnen lieber ist.'

Emily unternahm einen letzten verzweifelten Versuch. Sie wrang ihr Taschentuch fest in ihrem Schoß aus und ließ den Namen los, als hätte sie eine geladene Waffe abgefeuert: 'Lord Montbarry!'

Agnes erhob sich und sah sie an.

'Sie haben mich enttäuscht', sagte sie ganz leise, aber mit einem Blick, den die Frau des Kuriers noch nie zuvor gesehen hatte. 'Da Sie wissen, was Sie wissen, sollte Ihnen klar sein, dass es für mich unmöglich ist, mit Lord Montbarry zu kommunizieren. Ich habe immer angenommen, dass Sie ein gewisses Feingefühl haben. Es tut mir leid, dass ich mich da geirrt habe.'

Schwach wie sie war, hatte Emily genug Mut, um den Vorwurf zu spüren. Sie ging auf ihre sanfte, geräuschlose Art zur Tür. 'Ich bitte Sie um Verzeihung, Miss. Ich bin nicht ganz so schlimm, wie Sie denken. Aber ich bitte Sie trotzdem um Verzeihung.'

Sie öffnete die Tür. Agnes rief sie zurück. Die Entschuldigung der Frau hatte etwas an sich, das ihre gerechte und großzügige Natur unwiderstehlich ansprach. 'Kommen Sie', sagte sie, 'wir dürfen uns nicht auf diese Weise trennen. Damit ich Sie nicht missverstehe. Was haben Sie von mir erwartet?

Emily war klug genug, dieses Mal ohne jede Zurückhaltung zu antworten. 'Mein Mann wird seine Zeugnisse an Lord Montbarry in Schottland schicken, Miss. Ich wollte nur, dass Sie ihn in seinem Brief wissen lassen, dass Sie seine Frau seit ihrer Kindheit kennen und dass Sie deshalb ein gewisses Interesse an seinem Wohlergehen haben. Ich frage Sie jetzt nicht danach, Miss. Sie haben mir zu verstehen gegeben, dass ich mich geirrt habe.'

Hatte sie sich wirklich geirrt? Sowohl die Erinnerungen an die Vergangenheit als auch die gegenwärtigen Sorgen plädierten bei Agnes stark für die Frau des Kuriers. 'Es scheint nur ein kleiner Gefallen zu sein, um den ich Sie bitte', sagte sie und sprach unter dem Impuls der Freundlichkeit, der der stärkste Impuls in ihrer Natur war. Aber ich bin mir nicht sicher, ob ich zulassen sollte, dass mein Name in dem Brief Ihres Mannes erwähnt wird. Lassen Sie mich noch einmal genau hören, was er zu sagen wünscht.' Emily wiederholte die Worte - und machte dann einen jener Vorschläge, die für Personen, die den Umgang mit ihrer Feder nicht gewohnt sind, einen besonderen Wert haben. 'Probieren Sie doch mal aus, Miss, wie es schriftlich aussieht.' So kindisch die Idee auch war, Agnes probierte das Experiment aus. 'Wenn ich Ihnen erlaube, mich zu erwähnen', sagte sie, 'dann müssen wir zumindest entscheiden, was Sie sagen sollen.' Sie schrieb die Worte in der kürzesten und schlichtesten Form: 'Ich wage zu behaupten, dass Miss Agnes Lockwood meine Frau seit ihrer Kindheit kennt und deshalb ein gewisses Interesse an meinem Wohlergehen hat.' Auf diesen einen Satz reduziert, gab es in der Erwähnung ihres Namens sicherlich nichts, was darauf hindeutete, dass Agnes es erlaubt hatte oder dass sie sich dessen überhaupt bewusst war. Nach einem letzten Kampf mit sich selbst reichte sie Emily das geschriebene Papier. 'Ihr Mann muss es genau abschreiben, ohne etwas zu verändern', verlangte sie. 'Unter dieser Bedingung gebe ich Ihrer Bitte nach.' Emily war nicht nur dankbar - sie war wirklich gerührt. Agnes drängte die kleine Frau aus dem Zimmer. 'Lassen Sie mir keine Zeit, es zu bereuen und es wieder zurückzunehmen', sagte sie. Emily verschwand.

'Ist das Band, das uns einst verband, völlig zerrissen? Bin ich vom Glück und Unglück seines Lebens so vollständig getrennt, als hätten wir uns nie getroffen und nie geliebt?' Agnes schaute auf die Uhr auf dem Kaminsims. Seit nicht einmal zehn Minuten lagen ihr diese ernsten Fragen auf der Zunge. Der Gedanke an die banale Art und Weise, in der sie bereits beantwortet worden waren, schockierte sie fast. Die Post von diesem Abend würde Montbarry noch einmal an sie erinnern - bei der Wahl eines Dieners.

Zwei Tage später brachte die Post ein paar dankbare Zeilen von Emily. Ihr Mann hatte die Stelle bekommen. Ferrari war für sechs Monate als Lord Montbarrys Kurier angestellt.

# DER ZWEITE TEIL

## KAPITEL V

Nach nur einer Woche Reise in Schottland kehrten mein Herr und meine Dame unerwartet nach London zurück. Nachdem sie die Berge und Seen der Highlands kennengelernt hatte, lehnte ihre Ladyschaft es entschieden ab, ihre Bekanntschaft mit ihnen zu vertiefen. Als man sie nach dem Grund fragte, antwortete sie mit römischer Kürze: 'Ich habe die Schweiz gesehen.'

Noch eine Woche lang blieb das frisch verheiratete Paar in London, wo es sich strikt zurückzog. An einem Tag in dieser Woche kehrte die Krankenschwester in höchst ungewohnter Aufregung von einer Besorgung zurück, auf die Agnes sie geschickt hatte. Als sie an der Tür eines eleganten Zahnarztes vorbeikam, traf sie Lord Montbarry, der gerade das Haus verließ. Der Bericht der guten Frau beschrieb ihn mit boshaftem Vergnügen als erbärmlich krank aussehend. 'Seine Wangen werden hohl, meine Liebe, und sein Bart wird grau. Ich hoffe, der Zahnarzt hat ihn verletzt!'

Da Agnes wusste, wie sehr ihre treue alte Dienerin den Mann hasste, der sie verlassen hatte, nahm sie in dem Bild, das sich ihr bot, eine gehörige Portion Übertreibung in Kauf. Der Haupteindruck, der bei ihr entstand, war ein Eindruck nervösen Unbehagens. Wenn sie sich bei Tageslicht auf die Straße traute, während Lord Montbarry in London blieb, wie konnte sie dann sicher sein, dass seine nächste zufällige Begegnung nicht eine Begegnung mit ihr selbst sein würde? Die nächsten zwei Tage wartete sie zu Hause und schämte sich insgeheim für ihr unwürdiges Verhalten. Am dritten Tag verkündeten die Zeitungen die Abreise von Lord und Lady Montbarry nach Paris, auf dem Weg nach Italien.

Mrs. Ferrari, die noch am selben Abend vorbeikam, teilte Agnes mit, dass ihr Mann sie mit dem angemessenen Ausdruck ehelicher Freundlichkeit verlassen hatte; seine Laune hatte sich durch die Aussicht auf eine Reise ins Ausland verbessert. Aber eine weitere Bedienstete begleitete die Reisenden - das Dienstmädchen von Lady Montbarry, eine eher schweigsame, ungesellige Frau, soweit Emily gehört hatte. Der Bruder Ihrer Ladyschaft, Baron Rivar, befand sich bereits auf dem Kontinent. Es war arrangiert worden, dass er seine Schwester und ihren Mann in Rom treffen sollte.

Eine triste Woche nach der anderen folgte im Leben von Agnes. Sie begegnete ihrer Lage mit bewundernswertem Mut, traf sich mit ihren Freunden, beschäftigte sich in ihren Mußestunden mit Lesen und Zeichnen und ließ kein Mittel unversucht, um ihre Gedanken von den melancholischen Erinnerungen an die Vergangenheit abzulenken. Aber sie hatte zu sehr geliebt und war zu tief verwundet worden, um den Einfluss der moralischen Mittel, die sie anwandte, in angemessenem Maße zu spüren. Menschen, die ihr im normalen Leben begegneten und sich von ihrer äußerlichen Gelassenheit täuschen ließen, waren sich einig, dass "Miss Lockwood ihre Enttäuschung zu überwinden schien". Aber eine alte Freundin und Schulkameradin, die sie zufällig während eines kurzen Besuchs in London sah, war unsagbar erschüttert über die Veränderung, die sie in Agnes feststellte. Bei dieser Dame handelte es sich um Mrs. Westwick, die Frau des Bruders von Lord Montbarry, der ihm altersmäßig am nächsten stand und im 'Peerage' als mutmaßlicher Erbe des Titels bezeichnet wurde. Er war zu dieser Zeit verreist und kümmerte sich um seine Anteile an einem Bergwerksbesitz, den er in Amerika besaß. Mrs. Westwick bestand darauf, Agnes mit in ihr Haus in Irland zu nehmen. 'Kommen Sie und leisten Sie mir Gesellschaft, während mein Mann weg ist. Meine drei kleinen Mädchen werden Sie zu ihren Spielkameraden machen, und die einzige Fremde, die Sie treffen werden, ist die

Gouvernante, der ich im Voraus antworte, dass sie Ihnen gefällt. Packen Sie Ihre Sachen, und ich werde Sie morgen auf dem Weg zur Bahn abholen.' Mit diesen herzlichen Worten wurde die Einladung ausgesprochen. Agnes nahm sie dankend an. Drei glückliche Monate lang lebte sie unter dem Dach ihrer Freundin. Die Mädchen hingen bei ihrer Abreise weinend um sie herum; die Jüngste von ihnen wollte mit Agnes nach London zurückkehren. Halb im Scherz, halb im Ernst sagte sie beim Abschied zu ihrer alten Freundin: 'Wenn Ihre Gouvernante Sie verlässt, halten Sie den Platz für mich frei.' Mrs. Westwick lachte. Die klügeren Kinder nahmen es ernst und versprachen, Agnes Bescheid zu sagen.

An dem Tag, an dem Miss Lockwood nach London zurückkehrte, wurde sie an die Vergangenheit erinnert, die sie am liebsten vergessen wollte. Nachdem die ersten Küsse und Begrüßungen vorüber waren, hatte die alte Krankenschwester (die in der Unterkunft zurückgeblieben war) eine verblüffende Information von der Frau des Kuriers zu übermitteln.

Hier war die kleine Mrs. Ferrari, meine Liebe, die sich in einem furchtbaren Zustand erkundigt hat, wann Sie zurückkommen würden. Ihr Mann hat Lord Montbarry verlassen, ohne ein Wort der Warnung, und niemand weiß, was aus ihm geworden ist.'

Agnes schaute sie erstaunt an. 'Sind Sie sicher, was Sie da sagen?', fragte sie.

Die Schwester war sich ganz sicher. 'Gott sei Dank, die Nachricht kommt aus dem Büro des Kuriers am Golden Square - vom Sekretär, Miss Agnes, vom Sekretär selbst!' Als Agnes das hörte, war sie nicht nur überrascht, sondern auch erschrocken. Es war noch früh am Abend. Sie schickte sofort eine Nachricht an Mrs. Ferrari, um ihr mitzuteilen, dass sie zurückgekehrt war.

Nach einer weiteren Stunde erschien die Frau des Kuriers in einem Zustand der Aufregung, der nicht leicht zu beherrschen war. Ihre Erzählung, als sie endlich zusammenhängend sprechen konnte, bestätigte den Bericht der Krankenschwester voll und ganz.

Nachdem sie von ihrem Mann mit einer erträglichen Regelmäßigkeit aus Paris, Rom und Venedig gehört hatte, hatte Emily ihm danach zweimal geschrieben - und keine Antwort erhalten. Mit Unbehagen war sie zum Büro am Golden Square gegangen, um sich zu erkundigen, ob man dort von ihm gehört hatte. Mit der Morgenpost erhielt die Sekretärin einen Brief von einem Kurier, der gerade in Venedig war. Er enthielt erschreckende Neuigkeiten über Ferrari. Seine Frau hatte eine Kopie des Briefes mitnehmen dürfen, die sie nun Agnes zum Lesen übergab.

Der Schreiber erklärte, er sei vor kurzem in Venedig angekommen. Er hatte zuvor erfahren, dass sich Ferrari bei Lord und Lady Montbarry in einem der alten venezianischen Paläste aufhielt, den sie für eine gewisse Zeit gemietet hatten. Da er ein Freund von Ferrari war, hatte er ihm einen Besuch abgestattet. Nachdem er an der Tür geklingelt hatte, die auf den Kanal hinausging, ohne dass ihn jemand hörte, war er zu einem Seiteneingang gegangen, der auf eine der engen Landstraßen Venedigs führte. Hier, an der Tür stehend (als ob sie darauf wartete, dass er es als nächstes in diese Richtung versuchte), fand er eine blasse Frau mit herrlichen dunklen Augen vor, die sich als keine andere als Lady Montbarry selbst herausstellte.

Sie fragte ihn auf Italienisch, was er wolle. Er antwortete, er wolle den Kurier Ferrari sehen, wenn es ihm recht sei. Sie teilte ihm sofort mit, dass Ferrari den Palast verlassen hatte, ohne einen Grund zu nennen und ohne auch nur eine Adresse zu hinterlassen, an die sein monatliches Gehalt (das ihm damals zustand) gezahlt werden konnte. Erstaunt über diese Antwort, erkundigte sich der Kurier, ob irgendjemand Ferrari beleidigt oder sich mit ihm gestritten habe. Die Dame antwortete: "Meines Wissens nicht. Ich bin Lady Montbarry, und ich kann Ihnen versichern, dass Ferrari in diesem Haus mit größter Freundlichkeit behandelt wurde. Wir sind ebenso erstaunt wie Sie über sein außergewöhnliches Verschwinden. Sollten Sie von ihm hören, lassen Sie es uns bitte wissen, damit wir ihm wenigstens das Geld zahlen können, das ihm zusteht.'

Nach ein oder zwei weiteren Fragen (die er bereitwillig beantwortete), die sich auf das Datum und die Tageszeit bezogen, zu der Ferrari den Palast verlassen hatte, verabschiedete sich der Kurier.

Er begann sofort mit den notwendigen Nachforschungen - ohne das geringste Ergebnis, was Ferrari betraf. Niemand hatte ihn gesehen. Niemand schien ihn ins Vertrauen gezogen zu haben. Niemand wusste irgendetwas (d.h. irgendetwas von der geringsten Bedeutung), auch nicht über so angesehene Personen wie Lord und Lady Montbarry. Es wurde berichtet, dass das englische Dienstmädchen Ihrer Ladyschaft sie vor dem Verschwinden von Ferrari verlassen hatte, um zu ihren Verwandten in ihrem Heimatland zurückzukehren, und dass Lady Montbarry keine Schritte unternommen hatte, um ihren Platz einzunehmen. Seine Lordschaft wurde als bei schwacher Gesundheit beschrieben. Er lebte in strengster Zurückgezogenheit - niemand wurde zu ihm vorgelassen, nicht einmal seine eigenen Landsleute. Man entdeckte eine dumme alte Frau, die die Hausarbeit im Palast erledigte, morgens ankam und abends wieder wegging. Sie hatte den verschwundenen Kurier nie gesehen - sie hatte nicht einmal Lord Montbarry gesehen, der damals in seinem Zimmer eingesperrt war. Ihre Ladyschaft, 'eine höchst liebenswürdige und bewundernswerte Herrin', war in ständiger Begleitung ihres edlen Gatten. Es gab keinen anderen Diener im Haus (so weit die alte Frau wusste) außer ihr selbst. Die Mahlzeiten wurden von einem Restaurant geliefert. Mein Herr, so hieß es, mochte keine Fremden. Der Schwager meines Herrn, der Baron, war in der Regel in einem abgelegenen Teil des Palastes eingeschlossen und beschäftigte sich (so die gnädige Herrin) mit chemischen Experimenten. Die Experimente verursachten manchmal einen üblen Geruch. In letzter Zeit war ein Arzt zu seiner Lordschaft gerufen worden, ein italienischer Arzt, der seit langem in Venedig lebte. Auf Nachfrage bei diesem Herrn (einem Arzt von unzweifelhafter Kompetenz und Seriosität) stellte sich heraus, dass auch er Ferrari noch nie gesehen hatte, da er erst nach dem Verschwinden des Kuriers in den Palast gerufen worden war (wie sein Notizbuch zeigte). Der Arzt beschrieb Lord Montbarrys Krankheit als Bronchitis. Bisher gab es keinen Grund zur Beunruhigung, obwohl der Anfall sehr heftig war. Für den Fall, dass alarmierende Symptome auftreten sollten, hatte er mit Ihrer Ladyschaft vereinbart, einen anderen Arzt hinzuzuziehen. Im Übrigen kann man nicht genug von meiner Dame schwärmen; sie war Tag und Nacht am Bett ihres Herrn.

Mit diesen Angaben begannen und endeten die Entdeckungen von Ferraris Kurierfreund. Die Polizei war auf der Suche nach dem verschwundenen Mann - und das war die einzige Hoffnung, die man Ferraris Frau im Moment machen konnte.

'Was halten Sie davon, Miss?', fragte die arme Frau ungeduldig. 'Was würden Sie mir raten zu tun?

Agnes wusste nicht, wie sie ihr antworten sollte; es war sogar schwierig zu hören, was Emily sagte. Die Hinweise im Brief des Kuriers auf Montbarry - der Bericht über seine Krankheit, das melancholische Bild von seinem zurückgezogenen Leben - hatten die alte Wunde wieder aufgerissen. Sie dachte nicht einmal an den verlorenen Ferrari, sondern war in Gedanken in Venedig, am Krankenbett des Mannes.

'Ich weiß kaum, was ich sagen soll', antwortete sie. 'Ich habe keine Erfahrung in ernsten Angelegenheiten dieser Art.

'Meinen Sie, es würde Ihnen helfen, Miss, wenn Sie die Briefe meines Mannes an mich lesen würden? Es sind nur drei - es wird nicht lange dauern, sie zu lesen.

Agnes las die Briefe mitfühlend.

Sie waren nicht sehr zärtlich formuliert. 'Liebe Emily' und 'Mit freundlichen Grüßen' - diese konventionellen Floskeln waren die einzigen Worte der Zärtlichkeit, die sie enthielten. Im ersten Brief wurde Lord Montbarry nicht sehr wohlwollend erwähnt: 'Wir verlassen Paris morgen. Ich mag meinen Herrn nicht besonders. Er ist stolz und kalt und, unter uns gesagt, geizig in Geldangelegenheiten. Ich musste mich schon um solche Kleinigkeiten wie ein paar Centimes in der Hotelrechnung streiten, und schon zweimal gab es scharfe Bemerkungen zwischen dem frisch verheirateten Paar, weil Ihre Ladyschaft so frei war, in den Pariser Geschäften ziemlich verlockende Dinge zu kaufen. "Ich kann mir das nicht leisten, Sie müssen sich an Ihr Taschengeld halten." Diese Worte hat sie schon oft hören müssen. Was mich betrifft, so mag ich sie. Sie hat die netten, einfachen ausländischen Manieren - sie spricht mit mir, als wäre ich ein Mensch wie sie selbst.'

Der zweite Brief war aus Rom datiert.

'Die Launen meines Herrn' (schrieb Ferrari) 'haben uns ständig in Bewegung gehalten. Er wird unheilbar ruhelos. Ich vermute, er ist unruhig in seinem Geist. Schmerzhafte Erinnerungen, würde ich sagen - ich ertappe ihn ständig dabei, wie er alte Briefe liest, wenn Ihre Ladyschaft nicht anwesend ist. Wir hätten in Genua Halt machen sollen, aber er hat uns weitergetrieben. In Florenz war es dasselbe. Hier, in Rom, besteht meine Dame darauf, sich auszuruhen. Ihr Bruder hat uns an diesem Ort getroffen. Es gab bereits einen Streit (wie mir die Zofe der Dame mitteilte) zwischen meinem Herrn und dem Baron. Letzterer wollte sich von Ersterem Geld leihen. Seine Lordschaft weigerte sich in einer Sprache, die Baron Rivar beleidigte. Meine Herrin hat die beiden besänftigt und sie dazu gebracht, sich die Hand zu geben.'

Der dritte und letzte Brief kam aus Venedig.

'Mehr von der Sparsamkeit meines Herrn! Anstatt im Hotel zu wohnen, haben wir einen feuchten, schimmeligen, verwinkelten alten Palast gemietet. Meine Herrin besteht darauf, die besten Zimmer zu bekommen, egal wo wir hingehen, und der Palast ist für zwei Monate billiger. Mein Herr hat versucht, ihn für länger zu bekommen; er sagt, die Ruhe Venedigs sei gut für seine Nerven. Aber ein ausländischer Spekulant hat sich den Palast gesichert und will ihn in ein Hotel umwandeln. Der Baron ist immer noch bei uns, und es gab weitere Meinungsverschiedenheiten über Geldangelegenheiten. Ich mag den Baron nicht und ich finde, dass die Reize meiner Dame nicht wachsen. Sie war viel netter, bevor der Baron zu uns kam. Mein Herr ist ein pünktlicher Zahlmeister; es ist eine Frage der Ehre für ihn; er hasst es, sich von seinem Geld zu trennen, aber er tut es, weil er sein Wort gegeben hat. Ich erhalte mein Gehalt regelmäßig am Ende eines jeden Monats - keinen Franc zu viel, obwohl ich viele Dinge getan habe, die nicht zu den eigentlichen Aufgaben eines Kuriers gehören. Stellen Sie sich vor, der Baron versucht, sich Geld von mir zu leihen! Ich habe es nicht geglaubt, als die Zofe meiner Herrin es mir zum ersten Mal erzählte, aber seitdem habe ich genug gesehen, um mich davon zu überzeugen, dass sie Recht hatte. Außerdem habe ich noch andere Dinge gesehen, die - nun ja - meinen Respekt vor meiner Herrin und dem Baron nicht gerade erhöhen. Das Dienstmädchen sagt, sie wolle Sie auffordern zu gehen. Sie ist eine respektable Britin und nimmt die Dinge nicht so einfach hin wie ich. Es ist ein langweiliges Leben hier. Keiner geht in Gesellschaft - keine Gesellschaft zu Hause - kein Mensch sieht meinen Herrn - nicht einmal der Konsul oder der Bankier. Wenn er ausgeht, dann allein, und das meist gegen Abend. Drinnen schließt er sich mit seinen Büchern in seinem Zimmer ein und sieht seine Frau und den Baron so wenig wie möglich. Ich vermute, dass sich die Dinge hier auf eine Krise zubewegen. Wenn der Verdacht meines Herrn erst einmal geweckt ist, werden die Folgen schrecklich sein. Unter bestimmten Umständen ist der edle Montbarry ein Mann, der vor nichts zurückschreckt. Aber die Bezahlung ist gut und ich kann es mir nicht leisten, wie die Zofe meiner Herrin davon zu reden, den Ort zu verlassen.'

Agnes reichte die Briefe zurück - ein Hinweis auf die Strafe, die der Mann, der sie verlassen hatte, bereits für seine eigene Verliebtheit gezahlt hatte - mit Gefühlen der Scham und der Verzweiflung, die sie zu keiner geeigneten Ratgeberin für die hilflose Frau machten, die auf ihren Rat angewiesen war.

'Das Einzige, was ich vorschlagen kann', sagte sie, nachdem sie zunächst einige freundliche Worte des Trostes und der Hoffnung gesprochen hatte, 'ist, dass wir eine Person mit mehr Erfahrung als der unseren konsultieren sollten. Wie wäre es, wenn ich meinem Anwalt (der auch mein Freund und Treuhänder ist) schreibe und ihn bitte, morgen nach seiner Geschäftszeit zu kommen und uns zu beraten?

Emily nahm den Vorschlag eifrig und dankbar an. Es wurde eine Stunde für das Treffen am nächsten Tag vereinbart, die Korrespondenz wurde Agnes anvertraut und die Frau des Kuriers verabschiedete sich.

Erschöpft und herzkrank legte sich Agnes auf das Sofa, um sich auszuruhen und sich zu beruhigen. Die fürsorgliche Krankenschwester brachte ihr eine belebende Tasse Tee. Ihr wunderlicher Tratsch über sich selbst und ihre Beschäftigungen während Agnes' Abwesenheit wirkte wie eine Erleichterung für den überlasteten Geist ihrer Herrin. Sie unterhielten sich noch immer leise, als sie durch ein lautes Klopfen an der Haustür aufgeschreckt wurden. Eilige Schritte stiegen die Treppe hinauf. Die Tür des Wohnzimmers wurde gewaltsam aufgerissen und die Frau des Kuriers stürmte wie eine Verrückte herein. 'Er ist tot! Sie haben ihn ermordet!' Diese wilden Worte waren alles, was sie sagen konnte. Sie fiel am Fuß des Sofas auf die Knie, streckte ihre Hand aus, in der sich etwas befand, und fiel in Ohnmacht.

Die Krankenschwester gab Agnes ein Zeichen, das Fenster zu öffnen, und ergriff die notwendigen Maßnahmen, um die ohnmächtige Frau wieder aufzurichten. 'Was ist das?', rief sie aus. 'Hier ist ein Brief in ihrer Hand. Sehen Sie nach, Miss.'

Der geöffnete Umschlag war (offensichtlich mit einer vorgetäuschten Handschrift) an 'Mrs. Ferrari' adressiert. Der Poststempel lautete 'Venedig'. Der Inhalt des Umschlags bestand aus einem Blatt ausländischen Briefpapiers und einer gefalteten Beilage.

Auf dem Briefpapier war nur eine Zeile geschrieben. Sie war wieder in einer gefälschten Handschrift geschrieben und enthielt diese Worte:

'Zum Trost für den Verlust Ihres Mannes'.

Agnes öffnete die Anlage als nächstes.

Es war eine Banknote der Bank of England über tausend Pfund.

# KAPITEL VI

Am nächsten Tag besuchte Mr. Troy, der Freund und Rechtsberater von Agnes Lockwood, sie am Abend nach Vereinbarung.

Mrs. Ferrari, die immer noch an den Tod ihres Mannes glaubte, hatte sich soweit erholt, dass sie der Beratung beiwohnen konnte. Mit Hilfe von Agnes erzählte sie dem Anwalt das Wenige, was über Ferraris Verschwinden bekannt war, und legte dann die Korrespondenz vor, die mit diesem Ereignis zusammenhing. Mr. Troy las (erstens) die drei Briefe, die Ferrari an seine Frau gerichtet hatte, (zweitens) den Brief von Ferraris Kurierfreund, in dem er seinen Besuch im Palast und sein Gespräch mit Lady Montbarry beschrieb, und (drittens) die eine Zeile des anonymen Schreibens, das das außergewöhnliche Geschenk von tausend Pfund an Ferraris Frau begleitet hatte.

Mr. Troy, der später als der Anwalt bekannt wurde, der Lady Lydiard in dem Fall des Diebstahls vertrat, der allgemein als der Fall des "Geldes der Lady" beschrieben wird, war nicht nur ein Mann mit Bildung und Erfahrung in seinem Beruf, sondern auch ein Mann, der etwas von der Gesellschaft im In- und Ausland gesehen hatte. Er besaß einen scharfen Blick für Charaktere, einen wunderlichen Humor und ein freundliches Wesen, das selbst durch die berufliche Erfahrung eines Anwalts mit der Menschheit nicht geschwächt worden war. Bei all diesen persönlichen Vorzügen stellt sich jedoch die Frage, ob er der geeignetste Berater war, den Agnes unter den gegebenen Umständen hätte wählen können. Die kleine Mrs. Ferrari war, bei allen häuslichen Vorzügen, eine ganz gewöhnliche Frau. Mr. Troy war der letzte lebende Mensch, der ihre Sympathien auf sich ziehen konnte - er war das genaue Gegenteil eines gewöhnlichen Mannes.

'Sie sieht sehr krank aus, das arme Ding!' Mit diesen Worten eröffnete der Anwalt das Thema des Abends und sprach Mrs. Ferrari so unverblümt an, als wäre sie gar nicht im Raum gewesen.

'Sie hat einen schrecklichen Schock erlitten', antwortete Agnes.

Mr. Troy wandte sich Mrs. Ferrari zu und betrachtete sie wieder mit dem Interesse, das einem Opfer eines Schocks gebührt. Er trommelte abwesend mit seinen Fingern auf dem Tisch. Schließlich sprach er zu ihr.

'Meine liebe Frau, Sie glauben doch nicht wirklich, dass Ihr Mann tot ist?

Mrs. Ferrari hielt sich ihr Taschentuch vor die Augen. Das Wort 'tot' war unfähig, ihre Gefühle auszudrücken. 'Ermordet!', sagte sie streng hinter ihrem Taschentuch.

'Warum? Und von wem?' fragte Mr. Troy.

Mrs. Ferrari schien Schwierigkeiten zu haben, zu antworten. 'Sie haben die Briefe meines Mannes gelesen, Sir', begann sie. Ich glaube, er hat entdeckt..." Sie kam bis zu diesem Punkt, dann hielt sie inne.

'Was hat er entdeckt?'

Die Geduld der Menschen hat ihre Grenzen, selbst die einer trauernden Ehefrau. Diese kühle Frage brachte Mrs. Ferrari dazu, endlich Klartext zu reden.

'Er hat Lady Montbarry und den Baron entdeckt!', antwortete sie mit einem Anflug von hysterischer Heftigkeit. 'Der Baron ist genauso wenig der Bruder dieser abscheulichen Frau wie ich es bin. Meinem armen, lieben Mann wurde die Schlechtigkeit dieser beiden Schurken bewusst. Das Dienstmädchen der Dame verließ daraufhin ihren Platz. Wenn Ferrari auch gegangen wäre, würde er jetzt noch leben. Sie haben ihn umgebracht. Ich sage, sie haben ihn getötet, um zu verhindern, dass Lord Montbarry davon erfährt.' So legte Mrs. Ferrari in kurzen, scharfen Sätzen und mit immer lauter werdendem Akzent ihre Meinung zu dem Fall dar.

Mr. Troy behielt seine eigene Meinung für sich und hörte ihr mit einem Ausdruck satirischer Zustimmung zu.

'Sehr überzeugend formuliert, Mrs. Ferrari', sagte er. 'Sie bauen Ihre Sätze gut auf; Sie schließen Ihre Schlussfolgerungen auf fachmännische Weise ab. Wären Sie ein Mann, wären Sie eine gute Anwältin - Sie hätten die Geschworenen am Nacken gepackt. Schließen Sie den Fall ab, meine liebe Dame - schließen Sie den Fall ab. Sagen Sie uns als nächstes, wer Ihnen diesen Brief mit dem Geldschein geschickt hat. Die "zwei Schufte", die Mr. Ferrari ermordet haben, würden kaum die Hände in die Taschen stecken und Ihnen tausend Pfund schicken. Wer ist es? Ich sehe, der Poststempel auf dem Brief lautet "Venedig". Haben Sie einen Freund in dieser interessanten Stadt, der ein großes Herz und einen Geldbeutel hat, um zu korrespondieren, der in das Geheimnis eingeweiht wurde und der Sie anonym trösten möchte?

Es war nicht leicht, darauf zu antworten. Mrs. Ferrari spürte innerlich erste Ansätze von so etwas wie Hass auf Mr. Troy. 'Ich verstehe Sie nicht, Sir', antwortete sie. 'Ich glaube nicht, dass es sich um einen Scherz handelt.'

Agnes mischte sich ein, zum ersten Mal. Sie rückte mit ihrem Stuhl ein wenig näher an ihren Rechtsbeistand und Freund heran.

'Was ist Ihrer Meinung nach die wahrscheinlichste Erklärung?', fragte sie.

'Ich werde Mrs. Ferrari beleidigen, wenn ich es Ihnen sage', antwortete Mr. Troy.

'Nein, Sir, das werden Sie nicht!', rief Mrs. Ferrari, die Mr. Troy inzwischen unverhohlen hasste.

Der Anwalt lehnte sich in seinem Stuhl zurück. 'Nun gut', sagte er in seiner gut gelaunten Art. 'Lassen Sie es uns aussprechen. Sehen Sie, Madame, ich bestreite nicht, dass Sie die Lage der Dinge im Palast in Venedig richtig einschätzen. Sie haben die Briefe Ihres Mannes, um sich zu rechtfertigen, und Sie haben auch die bezeichnende Tatsache, dass das Dienstmädchen von Lady Montbarry das Haus wirklich verlassen hat. Wir werden also sagen, dass Lord Montbarry vermutlich das Opfer einer üblen Ungerechtigkeit geworden ist - dass Mr. Ferrari der erste war, der es herausfand - und dass die Schuldigen Grund hatten zu befürchten, dass er Lord Montbarry nicht nur von seiner Entdeckung in Kenntnis setzen würde, sondern dass er ein Hauptzeuge gegen sie sein würde, wenn der Skandal vor Gericht publik gemacht würde. Merken Sie sich das! Wenn ich all das zugebe, komme ich zu einem ganz anderen Schluss als Sie. Ihr Mann wird in diesem elenden Haushalt mit drei Personen zurückgelassen, und das unter für ihn sehr unangenehmen Umständen. Was soll er tun? Abgesehen von dem Geldschein und der schriftlichen Nachricht, die er Ihnen damit geschickt hat, würde ich sagen, dass er sich klugerweise einer schändlichen Entdeckung und Bloßstellung entzogen hat, indem er heimlich die Flucht ergriff. Das Geld ändert diese Ansicht - zu Ungunsten von Mr. Ferrari. Ich glaube immer noch, dass er sich aus dem Staub macht. Aber ich sage jetzt, dass er dafür bezahlt wird, dass er sich aus dem Staub macht - und dieser Geldschein dort auf dem Tisch ist der Preis für seine Abwesenheit, den die Schuldigen seiner Frau geschickt haben.'

Mrs. Ferraris wässrige, graue Augen leuchteten plötzlich auf und Mrs. Ferraris fahle, eintönige Gesichtsfarbe wurde durch ein leuchtendes Rot belebt.

'Es ist falsch!', rief sie. 'Es ist eine Schande, so von meinem Mann zu sprechen!'

'Ich sagte doch, dass ich Sie beleidigen würde!', sagte Mr. Troy.

Agnes mischte sich noch einmal ein - im Interesse des Friedens. Sie nahm die Hand der beleidigten Ehefrau und appellierte an den Anwalt, den Teil seiner Theorie zu überdenken, der Ferrari schwer belastete. Noch während sie sprach, wurde sie vom Diener unterbrochen, der mit einer Visitenkarte den Raum betrat. Es war die Karte von Henry Westwick, auf der mit Bleistift eine unheilvolle Bitte geschrieben stand. 'Ich bringe schlechte Nachrichten. Lassen Sie mich einen Moment zu Ihnen nach unten kommen.' Agnes verließ sofort das Zimmer.

Als Mr. Troy mit Mrs. Ferrari allein war, erlaubte er seiner natürlichen Herzensgüte, endlich an die Oberfläche zu kommen. Er versuchte, seinen Frieden mit der Frau des Kuriers zu machen.

'Sie haben allen Grund, meine gute Seele, sich über die Kritik an Ihrem Mann zu ärgern', begann er. Ich darf sogar sagen, dass ich Sie dafür respektiere, dass Sie ihn so warmherzig verteidigen. Aber vergessen Sie nicht, dass ich in einer so ernsten Angelegenheit wie dieser verpflichtet bin, Ihnen zu sagen, was ich wirklich denke. Ich kann nicht die Absicht haben, Sie zu beleidigen, da ich Ihnen und Mr. Ferrari völlig fremd bin. Tausend Pfund sind eine große Summe Geld, und ein armer Mann kann sich dadurch zu Recht dazu verleiten lassen, nichts Schlimmeres zu tun, als eine Weile aus dem Weg zu gehen. Mein einziges Interesse in Ihrem Auftrag ist es, die Wahrheit herauszufinden. Wenn Sie mir Zeit geben, sehe ich keinen Grund, daran zu verzweifeln, Ihren Mann noch zu finden.'

Ferraris Frau hörte zu, ohne sich überzeugen zu lassen: Ihr kleiner Verstand, der durch ihre negative Meinung über Mr. Troy bis zum Äußersten ausgefüllt war, hatte keinen Platz mehr, um den ersten Eindruck zu korrigieren. 'Ich bin Ihnen sehr verbunden, Sir', war alles, was sie sagte. Ihre Augen waren mitteilsamer - ihre Augen fügten in ihrer Sprache hinzu: 'Sie können sagen, was Sie wollen, ich werde Ihnen bis zu meinem Todestag nie verzeihen.'

Mr. Troy gab es auf. Er drehte sich gelassen auf seinem Stuhl um, steckte die Hände in die Taschen und sah aus dem Fenster.

Nach einer Weile des Schweigens wurde die Tür des Salons geöffnet.

Mr. Troy drehte sich zügig um und ging zum Tisch, in der Erwartung, Agnes zu sehen. Zu seiner Überraschung erschien an ihrer Stelle ein ihm völlig fremder Mann - ein Herr in der Blüte seines Lebens, mit einem deutlichen Ausdruck von Schmerz und Verlegenheit auf seinem hübschen Gesicht. Er sah Mr. Troy an und verbeugte sich ernsthaft.

'Ich habe das Pech, Miss Agnes Lockwood eine Nachricht zu überbringen, die sie sehr beunruhigt', sagte er. 'Sie hat sich in ihr Zimmer zurückgezogen. Ich wurde gebeten, sie zu entschuldigen und an ihrer Stelle zu Ihnen zu sprechen.'

Nachdem er sich mit diesen Worten vorgestellt hatte, bemerkte er Mrs. Ferrari und reichte ihr freundlich die Hand. 'Es ist einige Jahre her, dass wir uns das letzte Mal gesehen haben, Emily', sagte er. Ich fürchte, Sie haben den "Master Henry" von früher schon fast vergessen. Emily bedankte sich etwas verwirrt und fragte, ob sie Miss Lockwood irgendwie behilflich sein könne. 'Die alte Krankenschwester ist bei ihr', antwortete Henry, 'es ist besser, wenn sie zusammen bleiben.' Er wandte sich noch einmal an Mr. Troy. 'Ich sollte Ihnen sagen', sagte er, 'dass mein Name Henry Westwick ist. Ich bin der jüngere Bruder des verstorbenen Lord Montbarry.'

'Der verstorbene Lord Montbarry!' Mr. Troy rief aus.

'Mein Bruder ist gestern Abend in Venedig gestorben. Da ist das Telegramm.' Mit dieser verblüffenden Antwort reichte er Mr. Troy das Papier.

Die Nachricht lautete wie folgt:

'Lady Montbarry, Venedig. An Stephen Robert Westwick, Newbury's Hotel, London. Es ist sinnlos, die Reise anzutreten. Lord Montbarry ist heute Abend um 8.40 Uhr an Bronchitis gestorben. Alle notwendigen Informationen per Post.'

'War das zu erwarten, Sir?', fragte der Anwalt.

'Ich kann nicht sagen, dass es uns völlig überrascht hat', antwortete Henry. Mein Bruder Stephen (der jetzt das Oberhaupt der Familie ist) hat vor drei Tagen ein Telegramm erhalten, in dem er darüber informiert wurde, dass alarmierende Symptome aufgetreten sind und ein zweiter Arzt hinzugezogen wurde. Er telegrafierte zurück, dass Irland in Richtung London verlassen hatte und auf dem Weg nach Venedig war, und bat darum, alle weiteren Nachrichten an sein Hotel zu schicken. Die Antwort kam in einem zweiten Telegramm. Darin wurde mitgeteilt, dass Lord Montbarry sich in einem Zustand der Bewusstlosigkeit befand und dass er in seinen kurzen Bewusstseinsperioden niemanden erkannte. Meinem Bruder wurde geraten, in London auf weitere Informationen zu warten. Das dritte Telegramm liegt nun in Ihren Händen. Das ist alles, was ich bis zum jetzigen Zeitpunkt weiß.

Als Mr. Troy einen Blick auf die Frau des Kuriers warf, fiel ihm der Ausdruck von blanker Angst auf, der sich im Gesicht der Frau zeigte.

'Mrs. Ferrari', sagte er, 'haben Sie gehört, was Mr. Westwick mir gerade erzählt hat?'

'Jedes Wort davon, Sir.'

'Haben Sie noch Fragen?'

'Nein, Sir.'

'Sie scheinen beunruhigt zu sein', beharrte der Anwalt. 'Geht es immer noch um Ihren Mann?'

'Ich werde meinen Mann nie wieder sehen, Sir. Das habe ich die ganze Zeit gedacht, wie Sie wissen. Ich bin mir dessen jetzt sicher.'

'Sicher, nach dem, was Sie gerade gehört haben?'

'Ja, Sir.'

'Können Sie mir sagen, warum?'

'Nein, Sir. Es ist ein Gefühl, das ich habe. Ich kann nicht sagen, warum.'

'Oh, ein Gefühl?' Mr. Troy wiederholte es in einem Ton der mitfühlenden Verachtung. 'Wenn es um Gefühle geht, meine gute Seele...!' Er ließ den Satz unvollendet und erhob sich, um sich von Mr. Westwick zu verabschieden. Die Wahrheit ist, dass er selbst begann, sich verwirrt zu fühlen, und er wollte Mrs. Ferrari das nicht zeigen. 'Nehmen Sie den Ausdruck meines Mitgefühls an, Sir', sagte er höflich zu Mr. Westwick. 'Ich wünsche Ihnen einen guten Abend.'

Henry wandte sich an Mrs. Ferrari, als der Anwalt die Tür schloss. 'Ich habe von Miss Lockwood von Ihrem Ärger gehört, Emily. Kann ich irgendetwas tun, um Ihnen zu helfen?

'Nichts, Sir, danke. Vielleicht sollte ich nach dem, was passiert ist, besser nach Hause gehen? Ich werde morgen anrufen und sehen, ob ich Miss Agnes behilflich sein kann. Es tut mir sehr leid für sie.' Sie stahl sich davon, mit einem förmlichen Knicks, geräuschlosem Schritt und dem festen Entschluss, den Fall ihres Mannes so düster wie möglich zu sehen.

Henry Westwick sah sich in der Einsamkeit des kleinen Salons um. Es gab nichts, was ihn im Haus hielt, und doch verweilte er dort. Es war etwas Besonderes, Agnes nahe zu sein und die Dinge zu sehen, die ihr gehörten und die im Raum verstreut waren. Dort, in der Ecke, stand ihr Stuhl, und auf dem Arbeitstisch daneben lag ihre Stickerei. Auf der kleinen Staffelei neben dem Fenster lag ihre letzte, noch nicht ganz fertige Zeichnung. Das Buch, in dem sie gelesen hatte, lag auf dem Sofa, mit ihrem winzigen Federmäppchen darin, um die Stelle zu markieren, an der sie aufgehört hatte. Einer nach dem anderen betrachtete er die Gegenstände, die ihn an die Frau erinnerten, die er liebte, nahm sie zärtlich in die Hand und legte sie mit einem Seufzer wieder hin. Ach, wie weit, wie unerreichbar weit weg war sie noch von ihm! 'Sie wird Montbarry nie vergessen', dachte er bei sich, als er seinen Hut nahm, um zu gehen. 'Keiner von uns fühlt seinen Tod so wie sie es tut. Elendiger, elender Schuft, wie sehr sie ihn geliebt hat!'

Auf der Straße, als Henry die Haustür schloss, wurde er von einem vorbeigehenden Bekannten aufgehalten, einem lästigen, neugierigen Mann, der ihm in diesem Moment ganz und gar nicht willkommen war. 'Traurige Nachrichten, Westwick, das mit Ihrem Bruder. Ein ziemlich unerwarteter Tod, nicht wahr? Wir haben im Club nie gehört, dass Montbarrys Lunge schwach war. Was werden die Versicherungsbüros tun?'

begann Henry. Er hatte nie an die Lebensversicherung seines Bruders gedacht. Was konnten die Ämter tun, außer zu zahlen? Ein Tod durch Bronchitis, der von zwei Ärzten bescheinigt wurde, war sicherlich der am wenigsten anfechtbare aller Todesfälle. 'Ich wünschte, du hättest mir diese Frage nicht gestellt!', brach er gereizt hervor. 'Ah!', sagte sein Freund, 'Sie glauben, die Witwe wird das Geld bekommen? Das glaube ich auch! Das glaube ich auch!

# KAPITEL VII

Einige Tage später erhielten die Versicherungsbüros (zwei an der Zahl) von den Londoner Anwälten Ihrer Ladyschaft die offizielle Mitteilung über den Tod von Lord Montbarry. Die Versicherungssumme betrug in jedem Büro fünftausend Pfund, für die nur eine Jahresprämie gezahlt worden war. Angesichts einer solchen finanziellen Notlage hielten es die Direktoren für wünschenswert, ihre Position zu überdenken. Die medizinischen Berater der beiden Ämter, die die Versicherung von Lord Montbarrys Leben empfohlen hatten, wurden zu einer Beratung über ihre eigenen Berichte einberufen. Das Ergebnis erregte das Interesse von Personen, die mit dem Geschäft der Lebensversicherung zu tun haben. Ohne die Auszahlung des Geldes gänzlich abzulehnen, beschlossen die beiden Ämter (in Absprache), eine Untersuchungskommission nach Venedig zu schicken, "um weitere Informationen zu erhalten".

Mr. Troy erhielt die ersten Informationen über die Vorgänge. Er schrieb sofort, um Agnes seine Neuigkeiten mitzuteilen, und fügte etwas hinzu, was er für einen wertvollen Hinweis hielt, und zwar mit diesen Worten:

'Sie sind, wie ich weiß, mit Lady Barville, der ältesten Schwester des verstorbenen Lord Montbarry, vertraut. Die von ihrem Mann beauftragten Anwälte sind auch die Anwälte eines der beiden Versicherungsbüros. Möglicherweise steht im Bericht der Untersuchungskommission etwas über das Verschwinden von Ferrari. Gewöhnlichen Personen wäre es natürlich nicht gestattet, ein solches Dokument einzusehen. Aber eine Schwester des verstorbenen Lords ist eine so nahe Verwandte, dass sie eine Ausnahme von den allgemeinen Regeln darstellt. Wenn Sir Theodore Barville das so sieht, werden die Anwälte, auch wenn sie seiner Frau nicht erlauben, den Bericht einzusehen, zumindest alle diskreten Fragen beantworten, die sie in diesem Zusammenhang stellen könnte. Lassen Sie mich so bald wie möglich hören, was Sie von diesem Vorschlag halten.'

Die Antwort kam postwendend. Agnes lehnte es ab, den Vorschlag von Mr. Troy anzunehmen.

Meine Einmischung, so unschuldig sie auch war", schrieb sie, "hat bereits zu so bedauerlichen Ergebnissen geführt, dass ich mich im Fall von Ferrari nicht weiter einmischen kann und darf. Hätte ich nicht eingewilligt, dass dieser unglückliche Mann sich namentlich an mich wendet, hätte der verstorbene Lord Montbarry ihn nie engagiert, und seiner Frau wäre das Elend und die Spannung erspart geblieben, unter denen sie jetzt leidet. Ich würde mir den Bericht, auf den Sie anspielen, nicht einmal ansehen, wenn man ihn mir in die Hand drücken würde - ich habe schon mehr als genug von diesem abscheulichen Leben im Palast von Venedig gehört. Wenn Mrs. Ferrari sich (mit Ihrer Hilfe) an Lady Barville wenden will, ist das natürlich etwas ganz anderes. Aber selbst in diesem Fall muss ich zur Bedingung machen, dass mein Name nicht erwähnt wird. Verzeihen Sie mir, lieber Mr. Troy! Ich bin sehr unglücklich und sehr unvernünftig - aber ich bin nur eine Frau, und Sie dürfen nicht zu viel von mir erwarten.'

Da dies nicht gelang, riet der Anwalt, den Versuch zu unternehmen, die Adresse von Lady Montbarrys englischem Dienstmädchen herauszufinden. Dieser exzellente Vorschlag hatte einen Nachteil: Er konnte nur mit Geld durchgeführt werden - und es gab kein Geld auszugeben. Mrs. Ferrari schreckte vor dem bloßen Gedanken zurück, die Tausend-Pfund-Note zu verwenden. Er war in der sicheren Verwahrung einer Bank deponiert. Wenn sie ihn auch nur hörte, schauderte sie und bezeichnete ihn mit melodramatischer Inbrunst als 'das Blutgeld meines Mannes'!

Unter dem Druck der Umstände wurde der Versuch, das Geheimnis von Ferraris Verschwinden aufzuklären, für eine Weile auf Eis gelegt.

Es war der letzte Monat des Jahres 1860. Die Untersuchungskommission war bereits an der Arbeit und hatte am 6. Dezember mit ihren Ermittlungen begonnen. Am 10. lief die Frist, für die der verstorbene Lord Montbarry den venezianischen Palast gemietet hatte, ab. Per Telegramm erreichte die Versicherungsbüros die Nachricht, dass Lady Montbarry von ihren Anwälten geraten worden war, so schnell wie möglich nach London zu reisen. Baron Rivar, so glaubte man, würde sie nach England begleiten, aber nicht in diesem Land bleiben, es sei denn, seine Dienste würden von ihrer Ladyschaft unbedingt benötigt. Der Baron, 'bekannt als begeisterter Lernender der Chemie', hatte von einigen neuen Entdeckungen im Zusammenhang mit dieser Wissenschaft in den Vereinigten Staaten gehört und wollte sie persönlich untersuchen.

Diese von Mr. Troy gesammelten Neuigkeiten wurden Mrs. Ferrari mitgeteilt, die aus Sorge um ihren Mann häufig, zu häufig, in der Kanzlei des Anwalts zu Besuch war. Sie versuchte, ihrer guten Freundin und Beschützerin zu erzählen, was sie gehört hatte. Agnes weigerte sich beharrlich, zuzuhören, und verbot ausdrücklich jedes weitere Gespräch über Lord Montbarrys Frau, jetzt, da Lord Montbarry nicht mehr lebte. Mr. Troy wird Sie beraten", sagte sie, "und das bisschen Geld, das ich entbehren kann, steht Ihnen zur Verfügung, wenn Sie Geld brauchen. Alles, was ich dafür verlange, ist, dass Sie mich nicht beunruhigen. Ich versuche, mich von den Erinnerungen zu trennen", ihre Stimme stockte, sie hielt inne, um sich zu beherrschen, "von den Erinnerungen", fuhr sie fort, "die trauriger sind als je zuvor, seit ich von Lord Montbarrys Tod gehört habe. Helfen Sie mir durch Ihr Schweigen, meinen Geist zu erholen, wenn ich kann. Lassen Sie mich nichts mehr hören, bis ich mich mit Ihnen darüber freuen kann, dass Ihr Mann gefunden wurde.'

Die Zeit verging bis zum 13. des Monats, und Mr. Troy erhielt weitere interessante Informationen. Die Arbeit der Versicherungskommission war zu Ende - an diesem Tag war der Bericht aus Venedig eingetroffen.

# KAPITEL VIII

Am 14. trafen sich die Direktoren und ihre Rechtsberater zur Verlesung des Berichts unter Ausschluss der Öffentlichkeit. Die Kommissare teilten die Ergebnisse ihrer Untersuchung in folgenden Worten mit: "Privat und vertraulich.

Wir haben die Ehre, unseren Direktoren mitzuteilen, dass wir am 6. Dezember 1860 in Venedig angekommen sind. Noch am selben Tag begaben wir uns zu dem Palast, den Lord Montbarry zum Zeitpunkt seiner letzten Krankheit und seines Todes bewohnte.

Wir wurden mit der größtmöglichen Höflichkeit von Lady Montbarrys Bruder, Baron Rivar, empfangen. "Meine Schwester war während der Krankheit ihres Mannes die einzige Betreuerin", teilte uns der Baron mit. "Sie ist von Trauer und Müdigkeit überwältigt - sonst wäre sie hier gewesen, um Sie persönlich zu empfangen. Was wünschen Sie, meine Herren, und was kann ich anstelle Ihrer Ladyschaft für Sie tun?

In Übereinstimmung mit unseren Anweisungen antworteten wir, dass der Tod und die Beerdigung von Lord Montbarry im Ausland es wünschenswert machten, umfassendere Informationen über seine Krankheit und die damit verbundenen Umstände zu erhalten, als dies schriftlich möglich wäre. Wir erklärten, dass das Gesetz den Ablauf einer gewissen Zeitspanne vor der Auszahlung der Versicherungssumme vorsehe und drückten unseren Wunsch aus, die Untersuchung mit der größten Rücksicht auf die Gefühle Ihrer Lady-schaft und die Bequemlichkeit der anderen Familienmitglieder, die das Haus bewohnen, durchzuführen.

Darauf antwortete der Baron: "Ich bin das einzige Mitglied der Familie, das hier lebt, und ich und der Palast stehen Ihnen völlig zur Verfügung." Von Anfang bis Ende empfanden wir diesen Herrn als vollkommen aufrichtig und äußerst liebenswürdig, uns zu helfen.

Mit Ausnahme des Zimmers Ihrer Ladyschaft besichtigten wir den gesamten Palast noch am selben Tag. Es ist ein riesiges Gebäude, das nur teilweise eingerichtet ist. Der erste Stock und ein Teil des zweiten Stocks waren die Teile, die von Lord Montbarry und den Mitgliedern des Haushalts bewohnt wurden. Wir sahen das Schlafgemach an einem Ende des Palastes, in dem seine Lordschaft starb, und den kleinen Raum, der sich daran anschloss und den er als Arbeitszimmer nutzte. Daneben befand sich eine große Wohnung oder Halle, deren Türen er gewöhnlich verschlossen hielt, um (wie man uns mitteilte) seinen Studien in völliger Abgeschiedenheit nachzugehen. Auf der anderen Seite des großen Saals befanden sich das Schlafgemach Ihrer Ladyschaft und das Ankleidezimmer, in dem das Dienst-mädchen vor ihrer Abreise nach England schlief. Dahinter befanden sich die Speise- und Empfangsräume, die in einen Vorraum mündeten, der den Zugang zur großen Treppe des Palastes ermöglichte.

Die einzigen bewohnten Räume in der zweiten Etage waren das Wohnzimmer und das Schlafzimmer von Baron Rivar sowie ein weiteres Zimmer in einiger Entfernung davon, das das Schlafzimmer des Kuriers Ferrari war.

Die Zimmer im dritten Stock und im Untergeschoss waren völlig unmöbliert und in einem sehr verwahrlosten Zustand. Wir erkundigten uns, ob es unterhalb des Kellers etwas zu sehen gäbe, und man teilte uns sofort mit, dass sich darunter Gewölbe befänden, die wir ohne weiteres besichtigen könnten.

Wir gingen hinunter, um keinen Teil des Palastes unerforscht zu lassen. Man glaubte, dass die Gewölbe in früheren Zeiten als Kerker benutzt worden waren - vor einigen Jahrhunderten. Luft und Licht gelangten nur teilweise in diese düsteren Räume durch zwei lange, gewundene Schächte, die mit dem Hinterhof des Palastes in Verbindung standen und deren Öffnungen hoch über dem Boden durch Eisengitter geschützt waren. Die Steintreppe, die in die Gewölbe hinunterführte, konnte nach Belieben durch eine schwere Falltür in der hinteren Halle geschlossen werden, die wir offen vorfanden. Der Baron selbst führte uns die Treppe hinunter. Wir bemerkten, dass es unangenehm sein könnte, wenn diese Falltür herunterfiele und die Öffnung hinter uns verschlösse. Der Baron lächelte über diese Idee. "Seien Sie nicht beunruhigt, meine Herren", sagte er, "die Tür ist sicher. Ich hatte selbst ein Interesse daran, dafür zu sorgen, als wir den Palast zum ersten Mal bewohnten. Mein Lieblingsstudium ist die experimentelle Chemie - und seit wir in Venedig sind, ist meine Werkstatt hier unten."

Diese letzten Worte erklärten den merkwürdigen Geruch in den Gewölben, den wir sofort bemerkten, als wir sie betraten. Wir können den Geruch nur beschreiben, indem wir sagen, dass er von zweifacher Art war - schwach aromatisch, sozusagen in seiner ersten Wirkung, aber mit einem Nachgeruch, der uns in der Nase weh tat. Die Öfen und Retorten des Barons und andere Dinge sprachen für sich selbst, zusammen mit einigen Paketen mit Chemikalien, auf deren Etiketten der Name und die Adresse des Lieferanten deutlich sichtbar waren. "Kein angenehmer Ort zum Lernen", bemerkte Baron Rivar, "aber meine Schwester ist schüchtern. Sie hat einen Horror vor chemischen Gerüchen und Explosionen - und sie hat mich in diese tieferen Regionen verbannt, damit meine Experimente weder gerochen noch gehört werden können." Er streckte seine Hände aus, an denen wir bemerkt hatten, dass er im Haus Handschuhe trug. "Manchmal passieren Unfälle", sagte er, "egal wie vorsichtig ein Mann ist. Ich habe mir neulich beim Ausprobieren einer neuen Kombination die Hände schwer verbrannt, und sie erholen sich erst jetzt."

Wir erwähnen diese ansonsten unbedeutenden Vorfälle, um zu zeigen, dass unsere Erkundung des Palastes nicht durch irgendwelche Versuche der Verschleierung behindert wurde. Wir wurden sogar in das Zimmer Ihrer Ladyschaft eingelassen - bei einer späteren Gelegenheit, als sie an die frische Luft ging. Unsere Anweisungen empfahlen uns, die Residenz seiner Lordschaft zu untersuchen, da die extreme Privatsphäre seines Lebens in Venedig und die bemerkenswerte Abreise der beiden einzigen Bediensteten im Haus in einem verdächtigen Zusammenhang mit der Art seines Todes stehen könnten. Wir haben nichts gefunden, was einen Verdacht rechtfertigen würde.

Was die zurückgezogene Lebensweise seiner Lordschaft betrifft, so haben wir uns mit dem Konsul und dem Bankier darüber unterhalten - den beiden einzigen Fremden, die mit ihm in Kontakt standen. Er suchte einmal die Bank auf, um Geld für seinen Kreditbrief zu erhalten, und entschuldigte sich dafür, dass er eine Einladung zu einem Besuch bei dem Bankier in dessen Privatwohnung nicht angenommen hatte, da er gesundheitlich angeschlagen war. Seine Lordschaft schrieb dasselbe, als er seine Karte an den Konsul schickte, um sich zu entschuldigen, dass er den Besuch dieses Herrn im Palast nicht persönlich erwiderte. Wir haben den Brief gesehen und bitten Sie, uns die folgende Kopie zukommen zu lassen. "Die vielen Jahre in Indien haben meiner Konstitution geschadet. Ich habe aufgehört, in die Gesellschaft zu gehen; die einzige Beschäftigung in meinem Leben ist jetzt das Studium der orientalischen Literatur. Die Luft Italiens ist besser für mich als die Luft Englands, sonst hätte ich meine Heimat nie verlassen. Bitte nehmen Sie die Entschuldigung eines Lernenden und eines Invaliden an. Der aktive Teil meines Lebens ist zu Ende." Die Zurückgezogenheit seiner Lordschaft scheint uns in diesen kurzen Zeilen erklärt zu sein. Allerdings haben wir uns deshalb nicht mit Nachforschungen in andere Richtungen zurückgehalten. Uns ist nichts bekannt geworden, was einen Verdacht auf etwas Unrechtes erregen könnte.

Was die Abreise des Dienstmädchens betrifft, so haben wir die Quittung der Frau für ihren Lohn gesehen, auf der ausdrücklich vermerkt ist, dass sie die Dienste von Lady Montbarry verlassen hat, weil sie den Kontinent nicht mochte und in ihr Heimatland zurückkehren wollte. Das ist kein ungewöhnliches Ergebnis, wenn man englische Diener ins Ausland mitnimmt. Lady Montbarry teilte uns mit, dass sie davon abgesehen habe, ein weiteres

Dienstmädchen einzustellen, weil seine Lordschaft in seinem damaligen Gesundheitszustand eine extreme Abneigung gegen Fremde im Haus hegte.

Das Verschwinden des Kuriers Ferrari ist an sich zweifellos ein verdächtiger Umstand. Weder Ihre Ladyschaft noch der Baron können es sich erklären, und keine Untersuchung, die wir durchführen konnten, hat auch nur das geringste Licht auf dieses Ereignis geworfen oder uns dazu berechtigt, es direkt oder indirekt mit dem Gegenstand unserer Untersuchung in Verbindung zu bringen. Wir haben uns sogar die Mühe gemacht, den Reisekoffer zu untersuchen, den Ferrari zurückgelassen hat. Sie enthält nichts außer Kleidung und Wäsche, kein Geld und nicht einmal einen Fetzen Papier in den Taschen der Kleidung. Der Reisekoffer bleibt in der Obhut der Polizei.

Wir haben auch Gelegenheit gehabt, mit der alten Frau zu sprechen, die sich um die Zimmer Ihrer Ladyschaft und des Barons kümmert. Sie wurde uns von dem Betreiber des Restaurants empfohlen, der die Familie während ihres gesamten Aufenthalts im Palast mit Mahlzeiten versorgt hat. Ihr Charakter wird in den höchsten Tönen gelobt. Leider ist sie aufgrund ihrer begrenzten Intelligenz als Zeugin unbrauchbar. Wir haben sie geduldig und vorsichtig befragt und sie war durchaus bereit, uns zu antworten, aber wir konnten ihr nichts entlocken, was es wert wäre, in den vorliegenden Bericht aufgenommen zu werden.

Am zweiten Tag unserer Ermittlungen hatten wir die Ehre eines Gesprächs mit Lady Montbarry. Ihre Ladyschaft sah elendig erschöpft und krank aus und schien gar nicht zu verstehen, was wir von ihr wollten. Baron Rivar, der uns vorstellte, erläuterte die Art unseres Auftrags in Venedig und gab sich Mühe, ihr zu versichern, dass es sich um eine rein formelle Aufgabe handelte. Nachdem er ihre Ladyschaft in diesem Punkt zufrieden gestellt hatte, verließ er diskret den Raum.

Die Fragen, die wir an Lady Montbarry richteten, bezogen sich natürlich hauptsächlich auf die Krankheit seiner Lordschaft. Die Antworten, die mit großer Nervosität, aber ohne den geringsten Anschein von Zurückhaltung gegeben wurden, informierten uns über die folgenden Fakten:

Lord Montbarry war schon seit einiger Zeit nicht mehr in Ordnung - nervös und reizbar. Er klagte zum ersten Mal am 13. November über eine Erkältung; er verbrachte eine wache und fiebrige Nacht und blieb am nächsten Tag im Bett. Ihre Ladyschaft schlug vor, einen Arzt zu konsultieren. Er weigerte sich, dies zu tun, da er in einer so banalen Angelegenheit wie einer Erkältung durchaus sein eigener Arzt sein könne. Auf seine Bitte hin wurde ihm eine heiße Limonade zubereitet, um ihn zum Schwitzen zu bringen. Da Lady Montbarrys Dienstmädchen sie zu diesem Zeitpunkt verlassen hatte, ging der Kurier Ferrari (der einzige Diener im Haus) los, um die Zitronen zu kaufen. Ihre Ladyschaft stellte das Getränk mit ihren eigenen Händen her. Das Getränk war sehr schweißtreibend - und Lord Montbarry konnte danach einige Stunden schlafen. Später am Tag, als sie Ferraris Dienste benötigte, läutete Lady Montbarry nach ihm. Die Klingel wurde nicht beantwortet. Baron Rivar suchte vergeblich nach dem Mann, im und außerhalb des Palastes. Von diesem Zeitpunkt an konnte keine Spur mehr von Ferrari entdeckt werden. Dies geschah am 14. November.

In der Nacht des 14. kehrten die fiebrigen Symptome, die die Erkältung seiner Lordschaft begleitet hatten, zurück. Sie waren vielleicht zum Teil auf die Verärgerung und Beunruhigung zurückzuführen, die das mysteriöse Verschwinden Ferraris verursacht hatte. Es war unmöglich gewesen, den Umstand zu verheimlichen, da seine Lordschaft wiederholt nach dem Kurier läutete und darauf bestand, dass der Mann Lady Montbarry und den Baron entlastete, indem er während der Nacht ihren Platz an seinem Bett einnahm.

Am 15. (dem Tag, an dem die alte Frau zum ersten Mal kam, um die Hausarbeit zu erledigen) klagte seine Lordschaft über Halsschmerzen und ein Gefühl der Beklemmung in der Brust. An diesem Tag und erneut am 16. baten ihre Ladyschaft und der Baron ihn, einen Arzt aufzusuchen. Er weigerte sich jedoch. "Ich will keine fremden Gesichter um mich haben; meine Erkältung wird ihren Lauf nehmen, trotz des Arztes", war seine Antwort. Am 17. ging es ihm so schlecht, dass beschlossen wurde, ärztliche Hilfe zu holen, ob er wollte oder nicht. Baron Rivar sicherte sich, nachdem er sich beim Konsul erkundigt hatte, die Dienste von Doktor Bruno, der in Venedig als hervorragender Arzt bekannt war und der zusätzlich die Empfehlung hatte, sich in England aufzuhalten und sich mit den englischen Formen der medizinischen Praxis vertraut zu machen.

Bis jetzt haben wir die Krankheit seiner Lordschaft auf der Grundlage der Aussagen von Lady Montbarry geschildert. Die Erzählung wird nun am besten in der Sprache des ärztlichen Berichts fortgesetzt, den wir hiermit beifügen.

Mein medizinisches Tagebuch informiert mich, dass ich den englischen Lord Montbarry am 17. November zum ersten Mal gesehen habe. Er litt unter einem heftigen Anfall von Bronchitis. Durch seine hartnäckige Weigerung, einen Arzt an sein Bett zu lassen, war wertvolle Zeit verloren gegangen. Im Allgemeinen schien er sich in einem heiklen Gesundheitszustand zu befinden. Sein Nervensystem war nicht in Ordnung, er war gleichzeitig ängstlich und widersprüchlich. Wenn ich ihn auf Englisch ansprach, antwortete er auf Italienisch, und wenn ich es auf Italienisch versuchte, wechselte er wieder zu Englisch. Es machte wenig aus - die Krankheit war bereits so weit fortgeschritten, dass er nur noch wenige Worte auf einmal sprechen konnte, und die auch nur im Flüsterton.

Ich wandte sofort die notwendigen Mittel an. Kopien meiner Rezepte (mit Übersetzung ins Englische) liegen diesem Bericht bei und sollen für sich selbst sprechen.

'"In den nächsten drei Tagen war ich ständig bei meinem Patienten. Er reagierte auf die verabreichten Mittel - es ging ihm langsam, aber deutlich besser. Ich konnte Lady Montbarry guten Gewissens versichern, dass bis jetzt keine Gefahr zu befürchten war. Sie war in der Tat eine äußerst treue Ehefrau. Ich versuchte vergeblich, sie dazu zu bewegen, die Dienste einer kompetenten Krankenschwester in Anspruch zu nehmen; sie erlaubte niemandem, sich um ihren Mann zu kümmern, außer sich selbst. Tag und Nacht war diese schätzenswerte Frau an seinem Bett. In ihren kurzen Ruhepausen wachte ihr Bruder an ihrer Stelle über den kranken Mann. Dieser Bruder war, das muss ich sagen, in den Pausen, in denen wir Zeit für ein kleines Gespräch hatten, eine sehr gute Gesellschaft. Er beschäftigte sich mit Chemie, unten in den schrecklichen Unterwassergewölben des Palastes, und er wollte mir einige seiner Experimente zeigen. Ich habe genug von der Chemie, wenn ich Rezepte schreibe - und ich lehnte ab. Er nahm es sehr gut gelaunt auf.

"Ich komme vom Thema ab. Lassen Sie mich zu dem kranken Herrn zurückkehren.

'"Bis zum 20. verlief also alles gut genug. Ich war nicht auf die katastrophale Veränderung vorbereitet, die sich zeigte, als ich Lord Montbarry am 21. morgens besuchte. Er hatte einen Rückfall erlitten, und zwar einen schweren Rückfall. Als ich ihn untersuchte, um die Ursache herauszufinden, stellte ich Symptome einer Lungenentzündung fest, d.h., in der unmedizinischen Sprache, eine Entzündung der Lungensubstanz. Er atmete schwer und war nur teilweise in der Lage, sich durch Husten zu befreien. Ich habe mich genauestens erkundigt und mir wurde versichert, dass seine Medikamente so sorgfältig wie üblich verabreicht worden waren und dass er keinen Temperaturschwankungen ausgesetzt gewesen war. Nur widerwillig trug ich zu Lady

Montbarrys Kummer bei, doch als sie vorschlug, einen anderen Arzt zu konsultieren, musste ich zugeben, dass auch ich der Meinung war, dass dies wirklich notwendig war.

"Ihre Ladyschaft wies mich an, keine Kosten zu scheuen und die beste medizinische Meinung in Italien einzuholen. Die beste Meinung war glücklicherweise in greifbarer Nähe. Der erste und beste der italienischen Ärzte ist Torello aus Padua. Ich schickte einen speziellen Boten, um den großen Mann zu holen. Er traf am Abend des 21. ein und bestätigte meine Meinung, dass eine Lungenentzündung eingesetzt hatte und das Leben unseres Patienten in Gefahr war. Ich teilte ihm mit, wie ich den Fall behandelt hatte, und er war in jeder Hinsicht damit einverstanden. Er machte einige wertvolle Vorschläge und stimmte (auf Lady Montbarrys ausdrücklichen Wunsch) zu, seine Rückkehr nach Padua auf den nächsten Morgen zu verschieben.

Wir beide sahen den Patienten im Laufe der Nacht in Abständen. Die Krankheit schritt unaufhaltsam voran und setzte unseren größten Widerstand außer Kraft. Am Morgen verabschiedete sich Doktor Torello. 'Ich kann Ihnen nicht mehr helfen', sagte er zu mir. Dem Mann ist nicht mehr zu helfen - und das sollte er auch wissen.

'"Später am Tag warnte ich meinen Herrn so sanft wie möglich, dass seine Zeit gekommen sei. Wie ich höre, gibt es schwerwiegende Gründe dafür, dass ich das, was bei dieser Gelegenheit zwischen uns vorgefallen ist, in allen Einzelheiten und ohne jede Zurückhaltung erzähle. Ich komme der Bitte nach.

Lord Montbarry nahm die Nachricht von seinem nahenden Tod mit angemessener Gelassenheit, aber auch mit einem gewissen Zweifel auf. Er gab mir ein Zeichen, mein Ohr an seinen Mund zu halten. Er flüsterte leise: 'Sind Sie sicher?' Ich hatte keine Zeit, ihn zu täuschen und sagte: 'Absolut sicher.' Er wartete ein wenig und schnappte nach Luft, dann flüsterte er wieder: 'Fühlen Sie unter meinem Kopfkissen.' Ich fand unter seinem Kopfkissen einen Brief, versiegelt und frankiert, bereit für die Post. Seine nächsten Worte waren nur noch zu hören: 'Schicken Sie ihn selbst ab.' Ich antwortete natürlich, dass ich das tun würde - und ich brachte den Brief eigenhändig zur Post. Ich sah mir die Adresse an. Er war an eine Dame in London gerichtet. Die Straße weiß ich nicht mehr. An den Namen kann ich mich genau erinnern: Es war ein italienischer Name - 'Mrs. Ferrari'.

"In dieser Nacht wäre mein Herr fast an Erstickungstod gestorben. Ich habe ihn eine Zeit lang durchgebracht, und seine Augen zeigten, dass er mich verstanden hatte, als ich ihm am nächsten Morgen sagte, dass ich den Brief abgeschickt hatte. Dies war sein letzter Versuch, das Bewusstsein zu erlangen. Als ich ihn wiedersah, war er in Apathie versunken. Er verharrte in einem Zustand der Bewusstlosigkeit, unterstützt durch Aufputschmittel, bis zum 25. und starb (bis zuletzt bewusstlos) am Abend dieses Tages.

Die Frage nach der Ursache seines Todes scheint (mit Verlaub) einfach absurd. Eine Bronchitis, die in einer Lungenentzündung endete - es besteht kein größerer Zweifel daran, dass dies, und nur dies, die Krankheit war, an der er verstarb, als dass zwei und zwei vier ergibt. Doktor Torellos eigene Aufzeichnung des Falles ist hier einem Duplikat meines Attestes beigefügt, um (wie mir mitgeteilt wurde) einige englische Büros zu befriedigen, bei denen das Leben seiner Lordschaft versichert war. Die englischen Ämter müssen von jenem berühmten Heiligen und Zweifler gegründet worden sein, der im Neuen Testament erwähnt wird und der Thomas hieß!"

Die Beweise von Doktor Bruno enden hier.

Wir kehren für einen Moment zu unseren Anfragen an Lady Montbarry zurück und müssen feststellen, dass sie uns keine Auskunft über den Inhalt des Briefes geben kann, den der Doktor auf Lord Montbarrys Bitte hin abgeschickt hat. Wann seine Lordschaft ihn geschrieben hat? was er enthielt? warum er ihn vor Lady Montbarry (und auch vor dem Baron) geheim hielt; und warum er überhaupt an die Frau seines Kuriers schrieb? das sind Fragen, auf die wir einfach keine Antworten erhalten können. Es scheint sogar nutzlos zu sein, zu sagen, dass die Angelegenheit verdächtig ist. Ein Verdacht setzt irgendeine Art von Vermutung voraus - und der Brief unter dem Kopfkissen meines Herrn macht alle Mutmaßungen zunichte. Eine Anfrage bei Mrs. Ferrari könnte das Rätsel vielleicht aufklären. Ihr Wohnsitz in London lässt sich leicht im Büro der italienischen Kuriere am Golden Square herausfinden.

Am Ende dieses Berichts müssen wir Sie nun auf die Schlussfolgerung hinweisen, die sich aus den Ergebnissen unserer Ermittlungen ergibt.

Die Frage, die sich unseren Direktoren und uns selbst stellt, ist die folgende: Hat die Untersuchung außergewöhnliche Umstände ergeben, die den Tod von Lord Montbarry verdächtig erscheinen lassen? Die Untersuchung hat zweifelsohne außergewöhnliche Umstände zutage gefördert, wie das Verschwinden von Ferrari, die bemerkenswerte Abwesenheit der üblichen Dienerschaft im Haus und der mysteriöse Brief, um den seine Lordschaft den Arzt bat. Aber wo ist der Beweis, dass einer dieser Umstände mit dem einzigen Ereignis, das uns betrifft, nämlich dem Tod von Lord Montbarry, in Verbindung steht - verdächtig und direkt? In Ermangelung eines solchen Beweises und angesichts der Aussagen zweier angesehener Ärzte ist es unmöglich, die Aussage auf dem Attest zu bestreiten, dass seine Lordschaft eines natürlichen Todes gestorben ist. Wir sehen uns daher gezwungen, Ihnen mitzuteilen, dass es keinen triftigen Grund gibt, die Zahlung der Summe zu verweigern, für die das Leben des verstorbenen Lord Montbarry versichert war.

Wir werden Ihnen diese Zeilen mit der Post von morgen, dem 10. Dezember, zukommen lassen, so dass wir genügend Zeit haben, um Ihre eventuellen weiteren Anweisungen als Antwort auf unser Telegramm von heute Abend zu erhalten, in dem wir den Abschluss der Untersuchung bekannt geben.

# KAPITEL IX

'Nun, mein liebes Geschöpf, was immer Sie mir zu sagen haben, sprechen Sie es sofort aus! Ich möchte Sie nicht unnötig drängen, aber es ist Geschäftszeit, und ich muss mich neben den Ihren auch um die Angelegenheiten anderer Leute kümmern.'

Mr. Troy wandte sich mit seiner üblichen unverblümten Gutmütigkeit an Ferraris Frau, registrierte die verstrichene Zeit mit einem Blick auf die Uhr auf seinem Schreibtisch und wartete dann ab, was sein Kunde ihm zu sagen hatte.

'Es geht um etwas anderes, Sir, um den Brief mit dem Tausend-Pfund-Schein', begann Mrs. Ferrari. 'Ich habe herausgefunden, wer ihn an mich geschickt hat.'

Mr. Troy fing an. 'Das ist wirklich eine Neuigkeit!', sagte er. 'Wer hat Ihnen den Brief geschickt?'

'Lord Montbarry hat ihn geschickt, Sir.'

Es war nicht leicht, Mr. Troy zu überrumpeln. Aber Mrs. Ferrari hat ihn völlig aus dem Gleichgewicht gebracht. Eine Zeit lang konnte er sie nur stumm und überrascht ansehen. 'Unsinn!', sagte er, sobald er sich wieder gefangen hatte. 'Da liegt ein Irrtum vor - das kann nicht sein!'

'Das ist kein Irrtum', erwiderte Mrs. Ferrari in ihrer überzeugenden Art. Zwei Herren von der Versicherung haben mich heute Morgen aufgesucht, um den Brief zu sehen. Sie waren völlig verblüfft - vor allem, als sie von dem Geldschein darin hörten. Aber sie wissen, wer den Brief abgeschickt hat. Der Arzt Seiner Lordschaft in Venedig hat ihn auf Wunsch Seiner Lordschaft abgeschickt. Gehen Sie selbst zu den Herren, Sir, wenn Sie mir nicht glauben. Sie waren so höflich, mich zu fragen, ob ich erklären kann, warum Lord Montbarry mir geschrieben und das Geld geschickt hat. Ich habe ihnen direkt meine Meinung gesagt - ich sagte, es sei wie die Freundlichkeit seiner Lordschaft.'

'Wie die Freundlichkeit seiner Lordschaft?' wiederholte Mr. Troy in blankem Erstaunen.

'Ja, Sir! Lord Montbarry kannte mich, wie alle anderen Mitglieder seiner Familie, als ich auf dem Anwesen in Irland zur Schule ging. Wenn er es gekonnt hätte, hätte er meinen armen Mann beschützt. Aber er war selbst hilflos in den Händen meiner Herrin und des Barons und das einzig Gute, was er tun konnte, war, mich in meiner Witwenschaft zu versorgen, wie der wahre Adlige, der er war!'

'Eine sehr hübsche Erklärung!', sagte Mr. Troy. 'Was haben Ihre Besucher von der Versicherung davon gehalten?'

Sie fragten, ob ich einen Beweis für den Tod meines Mannes hätte.

'Und was haben Sie gesagt?'

Ich sagte: "Ich gebe Ihnen mehr als einen Beweis, meine Herren, ich gebe Ihnen meine positive Meinung."'

Das hat sie natürlich zufrieden gestellt?

Sie haben es nicht in Worten gesagt, Sir. Sie sahen sich gegenseitig an und wünschten mir einen guten Morgen.'

'Nun, Mrs. Ferrari, wenn Sie keine weiteren außergewöhnlichen Neuigkeiten für mich haben, werde ich Ihnen wohl auch einen guten Morgen wünschen. Ich kann Ihre Information zur Kenntnis nehmen (eine sehr verblüffende Information, das gebe ich zu), und da ich keine Beweise habe, kann ich nicht mehr tun.

'Ich kann Ihnen Beweise liefern, Sir - wenn das alles ist, was Sie wollen', sagte Mrs. Ferrari mit großer Würde. 'Ich möchte nur zuerst wissen, ob das Gesetz mich dazu berechtigt. Sie haben vielleicht in den Zeitungen gelesen, dass Lady Montbarry in London im Newbury's Hotel angekommen ist. Ich habe vor, sie zu besuchen.'

'Einen Teufel tun Sie! Darf ich fragen, zu welchem Zweck?'

Mrs. Ferrari antwortete in einem geheimnisvollen Flüsterton. 'Um sie in eine Falle zu locken! Ich werde nicht meinen Namen angeben, sondern mich als Geschäftsmann zu erkennen geben, und die ersten Worte, die ich zu ihr sage, werden diese sein: "Ich komme, Mylady, um den Empfang des Geldes zu bestätigen, das ich der Witwe von Ferrari geschickt habe." Ah! Sie können ruhig anfangen, Mr. Troy! Das bringt Sie fast aus der Fassung, nicht wahr? Seien Sie unbesorgt, Sir. Ich werde den Beweis, nach dem alle fragen, in ihrem schuldigen Gesicht finden. Lassen Sie sie nur für den Schatten eines Schattens die Farbe wechseln, lassen Sie ihre Augen nur für einen halben Augenblick sinken - ich werde sie entdecken! Ich will nur eines wissen: Erlaubt das Gesetz das?'

'Das Gesetz erlaubt es', antwortete Mr. Troy mit ernster Miene, 'aber ob Ihre Ladyschaft es erlaubt, ist eine ganz andere Frage. Haben Sie wirklich genug Mut, Mrs. Ferrari, um Ihren bemerkenswerten Plan in die Tat umzusetzen? Miss Lockwood hat Sie mir als eine eher nervöse, schüchterne Person beschrieben - und wenn ich meiner eigenen Beobachtung trauen darf, dann würde ich sagen, dass Sie diese Beschreibung rechtfertigen.

'Wenn Sie auf dem Land gelebt hätten, Sir, anstatt in London zu leben', antwortete Mrs. Ferrari, 'hätten Sie manchmal sogar ein Schaf gesehen, das sich gegen einen Hund wendet. Ich bin weit davon entfernt zu sagen, dass ich eine mutige Frau bin - ganz im Gegenteil. Aber wenn ich in der Gegenwart dieses Schurken stehe und an meinen ermordeten Ehemann denke, bin nicht ich diejenige von uns beiden, die sich fürchten könnte. Ich werde jetzt dorthin gehen, Sir. Sie werden hören, wie es ausgeht. Ich wünsche Ihnen einen guten Morgen.'

Mit diesen mutigen Worten schlang die Frau des Kuriers ihren Mantel um sich und verließ den Raum.

Mr. Troy lächelte - nicht satirisch, sondern mitfühlend. 'Der kleine Einfaltspinsel!', dachte er bei sich. 'Wenn nur die Hälfte von dem, was man über Lady Montbarry sagt, wahr ist, haben Mrs. Ferrari und ihre Falle nur eine schlechte Aussicht. Ich frage mich, wie es enden wird?'

Mr. Troys ganze Erfahrung hat ihn nicht davor gewarnt, wie es enden wird.

# KAPITEL X

In der Zwischenzeit hielt Mrs. Ferrari an ihrem Entschluss fest. Sie ging direkt von Mr. Troys Büro zum Newbury's Hotel.

Lady Montbarry war zu Hause, und zwar allein. Aber die Verantwortlichen des Hotels zögerten, sie zu stören, als sie feststellten, dass die Besucherin es ablehnte, ihren Namen zu nennen. Das neue Dienstmädchen Ihrer Ladyschaft kam zufällig in die Halle, während die Angelegenheit noch diskutiert wurde. Sie war Französin, und als man sie darauf ansprach, klärte sie die Frage auf die schnelle, einfache und rationale französische Art. Die Erscheinung von Madame war absolut respektabel. Madame könnte Gründe haben, ihren Namen nicht zu nennen, die Miladi gutheißen könnte. Auf jeden Fall gab es keine Anweisung, die die Einführung einer fremden Dame verbot, und die Angelegenheit lag eindeutig zwischen Madame und Miladi. Würde Madame also die Güte haben, Miladis Zofe die Treppe hinauf zu folgen?'

Trotz ihrer Entschlossenheit schlug Mrs. Ferraris Herz wie wild, als ihre Begleiterin sie in ein Vorzimmer führte und an eine Tür klopfte, die in ein weiteres Zimmer führte. Aber es ist bemerkenswert, dass gerade Menschen mit einem sensiblen Nervenkostüm in der Lage sind, sich (scheinbar durch eine krampfhafte Willensanstrengung) zu den kühnsten Taten zu zwingen. Eine tiefe, ernste Stimme aus dem Innenraum sagte: 'Kommen Sie herein'. Das Dienstmädchen öffnete die Tür und verkündete: 'Eine Person möchte Sie sprechen, Miladi, in einer geschäftlichen Angelegenheit', und zog sich sofort zurück. In dem einen Augenblick, in dem dies geschah, beherrschte die ängstliche kleine Mrs. Ferrari ihr pochendes Herz, trat über die Schwelle, war sich ihrer klammen Hände, ihrer trockenen Lippen und ihres brennenden Kopfes bewusst und stand vor der Witwe von Lord Montbarry, die allem Anschein nach so souverän war wie ihre Ladyschaft selbst.

Es war noch früh am Nachmittag, aber das Licht im Raum war gedämpft. Die Jalousien waren heruntergezogen. Lady Montbarry saß mit dem Rücken zu den Fenstern, als ob ihr selbst das gedämpfte Tageslicht unangenehm wäre. Seit dem denkwürdigen Tag, an dem Doktor Wybrow sie in seinem Sprechzimmer gesehen hatte, hatte sie sich in ihrer persönlichen Erscheinung zum Schlechten verändert. Ihre Schönheit war verschwunden - ihr Gesicht war nur noch Haut und Knochen. Der Kontrast zwischen ihrem grässlichen Teint und ihren stählern glitzernden schwarzen Augen war erschreckender denn je. Sie war in düsteres Schwarz gekleidet, das nur durch das strahlende Weiß ihrer Witwenmütze aufgelockert wurde, und lehnte sich in pantherartiger Geschmeidigkeit auf einem kleinen grünen Sofa. Sie betrachtete den Fremden, der in sie eingedrungen war, einen Moment lang mit träger Neugierde, dann senkte sie ihren Blick wieder auf den Handschirm, den sie zwischen ihr Gesicht und das Feuer hielt. 'Ich kenne Sie nicht', sagte sie. 'Was wollen Sie von mir?'

Mrs. Ferrari versuchte zu antworten. Ihr erster Anflug von Mut hatte sich bereits erschöpft. Die kühnen Worte, die sie sich vorgenommen hatte zu sprechen, waren in ihrem Kopf noch lebendige Worte, aber sie erstarben auf ihren Lippen.

Einen Moment lang herrschte Schweigen. Lady Montbarry blickte wieder zu dem sprachlosen Fremden hinüber. 'Sind Sie taub?', fragte sie. Es gab eine weitere Pause. Lady Montbarry blickte wieder leise auf den Bildschirm und stellte eine weitere Frage. 'Wollen Sie Geld?'

'Geld!' Dieses eine Wort erweckte den sinkenden Geist der Frau des Kuriers. Sie fasste wieder Mut, sie fand ihre Stimme wieder. 'Schauen Sie mich an, Mylady, wenn Sie wollen', sagte sie mit einem plötzlichen Ausbruch von Kühnheit.

Lady Montbarry schaute sich zum dritten Mal um. Die verhängnisvollen Worte kamen Mrs. Ferrari über die Lippen.

'Ich komme, Mylady, um den Empfang des Geldes zu bestätigen, das der Witwe von Ferrari geschickt wurde.'

Lady Montbarrys glitzernde schwarze Augen ruhten mit unveränderter Aufmerksamkeit auf der Frau, die sie mit diesen Worten angesprochen hatte. Nicht der geringste Ausdruck von Verwirrung oder Alarm, nicht einmal ein kurzes Aufflackern von Interesse rührte die tödliche Stille in ihrem Gesicht. Sie verharrte so ruhig, sie hielt den Bildschirm so gelassen wie immer. Der Test war ausprobiert worden und hatte völlig versagt.

Es herrschte wieder Stille. Lady Montbarry überlegte mit sich selbst. Das Lächeln, das langsam kam und plötzlich verschwand - das Lächeln, das gleichzeitig so traurig und so grausam war - zeigte sich auf ihren dünnen Lippen. Sie hob ihren Schirm und wies damit auf einen Sitz am anderen Ende des Raumes. 'Seien Sie so gut und nehmen Sie diesen Stuhl', sagte sie.

Hilflos angesichts ihres ersten verwirrenden Gefühls des Versagens - sie wusste nicht, was sie sagen oder was sie als nächstes tun sollte - gehorchte

Mrs. Ferrari mechanisch. Lady Montbarry, die sich zum ersten Mal auf dem Sofa erhob, beobachtete sie mit unverhohlenem Blick, als sie den Raum durchquerte, und ließ sich dann wieder in eine liegende Position zurücksinken. 'Nein', sagte sie zu sich selbst, 'die Frau geht ruhig, sie ist nicht berauscht - die einzige andere Möglichkeit ist, dass sie verrückt ist.'

Sie hatte laut genug gesprochen, um gehört zu werden. Von der Beleidigung getroffen, antwortete Mrs. Ferrari ihr sofort: 'Ich bin genauso wenig betrunken oder verrückt wie Sie!'

'Nein?', sagte Lady Montbarry. 'Dann sind Sie nur unverschämt? Der ungebildete englische Geist (so habe ich beobachtet) neigt dazu, bei der Ausübung der ungezügelten englischen Freiheit unverschämt zu sein. Das fällt uns Ausländern unter euch Leuten auf der Straße sehr auf. Natürlich kann ich im Gegenzug nicht frech zu Ihnen sein. Ich weiß kaum, was ich zu Ihnen sagen soll. Es war unvorsichtig von meinem Dienstmädchen, Ihnen so einfach Zutritt zu meinem Zimmer zu gewähren. Ich nehme an, Ihr respektables Äußeres hat sie in die Irre geführt. Ich frage mich, wer Sie sind? Sie erwähnten den Namen eines Kuriers, der uns auf sehr merkwürdige Weise verlassen hat. War er zufällig verheiratet? Sind Sie seine Frau? Und wissen Sie, wo er ist?'

Mrs. Ferraris Empörung brach sich ihren Weg durch alle Hemmungen. Sie ging auf das Sofa zu und fürchtete sich vor nichts in der Inbrunst und Wut ihrer Antwort.

'Ich bin seine Witwe und Sie wissen es, Sie böses Weib! Ah! Es war eine böse Stunde, als Miss Lockwood meinen Mann als Kurier für seine Lordschaft empfahl...!'

Bevor sie ein weiteres Wort hinzufügen konnte, sprang Lady Montbarry mit der verstohlenen Plötzlichkeit einer Katze vom Sofa, packte sie an beiden Schultern und schüttelte sie mit der Kraft und Raserei einer Wahnsinnigen. 'Sie lügen! Sie lügen! Sie lügen!' Bei der dritten Wiederholung des Vorwurfs ließ sie ihren Griff fallen und warf ihre Hände wild und verzweifelt in die Höhe. 'Oh, Jesu Maria! Ist das möglich?', rief sie. 'Kann der Kurier durch diese Frau zu mir gekommen sein?' Sie wandte sich blitzschnell an Mrs. Ferrari und hielt sie auf, als sie aus dem Zimmer flüchten wollte. 'Bleiben Sie hier, Sie Närrin - bleiben Sie hier, und antworten Sie mir! Wenn Sie schreien, so sicher wie der Himmel über Ihnen ist, werde ich Sie mit meinen eigenen Händen erwürgen. Setzen Sie sich wieder hin und fürchten Sie nichts. Schuft! Ich bin es, der Angst hat - Angst, die mich um den Verstand bringt.

Geben Sie zu, dass Sie gelogen haben, als Sie Miss Lockwoods Namen genannt haben! Nein! Ich glaube Ihnen nicht. Ich werde niemandem glauben außer Miss Lockwood selbst. Wo wohnt sie? Sagen Sie mir das, Sie giftiges, stechendes, kleines Insekt - und Sie können gehen.' Verängstigt wie sie war, zögerte Mrs. Ferrari. Lady Montbarry hob drohend ihre Hände mit den langen, schlanken, gelb-weißen Fingern, die ausgebreitet und an den Spitzen krumm waren. Mrs. Ferrari zuckte bei ihrem Anblick zusammen und nannte die Adresse. Lady Montbarry deutete verächtlich auf die Tür und änderte dann ihre Meinung. 'Nein! Noch nicht! Sie werden Miss Lockwood erzählen, was geschehen ist, und sie wird sich vielleicht weigern, mich zu empfangen. Ich werde sofort dorthin gehen, und Sie werden mit mir kommen. Bis zum Haus, aber nicht hinein. Setzen Sie sich wieder hin. Ich werde nach meinem Dienstmädchen läuten. Drehen Sie sich mit dem Rücken zur Tür - Ihr feiges Gesicht sollte man nicht sehen!'

Sie läutete die Glocke. Das Dienstmädchen erschien.

'Mantel und Mütze, sofort!'

Das Dienstmädchen holte den Mantel und die Haube aus dem Schlafzimmer.

'Ein Taxi steht vor der Tür - bevor ich bis zehn zählen kann!'

Das Dienstmädchen verschwand. Lady Montbarry betrachtete sich im Glas und drehte sich mit ihrer katzenhaften Plötzlichkeit wieder zu Mrs. Ferrari um.

'Ich sehe schon mehr als halb tot aus, nicht wahr?', sagte sie mit einem grimmigen Anflug von Ironie. 'Geben Sie mir Ihren Arm.'

Sie nahm Mrs. Ferraris Arm und verließ das Zimmer. 'Sie haben nichts zu befürchten, solange Sie gehorchen', flüsterte sie, als sie die Treppe hinunterging. 'Sie lassen mich vor Miss Lockwoods Tür stehen und sehen mich nie wieder.'

In der Halle wurden sie von der Hausherrin des Hotels empfangen. Lady Montbarry stellte ihre Begleiterin anmutig vor. 'Meine gute Freundin Mrs. Ferrari; ich bin so froh, sie gesehen zu haben.' Die Vermieterin begleitete sie zur Tür. Das Taxi wartete bereits. 'Steigen Sie zuerst ein, gute Mrs. Ferrari', sagte ihre Ladyschaft, 'und sagen Sie dem Mann, wohin er fahren soll.'

Sie wurden weggefahren. Lady Montbarrys wechselhafte Laune änderte sich wieder. Mit einem leisen Seufzer des Elends warf sie sich in die Kabine zurück. Verloren in ihren eigenen düsteren Gedanken, so gleichgültig gegenüber der Frau, die sie ihrem eisernen Willen unterworfen hatte, als säße keine solche Person an ihrer Seite, bewahrte sie ein unheimliches Schweigen, bis sie das Haus erreichten, in dem Miss Lockwood wohnte. In einem Augenblick riss sie sich zusammen und handelte. Sie öffnete die Tür der Droschke und schloss sie wieder vor Mrs. Ferrari, bevor der Fahrer aus seiner Kiste aussteigen konnte.

'Bringen Sie die Dame eine Meile weiter nach Hause!', sagte sie, während sie dem Mann den Fahrpreis bezahlte. Im nächsten Moment klopfte sie an die Haustür. 'Ist Miss Lockwood zu Hause?' 'Ja, Ma'am.' Sie trat über die Schwelle und die Tür schloss sich hinter ihr.

'Wo geht es lang, Ma'am?', fragte der Taxifahrer.

Mrs. Ferrari schlug sich die Hand vor den Kopf und versuchte, ihre Gedanken zu sammeln. Konnte sie ihre Freundin und Wohltäterin hilflos der Gnade von Lady Montbarry überlassen? Sie versuchte noch immer vergeblich, sich zu entscheiden, welchen Weg sie einschlagen sollte, als ein Herr, der vor Miss Lockwoods Tür hielt, zufällig zum Fenster des Taxis blickte und sie sah.

'Werden Sie Miss Agnes auch besuchen?', fragte er.

Es war Henry Westwick. Mrs. Ferrari schlug die Hände vor Dankbarkeit zusammen, als sie ihn erkannte.

'Gehen Sie hinein, Sir!', rief sie. 'Gehen Sie hinein, sofort. Diese furchtbare Frau ist bei Miss Agnes. Gehen Sie und beschützen Sie sie!'

'Welche Frau?', fragte Henry.

Die Antwort verschlug ihm buchstäblich die Sprache. Mit Erstaunen und Empörung im Gesicht sah er Mrs. Ferrari an, als sie den verhassten Namen 'Lady Montbarry' aussprach. 'Ich werde mich darum kümmern', war alles, was er sagte. Er klopfte an die Haustür, und auch er wurde hereingelassen.

# KAPITEL XI

'Lady Montbarry, Miss.'

Agnes war gerade dabei, einen Brief zu schreiben, als der Diener sie mit der Bekanntgabe des Namens des Besuchers überraschte. Ihr erster Impuls war, sich zu weigern, die Frau zu sehen, die sich ihr aufgedrängt hatte. Aber Lady Montbarry hatte dafür gesorgt, dass sie der Dienerin dicht auf den Fersen war. Bevor Agnes etwas sagen konnte, hatte sie das Zimmer betreten.

'Ich möchte mich für mein Eindringen entschuldigen, Miss Lockwood. Ich habe eine Frage an Sie, die mich sehr interessiert. Niemand außer Ihnen kann mir antworten.' Mit diesen Worten eröffnete Lady Montbarry in leisem, zögerndem Ton und mit ihren glitzernden schwarzen Augen, die bescheiden auf den Boden gerichtet waren, das Gespräch.

Ohne zu antworten, wies Agnes auf einen Stuhl. Das konnte sie tun, und mehr konnte sie vorerst auch nicht tun. Alles, was sie über das verborgene und unheimliche Leben im Palast in Venedig gelesen hatte, alles, was sie über Montbarrys melancholischen Tod und seine Beerdigung in einem fremden Land gehört hatte, alles, was sie über das Geheimnis von Ferraris Verschwinden wusste, schoss ihr durch den Kopf, als die schwarz gewandete Gestalt ihr gegenüberstand, die direkt in der Tür stand. Das seltsame Verhalten von Lady Montbarry fügte den Zweifeln und Befürchtungen, die sie plagten, eine neue Verwirrung hinzu. Da stand die Abenteurerin, deren Charakter die Gesellschaft in ganz Europa geprägt hatte - die Furie, die Mrs. Ferrari im Hotel in Angst und Schrecken versetzt hatte - und verwandelte sich in eine schüchterne, zurückhaltende Frau! Lady Montbarry hatte es nicht ein einziges Mal gewagt, Agnes anzuschauen, seit sie das Zimmer betreten hatte. Als sie auf den Stuhl zuging, den man ihr gezeigt hatte, zögerte sie, stützte sich mit der Hand am Geländer ab und blieb stehen. 'Bitte geben Sie mir einen Moment, um mich zu sammeln', sagte sie schwach. Ihr Kopf sank auf ihren Busen: Sie stand vor Agnes wie eine bewusste Täterin vor einem unbarmherzigen Richter.

Das Schweigen, das folgte, war buchstäblich das Schweigen der Angst auf beiden Seiten. Mitten in dieser Stille wurde die Tür erneut geöffnet und Henry Westwick erschien.

Er schaute Lady Montbarry einen Moment lang aufmerksam an, verbeugte sich mit formeller Höflichkeit vor ihr und ging schweigend weiter. Beim Anblick des Bruders ihres Mannes erwachte der gesunkene Geist der Frau wieder zu neuem Leben. Ihre hängende Gestalt richtete sich auf. Ihre Augen begegneten Westwicks Blick, strahlend und trotzig. Sie erwiderte seine Verbeugung mit einem eisigen Lächeln der Verachtung.

Henry durchquerte den Raum zu Agnes.

'Ist Lady Montbarry auf Ihre Einladung hin hier?', fragte er leise.

'Nein.'

'Möchten Sie sie sehen?'

'Es ist sehr schmerzhaft für mich, sie zu sehen.

Er drehte sich um und sah seine Schwägerin an. 'Hören Sie das?', fragte er kühl.

'Ich höre es', antwortete sie, noch kälter.

'Ihr Besuch kommt, gelinde gesagt, ungelegen.'

'Ihre Einmischung ist, gelinde gesagt, unangebracht.'

Mit dieser Erwiderung näherte sich Lady Montbarry Agnes. Die Anwesenheit von Henry Westwick schien sie gleichzeitig zu erleichtern und zu ermutigen. 'Erlauben Sie mir, meine Frage zu stellen, Miss Lockwood', sagte sie mit anmutiger Höflichkeit. 'Es ist nichts, was Sie in Verlegenheit bringen könnte. Als der Kurier Ferrari sich bei meinem verstorbenen Mann um eine Anstellung bewarb, haben Sie..." Ihre Entschlossenheit verließ sie, bevor sie mehr sagen konnte. Sie sank zitternd in den nächstgelegenen Stuhl und fasste sich nach einem kurzen Kampf wieder. 'Haben Sie Ferrari erlaubt', fuhr sie fort, 'sich durch die Verwendung Ihres Namens zu vergewissern, dass er für unseren Kurier ausgewählt wird?'

Agnes antwortete nicht mit ihrer gewohnten Direktheit. So unbedeutend es auch war, die Anspielung auf Montbarry, die ausgerechnet von dieser Frau kam, verwirrte und erregte sie.

'Ich kenne die Frau von Ferrari seit vielen Jahren', begann sie. Und ich habe ein Interesse...

Lady Montbarry hob abrupt die Hände und machte eine flehende Geste. 'Ah, Miss Lockwood, verschwenden Sie keine Zeit mit dem Gerede über seine Frau! Beantworten Sie meine klare Frage, klar und deutlich!'

'Lassen Sie sie mich beantworten', flüsterte Henry. 'Ich werde mich bemühen, deutlich genug zu sprechen.'

Agnes lehnte mit einer Geste ab. Lady Montbarrys Unterbrechung hatte ihr Bewusstsein dafür geweckt, was ihr selbst zusteht. Sie nahm ihre Antwort in schlichteren Worten wieder auf.

'Als Ferrari an den verstorbenen Lord Montbarry schrieb', sagte sie, 'hat er sicherlich meinen Namen erwähnt.'

Selbst jetzt hatte sie unschuldig übersehen, was ihr Besucher im Sinn hatte. Lady Montbarrys Ungeduld wurde unbeherrschbar. Sie richtete sich auf und ging auf Agnes zu.

'Hat Ferrari Ihren Namen mit Ihrem Wissen und Ihrer Erlaubnis benutzt?', fragte sie. 'Darin liegt die ganze Seele meiner Frage. Um Himmels willen, antworten Sie mir - ja oder nein!

'Ja.'

Dieses eine Wort traf Lady Montbarry, wie ein Schlag sie hätte treffen können. Das grimmige Leben, das ihr Gesicht im Augenblick zuvor noch belebt hatte, verblasste plötzlich und ließ sie wie eine zu Stein gewordene Frau zurück. Sie stand Agnes mechanisch gegenüber, mit einer so vollkommenen Stille, dass die beiden Personen, die sie ansahen, nicht einmal ihren Atem wahrnehmen konnten.

Henry sprach sie grob an. 'Stehen Sie auf', sagte er. 'Sie haben Ihre Antwort erhalten.'

Sie blickte sich zu ihm um. 'Ich habe mein Urteil erhalten', erwiderte sie - und drehte sich langsam um, um den Raum zu verlassen.

Zu Henrys Erstaunen hielt Agnes sie auf. 'Warten Sie einen Moment, Lady Montbarry. Ich habe eine Frage an Sie. Sie haben von Ferrari gesprochen. Ich möchte auch über ihn sprechen.'

Lady Montbarry neigte schweigend den Kopf. Ihre Hand zitterte, als sie ihr Taschentuch herausnahm und sich damit über die Stirn strich. Agnes bemerkte das Zittern und wich einen Schritt zurück. 'Ist das Thema schmerzhaft für Sie?', fragte sie zaghaft.

Lady Montbarry schwieg immer noch und forderte sie mit einer Handbewegung auf, fortzufahren. Henry trat näher und beobachtete seine Schwägerin aufmerksam. Agnes fuhr fort.

'In England hat man keine Spur von Ferrari entdeckt', sagte sie. 'Haben Sie etwas von ihm gehört? Und werden Sie es mir sagen (wenn Sie etwas gehört haben), aus Barmherzigkeit gegenüber seiner Frau?'

Lady Montbarrys dünne Lippen entspannten sich plötzlich zu ihrem traurigen und grausamen Lächeln.

'Warum fragen Sie mich nach dem verschwundenen Kurier?', sagte sie. 'Sie werden erfahren, was aus ihm geworden ist, Miss Lockwood, wenn die Zeit dafür reif ist.'

Agnes begann. 'Ich verstehe Sie nicht', sagte sie. 'Wie soll ich es erfahren? Wird es mir jemand sagen?'

'Jemand wird es Ihnen sagen.'

Henry konnte nicht länger schweigen. 'Vielleicht ist Ihre Ladyschaft die Person?', unterbrach er sie mit ironischer Höflichkeit.

Sie antwortete ihm mit verächtlicher Leichtigkeit. 'Da könnten Sie recht haben, Mr. Westwick. Vielleicht bin ich eines Tages diejenige, die Miss Lockwood erzählt, was aus Ferrari geworden ist, falls..." Sie hielt inne und blickte Agnes an.

'Wenn was?', fragte Henry.

'Wenn Miss Lockwood mich dazu zwingt.'

Agnes hörte erstaunt zu. 'Sie dazu zwingen?', wiederholte sie. 'Wie kann ich das tun? Wollen Sie damit sagen, dass mein Wille stärker ist als Ihrer?'

'Wollen Sie damit sagen, dass die Kerze die Motte nicht verbrennt, wenn die Motte in sie hineinfliegt?' erwiderte Lady Montbarry. 'Haben Sie schon einmal etwas von der Faszination des Schreckens gehört? Ich werde von der Faszination des Schreckens zu Ihnen gezogen. Ich habe kein Recht, Sie zu besuchen, ich habe keinen Wunsch, Sie zu besuchen: Sie sind mein Feind. Zum ersten Mal in meinem Leben unterwerfe ich mich gegen meinen eigenen Willen meinem Feind. Sehen Sie! Ich warte, weil Sie mir gesagt haben, dass ich warten soll - und die Angst vor Ihnen (ich schwöre es!) durchdringt mich, während ich hier stehe. Oh, lassen Sie nicht zu, dass ich Ihre Neugierde oder Ihr Mitleid errege! Folgen Sie dem Beispiel von Mr. Westwick. Seien Sie hart und brutal und unversöhnlich, wie er. Gewähren Sie mir meine Freilassung. Sagen Sie mir, ich soll gehen.'

Die freimütige und einfache Natur von Agnes konnte in diesem seltsamen Ausbruch nur eine verständliche Bedeutung entdecken.

'Sie irren sich, wenn Sie mich für Ihren Feind halten', sagte sie. 'Das Unrecht, das Sie mir angetan haben, als Sie Lord Montbarry Ihre Hand gaben, geschah nicht absichtlich. Ich habe Ihnen meine Leiden zu seinen Lebzeiten verziehen. Ich vergebe Ihnen sogar noch bereitwilliger, jetzt, da er von uns gegangen ist.

Henry hörte ihr mit einer Mischung aus Bewunderung und Verzweiflung zu. 'Sagen Sie nichts mehr!', rief er aus. 'Sie sind zu gut zu ihr, sie ist es nicht wert.'

Die Unterbrechung wurde von Lady Montbarry nicht beachtet. Die einfachen Worte, mit denen Agnes geantwortet hatte, schienen die ganze Aufmerksamkeit dieser seltsam wandelbaren Frau in Anspruch genommen zu haben. Während sie zuhörte, nahm ihr Gesicht langsam einen Ausdruck harter und tränenloser Trauer an. Als sie das nächste Mal sprach, veränderte sich ihre Stimme deutlich. Sie drückte die letzte, schlimmste Resignation aus, die mit der Hoffnung Schluss gemacht hat.

'Du gutes, unschuldiges Geschöpf', sagte sie, 'was zählt schon deine liebenswürdige Vergebung? Was sind Ihre armen kleinen Fehler in der Abrechnung mit größeren Fehlern, die von mir verlangt wird? Ich versuche nicht, Sie zu erschrecken, ich bin nur unglücklich über mich selbst. Wissen Sie, wie es ist, ein Unglück zu ahnen, das auf Sie zukommt, und dennoch zu hoffen, dass sich Ihre eigene Überzeugung nicht bewahrheitet? Als ich Sie vor meiner Heirat kennenlernte und zum ersten Mal Ihren Einfluss auf mich spürte, hatte ich diese Hoffnung. Es war eine schwache Hoffnung, die bis zum heutigen Tag in mir weiterlebte. Sie haben sie zunichte gemacht, als Sie meine Frage nach Ferrari beantwortet haben.'

'Wie habe ich Ihre Hoffnungen zerstört?' fragte Agnes. 'Welcher Zusammenhang besteht zwischen der Tatsache, dass ich Ferrari erlaubt habe, meinen Namen für Lord Montbarry zu verwenden, und den seltsamen und schrecklichen Dingen, die Sie mir jetzt sagen?'

'Die Zeit ist nah, Miss Lockwood, in der Sie das selbst herausfinden werden. In der Zwischenzeit werden Sie erfahren, was ich von Ihnen befürchte, und zwar in den deutlichsten Worten, die ich finden kann. An dem Tag, an dem ich Ihnen Ihren Helden wegnahm und Ihr Leben zerstörte - davon bin ich fest überzeugt - wurden Sie zum Instrument der Vergeltung, die meine langjährigen Sünden verdient hatten. Oh, solche Dinge sind schon einmal passiert! Ein Mensch hat schon einmal unschuldig das Böse in einem anderen heranreifen lassen. Das haben Sie bereits getan - und Sie haben noch mehr zu tun. Sie müssen mich noch an den Tag der Entdeckung bringen und zu der Strafe, die mein Verhängnis ist. Wir werden uns wiedersehen - hier in England oder dort in Venedig, wo mein Mann starb - und wir werden uns zum letzten Mal sehen.

Trotz ihrer besseren Vernunft, trotz ihrer natürlichen Überlegenheit gegenüber jeglichem Aberglauben, war Agnes beeindruckt von dem schrecklichen Ernst, mit dem diese Worte gesprochen wurden. Sie wurde blass, als sie Henry ansah. 'Verstehen Sie sie?', fragte sie.

'Nichts ist leichter, als sie zu verstehen', antwortete er verächtlich. 'Sie weiß, was aus Ferrari geworden ist, und sie verwirrt Sie mit einer Wolke von Unsinn, weil sie sich nicht traut, die Wahrheit zu sagen. Lassen Sie sie gehen!'

Wenn ein Hund unter einem der Stühle gebellt hätte, hätte Lady Montbarry die letzten Worte, die sie Agnes zu sagen hatte, nicht undurchdringlicher formulieren können.

'Raten Sie Ihrer interessanten Mrs. Ferrari, noch ein wenig zu warten', sagte sie. 'Sie werden wissen, was aus ihrem Mann geworden ist, und Sie werden es ihr sagen. Es gibt keinen Grund, Sie zu beunruhigen. Irgendein unbedeutendes Ereignis wird uns das nächste Mal zusammenbringen - so unbedeutend, wie die Verlobung von Ferrari, wage ich zu behaupten. Trauriger Blödsinn, Mr. Westwick, nicht wahr? Aber bei Frauen muss man nachsichtig sein, wir reden alle Unsinn. Guten Morgen, Miss Lockwood.'

Sie öffnete die Tür - plötzlich, als hätte sie Angst, zum zweiten Mal zurückgerufen zu werden - und verließ die beiden.

# KAPITEL XII

'Glauben Sie, dass sie verrückt ist?' fragte Agnes.

'Ich glaube, sie ist einfach nur böse. Falsch, abergläubisch, unverbesserlich grausam - aber nicht verrückt. Ich glaube, sie ist vor allem hierher gekommen, um sich den Luxus zu gönnen, Sie zu erschrecken.

'Sie hat mich erschreckt. Ich schäme mich, es zuzugeben, aber so ist es.'

Henry sah sie an, zögerte einen Moment und setzte sich dann neben sie auf das Sofa.

'Ich mache mir große Sorgen um Sie, Agnes', sagte er. 'Ohne den glücklichen Zufall, der mich heute hierher geführt hat - wer weiß, was diese niederträchtige Frau nicht alles gesagt oder getan hätte, wenn sie Sie allein angetroffen hätte? Meine Liebe, Sie führen ein trauriges, ungeschütztes Leben in der Einsamkeit. Mir gefällt der Gedanke nicht. Ich möchte, dass sich das ändert - vor allem nach dem, was heute geschehen ist. Nein! Nein! Es ist sinnlos, mir zu sagen, dass Sie Ihre alte Amme haben. Sie ist zu alt, sie hat nicht den Rang Ihres Lebens, und die Gesellschaft einer solchen Person ist für eine Dame in Ihrer Position nicht ausreichend. Verstehen Sie mich nicht falsch, Agnes! Was ich sage, sage ich in der Aufrichtigkeit meiner Zuneigung zu Ihnen.' Er hielt inne und nahm ihre Hand. Sie machte einen schwachen Versuch, sie zurückzuziehen - und gab nach. 'Wird nie der Tag kommen', flehte er, 'an dem ich das Privileg habe, Sie zu beschützen? An dem Sie der Stolz und die Freude meines Lebens sein werden, solange ich lebe?' Er drückte sanft ihre Hand. Sie gab keine Antwort. Die Farbe kam und ging in ihrem Gesicht, ihre Augen waren von ihm abgewandt. 'War ich so unglücklich, dass ich Sie beleidigt habe?', fragte er.

Sie antwortete, fast flüsternd, 'Nein'.

'Habe ich Ihnen Kummer bereitet?'

'Sie haben mich an die traurigen Tage denken lassen, die vergangen sind. Sie sagte nichts mehr, sondern versuchte nur, ihre Hand zum zweiten Mal aus seiner zu ziehen. Er hielt sie immer noch fest und hob sie an seine Lippen.

'Kann ich Sie nie dazu bringen, an andere Tage zu denken als an jene - an die glücklicheren Tage, die kommen werden? Oder, wenn Sie an die vergangene Zeit denken müssen, können Sie nicht an die Zeit zurückdenken, als ich Sie zum ersten Mal liebte?

Sie seufzte, als er die Frage stellte. 'Verschone mich, Henry', antwortete sie traurig. 'Sag nichts mehr!'

Die Farbe stieg wieder in ihre Wangen, ihre Hand zitterte in seiner. Sie sah reizend aus, mit niedergeschlagenen Augen und einem sanft hüpfenden Busen. In diesem Moment hätte er alles in der Welt dafür gegeben, sie in die Arme zu nehmen und zu küssen. Eine geheimnisvolle Sympathie, die von seiner Hand zu ihrer wanderte, schien ihr zu verraten, was er im Sinn hatte. Sie riss ihre Hand weg und sah plötzlich zu ihm auf. Die Tränen standen ihr in den Augen. Sie sagte nichts; sie ließ ihre Augen für sich sprechen. Sie warnten ihn - ohne Zorn, ohne Unfreundlichkeit - aber sie warnten ihn dennoch, sie an diesem Tag nicht weiter zu bedrängen.

'Sagen Sie mir nur, dass mir vergeben ist', sagte er, als er sich vom Sofa erhob.

'Ja', antwortete sie leise, 'es sei Ihnen verziehen.

'Ich habe mich in Ihrer Wertschätzung nicht herabgesetzt, Agnes?'

'Oh, nein!'

'Möchten Sie, dass ich Sie verlasse?'

Sie erhob sich ihrerseits vom Sofa und ging zu ihrem Schreibtisch, bevor sie antwortete. Der unvollendete Brief, den sie geschrieben hatte, als Lady Montbarry sie unterbrochen hatte, lag offen auf dem Löschblatt. Als sie den Brief betrachtete und dann Henry ansah, zeigte sich das Lächeln auf ihrem Gesicht, das alle bezauberte.

'Sie dürfen noch nicht gehen', sagte sie. 'Ich habe Ihnen etwas zu sagen. Ich weiß kaum, wie ich es ausdrücken soll. Der kürzeste Weg ist vielleicht, es Sie selbst herausfinden zu lassen. Sie haben von meinem einsamen, schutzlosen Leben hier gesprochen. Es ist kein sehr glückliches Leben, Henry - das gebe ich zu. Sie hielt inne und beobachtete die wachsende Besorgnis seines Gesichtsausdrucks, während er sie mit einer schüchternen Genugtuung ansah, die ihn verblüffte. 'Wissen Sie, dass ich Ihre Idee vorweggenommen habe?', fuhr sie fort. 'Ich werde eine große Veränderung in meinem Leben vornehmen - wenn Ihr Bruder Stephen und seine Frau nur damit einverstanden sind. Während sie sprach, öffnete sie die Schublade des Schreibtisches, nahm einen Brief heraus und reichte ihn Henry.

Er nahm ihn mechanisch entgegen. Vage Zweifel, die er selbst kaum verstand, hielten ihn zum Schweigen an. Es war unmöglich, dass die 'Veränderung in ihrem Leben', von der sie gesprochen hatte, bedeuten konnte, dass sie im Begriff war zu heiraten - und doch war er sich eines völlig unvernünftigen Widerwillens bewusst, den Brief zu öffnen. Ihre Blicke trafen sich; sie lächelte wieder. 'Sehen Sie sich die Adresse an', sagte sie. 'Sie sollten die Handschrift kennen, aber ich wage zu behaupten, dass Sie sie nicht kennen.

Er sah sich die Adresse an. Sie war in der großen, unregelmäßigen, unsicheren Schrift eines Kindes geschrieben. Er öffnete den Brief augenblicklich.

'Liebe Tante Agnes, unsere Gouvernante geht weg. Man hat ihr Geld hinterlassen und ein eigenes Haus. Wir haben mit Kuchen und Wein auf ihr Wohl angestoßen. Du hast versprochen, unsere Gouvernante zu sein, wenn wir eine andere wollen. Wir wollen Sie. Mama weiß nichts davon. Bitte kommen Sie, bevor Mama eine andere Gouvernante finden kann. Ihre liebende Lucy, die dies schreibt. Clara und Blanche haben auch versucht zu schreiben. Aber sie sind noch zu jung dafür. Sie verschmieren das Papier.'

'Ihre älteste Nichte', erklärte Agnes, als Henry sie erstaunt ansah. 'Die Kinder nannten mich Tante, als ich im Herbst bei ihrer Mutter in Irland war. Die drei Mädchen waren meine unzertrennlichen Begleiterinnen - sie sind die charmantesten Kinder, die ich kenne. Es ist wahr, dass ich ihnen an dem Tag, an dem ich sie verließ, um nach London zurückzukehren, angeboten habe, ihre Gouvernante zu sein, falls sie jemals eine brauchen sollten. Ich wollte es ihrer Mutter vorschlagen, kurz bevor Sie kamen.'

'Nicht ernsthaft!' rief Henry aus.

Agnes drückte ihm ihren unvollendeten Brief in die Hand. Es war genug geschrieben worden, um zu zeigen, dass sie ernsthaft vorschlug, als Gouvernante in den Haushalt von Mr. und Mrs. Stephen Westwick einzutreten! Henrys Fassungslosigkeit war nicht in Worte zu fassen.

'Sie werden nicht glauben, dass Sie es ernst meinen', sagte er.

'Warum nicht?' fragte Agnes leise.

'Sie sind der Cousin meines Bruders Stephen und ein alter Freund seiner Frau.'

'Umso mehr Grund, Henry, mir die Verantwortung für ihre Kinder anzuvertrauen.'

'Aber Sie sind ihnen ebenbürtig; Sie sind nicht verpflichtet, Ihren Lebensunterhalt durch Unterrichten zu verdienen. Es hat etwas Absurdes, dass Sie als Gouvernante in ihre Dienste treten!

'Was ist daran absurd? Die Kinder lieben mich; die Mutter liebt mich; der Vater hat mir unzählige Beispiele seiner wahren Freundschaft und Wertschätzung gezeigt. Ich bin genau die richtige Frau für diesen Ort, und was meine Ausbildung angeht, so muss ich sie tatsächlich völlig vergessen haben, wenn ich nicht in der Lage bin, drei Kinder zu unterrichten, von denen das älteste erst elf Jahre alt ist. Sie sagen, ich sei ihnen ebenbürtig. Gibt es denn keine anderen Frauen, die als Gouvernanten arbeiten und den Personen, denen sie dienen, ebenbürtig sind? Außerdem weiß ich nicht, ob ich ihnen gleichgestellt bin. Habe ich nicht gehört, dass Ihr Bruder Stephen der nächste Erbe des Titels ist? Wird er nicht der neue Lord sein? Sie brauchen mir nicht zu antworten! Wir werden nicht darüber streiten, ob ich Recht habe oder nicht, wenn ich zum Gouverneur werde - wir werden das Ereignis abwarten. Ich bin meiner einsamen, nutzlosen Existenz hier überdrüssig und möchte mein Leben glücklicher und nützlicher gestalten, ausgerechnet in dem Haushalt, in dem ich am liebsten einen Platz hätte. Wenn Sie noch einmal nachsehen, werden Sie sehen, dass ich diese persönlichen Überlegungen noch anstellen muss, bevor ich meinen Brief beende. Sie kennen Ihren Bruder und seine Frau nicht so gut wie ich, wenn Sie an ihrer Antwort zweifeln. Ich glaube, sie haben genug Mut und Herz, um Ja zu sagen.'

Henry fügte sich, ohne überzeugt zu sein.

Er war ein Mann, dem jede exzentrische Abweichung von Gewohnheiten und Routine missfiel, und er war besonders misstrauisch gegenüber der vorgeschlagenen Veränderung im Leben von Agnes. Mit neuen Interessen, die sie beschäftigen würden, wäre sie vielleicht weniger geneigt, ihm bei der nächsten Gelegenheit zuzuhören, wenn er auf seinen Antrag drängte. Der Einfluss der 'einsamen, nutzlosen Existenz', über die sie sich beklagte, war eindeutig ein Einfluss zu seinen Gunsten. Während ihr Herz leer war, war ihr Herz zugänglich. Aber da seine Nichten im Vollbesitz ihrer Kräfte waren, überschatteten die Wolken des Zweifels seine Aussichten. Er kannte das Geschlecht gut genug, um diese rein egoistischen Verwirrungen für sich zu behalten. Die Politik des Abwartens war vor allem bei einer so sensiblen Frau wie Agnes die richtige Politik. Wenn er einmal ihr Feingefühl verletzte, war er verloren. Für den Moment beherrschte er sich klugerweise und wechselte das Thema.

'Der Brief meiner kleinen Nichte hat eine Wirkung gehabt', sagte er, 'die das Kind beim Schreiben nicht bedacht hat. Sie hat mich gerade an eines der Ziele erinnert, die ich mit meinem heutigen Besuch bei Ihnen verfolgte.

Agnes blickte auf den Brief des Kindes. 'Wie macht Lucy das?', fragte sie.

'Lucys Gouvernante ist nicht die einzige glückliche Person, der Geld hinterlassen wurde', antwortete Henry. 'Ist Ihre alte Amme im Haus?'

Sie wollen doch nicht etwa sagen, dass das Kindermädchen ein Erbe bekommen hat?

'Sie hat hundert Pfund bekommen. Schicken Sie nach ihr, Agnes, während ich Ihnen den Brief zeige.'

Er holte eine Handvoll Briefe aus seiner Tasche und blätterte sie durch, während Agnes läutete. Als sie zu ihm zurückkehrte, bemerkte sie unter den anderen Briefen einen aufgeschlagenen Brief, der offen auf dem Tisch lag. Es handelte sich um einen 'Prospekt' und der Titel lautete 'Palace Hotel Company of Venice (Limited)'. Die beiden Worte 'Palace' und 'Venedig' erinnerten sie sofort an den unwillkommenen Besuch von Lady Montbarry. 'Was ist das?', fragte sie und deutete auf den Titel.

Henry unterbrach seine Suche und warf einen Blick auf den Prospekt. 'Eine wirklich vielversprechende Spekulation', sagte er. 'Große Hotels sind immer gut bezahlt, wenn sie gut geführt werden. Ich kenne den Mann, der dieses Hotel leiten soll, wenn es eröffnet wird, und ich habe so großes Vertrauen in ihn, dass ich einer der Aktionäre der Gesellschaft geworden bin.

Diese Antwort schien Agnes nicht zu befriedigen. 'Warum heißt das Hotel 'Palace Hotel'?', erkundigte sie sich.

Henry sah sie an und durchschaute sofort, warum sie diese Frage stellte. Ja", sagte er, "es ist der Palast, den Montbarry in Venedig gemietet hat, und der von der Gesellschaft gekauft wurde, um in ein Hotel umgewandelt zu werden.

Agnes wandte sich schweigend ab und nahm einen Stuhl am anderen Ende des Raumes. Henry hatte sie enttäuscht. Sein Einkommen als jüngerer Sohn brauchte, wie sie sehr wohl wusste, alles, was er durch erfolgreiche Spekulationen dazu beitragen konnte. Aber sie war dennoch unvernünftig genug, um es zu missbilligen, dass er versuchte, aus dem Haus, in dem sein Bruder gestorben war, bereits Geld zu machen. Unfähig, diese rein sentimentale Sichtweise einer schlichten Geschäftsangelegenheit zu verstehen, kehrte Henry zu seinen Papieren zurück und war etwas verwirrt über die plötzliche Veränderung in Agnes' Verhalten ihm gegenüber. Gerade als er den Brief fand, nach dem er suchte, erschien die Krankenschwester. Er warf einen Blick auf Agnes, in der Erwartung, dass sie zuerst sprechen würde. Sie blickte nicht einmal auf, als die Krankenschwester hereinkam. Es blieb Henry überlassen, der alten Frau zu erklären, warum die Glocke sie in den Salon gerufen hatte.

'Nun, Schwester', sagte er, 'Sie haben ein großes Glück gehabt. Sie haben ein Erbe von hundert Pfund erhalten.'

Die Krankenschwester zeigte keine äußeren Anzeichen von Freude. Sie wartete ein wenig, um sich die Ankündigung des Vermächtnisses zu vergegenwärtigen, und sagte dann leise: 'Master Henry, von wem habe ich das Geld, wenn Sie so wollen?'

Mein verstorbener Bruder, Lord Montbarry, gibt es Ihnen." (Agnes blickte sofort auf und interessierte sich zum ersten Mal für die Angelegenheit. Henry fuhr fort.) 'Sein Testament hinterlässt Vermächtnisse an die überlebenden alten Diener der Familie. Hier ist ein Brief seiner Anwälte, der Sie ermächtigt, das Geld bei ihnen zu beantragen.'

In allen Gesellschaftsschichten ist Dankbarkeit die seltenste aller menschlichen Tugenden. In der Klasse der Krankenschwester ist sie extrem selten. Ihre Meinung über den Mann, der ihre Herrin betrogen und im Stich gelassen hatte, war immer noch dieselbe, völlig unbeeindruckt von dem vorübergehenden Umstand des Vermächtnisses.

'Ich frage mich, wer meinen Herrn an die alten Diener erinnert hat', sagte sie. 'Er würde es nie übers Herz bringen, sich selbst an sie zu erinnern!'

mischte sich Agnes plötzlich ein. Die Natur, die Monotonie immer verabscheut, hat in den sanftesten Frauen, die es gibt, Temperamentsreserven eingebaut. Selbst Agnes konnte bei seltenen Gelegenheiten wütend werden. Die Ansicht der Krankenschwester über Montbarrys Charakter schien sie bis zum Äußersten gereizt zu haben.

'Wenn Sie auch nur einen Funken Schamgefühl in sich haben', brach sie aus, 'dann sollten Sie sich für das schämen, was Sie gerade gesagt haben! Ihre Undankbarkeit stößt mich ab. Ich überlasse es Ihnen, mit ihr zu sprechen, Henry - es wird Ihnen nichts ausmachen! Mit dieser bedeutsamen Andeutung, dass auch er seinen gewohnten Platz in ihrer guten Meinung verloren hatte, verließ sie das Zimmer.

Die Krankenschwester nahm die schlaue Zurechtweisung, die ihr erteilt wurde, mit dem Anschein entgegen, dass sie sich darüber eher amüsierte als nicht. Als die Tür geschlossen war, zwinkerte die Philosophin Henry zu.

'Junge Frauen haben eine gewisse Hartnäckigkeit', bemerkte sie. 'Miss Agnes wollte meinen Herrn nicht als schlechten Menschen aufgeben, selbst als er sie sitzen ließ. Und jetzt, nachdem er tot ist, ist sie in ihn verliebt. Sagen Sie ein Wort gegen ihn, und sie schäumt vor Wut, wie Sie sehen. So viel Eigensinn! Er wird sich mit der Zeit abnutzen. Halten Sie zu ihr, Master Henry, halten Sie zu ihr!

'Sie scheint Sie nicht beleidigt zu haben', sagte Henry.

'Sie?', wiederholte die Schwester erstaunt, 'sie hat mich beleidigt? Ich mag sie in ihren Wutanfällen, es erinnert mich an sie, als sie noch ein Baby war. Wenn ich mich von ihr verabschiede, wird sie mir einen dicken Kuss geben, das arme Kind, und sagen: 'Schwester, ich habe es nicht so gemeint! Was ist mit dem Geld, Master Henry? Wenn ich jünger wäre, würde ich es für Kleider und Schmuck ausgeben. Aber dafür bin ich zu alt. Was soll ich mit meinem Erbe machen, wenn ich es bekommen habe?'

'Legen Sie es verzinslich an', schlug Henry vor. Sie bekommen so viel im Jahr dafür, wissen Sie. 'Wie viel soll ich bekommen?', fragte die Schwester.

Wenn Sie Ihre hundert Pfund in den Fonds einzahlen, erhalten Sie zwischen drei und vier Pfund pro Jahr.

Die Krankenschwester schüttelte den Kopf. 'Drei oder vier Pfund im Jahr? Das ist nicht genug! Ich will mehr als das. Hören Sie, Master Henry. Dieses bisschen Geld ist mir egal - ich habe den Mann, der es mir vererbt hat, nie gemocht, obwohl er Ihr Bruder war. Selbst wenn ich morgen alles verlieren würde, würde es mir nicht das Herz brechen; ich bin für den Rest meines Lebens gut genug versorgt. Es heißt, Sie seien ein Spekulant. Das ist eine gute Sache, meine Liebe! Hals über Kopf - und das für die Fonds!' Sie schnauzte mit den Fingern, um ihre Verachtung für die Sicherheit einer Investition zu drei Prozent auszudrücken.

Henry zeigte ihr den Prospekt der Venetian Hotel Company. 'Sie sind eine komische alte Frau', sagte er. 'Na, Sie verwegener Spekulant - für Sie gibt es nur das Nacken-oder-nichts! Sie müssen es allerdings vor Miss Agnes geheim halten. Ich bin mir nicht sicher, ob sie es gutheißen würde, wenn ich Ihnen bei dieser Investition helfen würde.'

Die Krankenschwester nahm ihre Brille heraus. 'Sechs Prozent, garantiert', las sie vor, 'und die Direktoren haben allen Grund zu der Annahme, dass das Hotel letztendlich zehn Prozent oder mehr an die Aktionäre ausschütten wird.' 'Setzen Sie mich darauf an, Master Henry! Und wo immer Sie hingehen, empfehlen Sie das Hotel um Himmels willen Ihren Freunden!

Die Krankenschwester folgte also Henrys geldgierigem Beispiel und hatte auch ihr finanzielles Interesse an dem Haus, in dem Lord Montbarry gestorben war.

Drei Tage vergingen, bevor Henry Agnes wieder besuchen konnte. In dieser Zeit hatte sich die kleine Wolke zwischen ihnen völlig verzogen. Agnes empfing ihn mit noch mehr als ihrer gewohnten Freundlichkeit. Sie war in besserer Stimmung als sonst. Ihr Brief an Mrs. Stephen Westwick war postwendend beantwortet worden, und ihr Vorschlag war freudig angenommen worden, mit einer Änderung. Sie sollte die Westwicks einen Monat lang besuchen - und wenn es ihr wirklich gefiel, die Kinder zu unterrichten, sollte sie dann Gouvernante, Tante und Cousine in einem sein - und sollte erst dann abreisen, wenn ihre Freunde in Irland den Fall ihrer Heirat in Betracht zogen.

'Du siehst, ich hatte Recht', sagte sie zu Henry.

Er war immer noch ungläubig. 'Gehst du wirklich?', fragte er.

'Ich fahre nächste Woche.'

'Wann werde ich Sie wiedersehen?

Sie wissen, dass Sie im Haus Ihres Bruders immer willkommen sind. Sie können mich sehen, wann Sie wollen. Sie streckte ihre Hand aus. Entschuldigen Sie, dass ich Sie verlasse - ich fange bereits an zu packen.

Henry versuchte, sie zum Abschied zu küssen. Sie wich direkt zurück.

'Warum nicht? Ich bin Ihre Cousine", sagte er.

'Das gefällt mir nicht', antwortete sie.

Henry sah sie an und fügte sich. Ihre Weigerung, ihm sein Privileg als Cousin zu gewähren, war ein gutes Zeichen - es war indirekt ein Akt der Ermutigung für ihn in der Rolle ihres Liebhabers.

Am ersten Tag der neuen Woche verließ Agnes London auf dem Weg nach Irland. Wie sich herausstellte, sollte dies nicht das Ende ihrer Reise sein. Der Weg nach Irland war nur die erste Etappe auf einer Umgehungs-straße - der Straße, die zum Palast in Venedig führte.

# DER DRITTE TEIL

## KAPITEL XIII

In der Elastizität des Jahres 1861 ließ sich Agnes auf dem Landsitz ihrer beiden Freunde nieder, die nun (nach dem Tod des ersten Lords, der keine Nachkommen hatte) zum neuen Lord und zur neuen Lady Montbarry ernannt wurden. Die alte Amme war nicht von ihrer Herrin getrennt. Man hatte für sie einen Platz in dem angenehmen irischen Haushalt gefunden, der ihrem Lebensalter entsprach. Sie fühlte sich in ihrem neuen Umfeld pudel-wohl und gab ihre erste Halbjahresdividende von der Venice Hotel Company mit der für sie typischen Verschwendungssucht für Geschenke für die Kinder aus.

Anfang des Jahres beugten sich auch die Direktoren der Lebensversiche-rung den Umständen und zahlten die zehntausend Pfund aus. Unmittelbar danach verließ die Witwe des ersten Lord Montbarry (oder besser gesagt, die Witwe Lady Montbarry) zusammen mit Baron Rivar England in Richtung Vereinigte Staaten. In den wissenschaftlichen Spalten der Zeitungen wurde angekündigt, dass das Ziel des Barons die Erforschung des gegenwärtigen Stands der experimentellen Chemie in der großen amerikanischen Republik sei. Seine Schwester teilte neugierigen Freunden mit, dass sie ihn begleitete, in der Hoffnung, nach dem Verlust, der sie getroffen hatte, durch einen Tape-tenwechsel Trost zu finden. Als Agnes diese Nachricht von Henry Westwick (der zu dieser Zeit bei seinem Bruder zu Besuch war) hörte, war sie erleichtert. 'Jetzt, wo der Atlantik zwischen uns liegt', sagte sie, 'habe ich sicher nichts mehr mit dieser schrecklichen Frau zu tun!'

Es verging kaum eine Woche nach diesen Worten, bis ein Ereignis eintrat, das Agnes erneut an 'die schreckliche Frau' erinnerte.

An diesem Tag war Henry aufgrund von Verpflichtungen gezwungen gewesen, nach London zurückzukehren. Am Morgen seiner Abreise hatte er es gewagt, Agnes noch einmal zu umwerben, und die Kinder erwiesen sich, wie er erwartet hatte, als unschuldige Hindernisse auf dem Weg zu seinem Erfolg. Andererseits hatte er in seiner Schwägerin eine feste Verbündete gefunden. 'Haben Sie ein wenig Geduld', hatte die neue Lady Montbarry gesagt, 'und überlassen Sie es mir, den Einfluss der Kinder in die richtige Richtung zu lenken. Wenn sie sie dazu bringen können, auf Sie zu hören - dann werden sie es tun!

Die beiden Damen hatten Henry und einige andere Gäste, die zur gleichen Zeit abreisten, zum Bahnhof begleitet und waren gerade zum Haus zurückgefahren, als der Diener verkündete, dass 'eine Person namens Rolland darauf wartete, Ihre Ladyschaft zu sehen'.

'Ist es eine Frau?'

'Ja, Mylady.'

Die junge Lady Montbarry wandte sich an Agnes.

'Das ist genau die Person', sagte sie, 'von der Ihr Anwalt dachte, sie könne ihm helfen, als er versuchte, den verschwundenen Kurier aufzuspüren.'

'Sie meinen doch nicht etwa das englische Dienstmädchen, das mit Lady Montbarry in Venedig war?'

'Meine Liebe! Sprechen Sie nicht von Montbarrys schrecklicher Witwe mit dem Namen, der jetzt mein Name ist. Stephen und ich haben vereinbart, sie bei ihrem ausländischen Titel zu nennen, bevor sie verheiratet war. Ich bin "Lady Montbarry", und sie ist "die Gräfin". Auf diese Weise gibt es keine Verwechslungen. Ja, Mrs. Rolland stand in meinen Diensten, bevor sie die Zofe der Gräfin wurde. Sie war eine absolut vertrauenswürdige Person, mit einem Makel, der mich zwang, sie wegzuschicken - ein mürrisches Temperament, das zu ständigen Beschwerden über sie im Bedienstetensaal führte. Würden Sie sie gerne sehen?'

Agnes nahm den Vorschlag an, in der schwachen Hoffnung, einige Informationen für die Frau des Kuriers zu erhalten. Mrs. Ferrari hatte das Scheitern aller Versuche, den verschwundenen Mann aufzuspüren, als endgültig akzeptiert. Sie hatte sich bewusst in Witwentrauer gekleidet und verdiente ihren Lebensunterhalt mit einer Arbeit, die Agnes ihr in London durch ihre unermüdliche Freundlichkeit verschafft hatte. Die letzte Chance, das Geheimnis von Ferraris Verschwinden zu lüften, schien nun auf dem zu beruhen, was Ferraris ehemaliger Dienerkollege vielleicht erzählen konnte. Mit hochgespannten Erwartungen folgte Agnes ihrer Freundin in das Zimmer, in dem Mrs. Rolland wartete.

Eine große, knochige Frau im Herbst des Lebens, mit eingefallenen Augen und eisengrauem Haar, erhob sich steif von ihrem Stuhl und grüßte die Damen mit strenger Unterwürfigkeit, als sie die Tür öffneten. Offensichtlich eine Person von makellosem Charakter, aber nicht ohne sichtbare Nachteile. Große buschige Augenbrauen, eine schrecklich tiefe und feierliche Stimme, ein hartes, unbeugsames Auftreten, das völlige Fehlen der für das Geschlecht charakteristischen wellenförmigen Linien in ihrer Figur, zeigten die Tugend in dieser ausgezeichneten Person von ihrer am wenigsten verlockenden Seite. Fremde, die sie zum ersten Mal sahen, waren gewohnt, sich zu fragen, warum sie kein Mann war.

'Geht es Ihnen gut, Mrs. Rolland?'

'Mir geht es so gut, wie man es in meinem Alter erwarten kann, Mylady.'

'Kann ich etwas für Sie tun?'

'Ihre Ladyschaft kann mir einen großen Gefallen tun, wenn Sie mit mir über meinen Charakter sprechen würden, während ich in Ihren Diensten stand. Man hat mir eine Stelle angeboten, um eine kranke Dame zu bedienen, die seit kurzem in dieser Gegend wohnt.

'Ah, ja, ich habe von ihr gehört. Eine Mrs. Carbury, mit einer sehr hübschen Nichte, wie ich hörte. Aber, Mrs. Rolland, Sie haben meinen Dienst vor einiger Zeit verlassen. Mrs. Carbury wird sicher erwarten, dass Sie sich auf die letzte Herrin beziehen, bei der Sie angestellt waren.

Ein Aufblitzen von tugendhafter Empörung erhellte Mrs. Rollands eingefallene Augen. Sie hustete, bevor sie antwortete, als ob ihr die 'letzte Herrin' im Hals stecken geblieben wäre.

'Ich habe Mrs. Carbury erklärt, Mylady, dass die Person, der ich zuletzt gedient habe - ich kann ihr in Anwesenheit Ihrer Ladyschaft wirklich nicht ihren Titel nennen - England in Richtung Amerika verlassen hat. Mrs. Carbury weiß, dass ich die Person aus freien Stücken verlassen habe, und sie weiß auch warum, und sie billigt mein bisheriges Verhalten. Ein Wort von Ihrer Ladyschaft wird genügen, um mir die Situation zu verschaffen.'

'Nun gut, Mrs. Rolland, unter diesen Umständen habe ich keine Einwände, Ihre Referenz zu sein. Mrs. Carbury wird mich morgen bis zwei Uhr zu Hause antreffen.'

Mrs. Carbury ist nicht gesund genug, um das Haus zu verlassen, Mylady. Ihre Nichte, Miss Haldane, wird vorbeikommen und sich erkundigen, wenn Ihre Ladyschaft keine Einwände hat.

'Ich habe nicht die geringsten Einwände. Die hübsche Nichte bringt ihre eigene Begrüßung mit. Warten Sie einen Moment, Mrs. Rolland. Diese Dame ist Miss Lockwood, die Cousine meines Mannes und meine Freundin. Sie möchte mit Ihnen über den Kurier sprechen, der in den Diensten des verstorbenen Lord Montbarry in Venedig stand.'

Mrs. Rollands buschige Augenbrauen runzelten die Stirn in strenger Missbilligung des neuen Gesprächsthemas. 'Ich bedaure, das zu hören, Mylady', war alles, was sie sagte.

'Vielleicht sind Sie nicht darüber informiert worden, was passiert ist, nachdem Sie Venedig verlassen haben?' wagte Agnes hinzuzufügen. Ferrari hat den Palast heimlich verlassen, und seitdem hat man nichts mehr von ihm gehört.

Mrs. Rolland schloss geheimnisvoll die Augen, als wolle sie eine Vision des verschwundenen Kuriers ausschließen, die eine ehrbare Frau beunruhigen könnte. 'Nichts, was Mr. Ferrari tun könnte, würde mich überraschen', antwortete sie in ihrem tiefsten Basston.

'Sie sprechen ziemlich hart von ihm', sagte Agnes.

Mrs. Rolland öffnete plötzlich wieder ihre Augen. 'Ich spreche nicht ohne Grund so hart über jemanden', sagte sie. 'Mr. Ferrari hat sich mir gegenüber so verhalten, Miss Lockwood, wie sich kein lebender Mann je zuvor oder danach verhalten hat.'

'Was hat er getan?'

Mrs. Rolland antwortete mit einem steinernen, entsetzten Blick: 'Er hat sich Freiheiten mit mir erlaubt.'

Die junge Lady Montbarry drehte sich plötzlich zur Seite und hielt sich krampfhaft ihr Taschentuch vor den Mund, um ein Lachen zu unterdrücken.

Mrs. Rolland fuhr fort, mit grimmigem Vergnügen an der Verwirrung, die ihre Antwort bei Agnes ausgelöst hatte: "Und als ich auf einer Entschuldigung bestand, Miss, besaß er die Dreistigkeit zu sagen, das Leben im Palast sei langweilig und er wisse nicht, wie er sich sonst amüsieren solle!

'Ich fürchte, ich habe mich kaum verständlich ausgedrückt', sagte Agnes. 'Ich spreche nicht zu Ihnen, weil ich mich für Ferrari interessiere. Ist Ihnen bekannt, dass er verheiratet ist?

'Ich habe Mitleid mit seiner Frau', sagte Mrs. Rolland.

'Sie ist natürlich sehr traurig über ihn', fuhr Agnes fort.

'Sie sollte Gott danken, dass sie ihn los ist', warf Mrs. Rolland ein.

Agnes blieb hartnäckig. Ich kenne Mrs. Ferrari seit ihrer Kindheit und bin aufrichtig bemüht, ihr in dieser Angelegenheit zu helfen. Ist Ihnen während Ihres Aufenthalts in Venedig etwas aufgefallen, das das außergewöhnliche Verschwinden ihres Mannes erklären würde? Unter welchen Bedingungen lebte er zum Beispiel mit seinem Herrn und seiner Herrin zusammen?'

Mrs. Rolland antwortete: 'Unter Bedingungen, die für einen respektablen englischen Diener einfach widerlich waren, was die Vertrautheit mit seiner Herrin angeht. Sie ermutigte ihn, mit ihr über all seine Angelegenheiten zu sprechen - wie er mit seiner Frau auskam, wie sehr er in Geldnöten steckte und dergleichen - als wären sie gleichgestellt. Verachtenswert - so nenne ich das.'

'Und sein Herr?' fuhr Agnes fort. 'Wie kam Ferrari mit Lord Montbarry aus?'

'Mein Herr lebte zurückgezogen mit seinen Studien und seinen Sorgen', antwortete Mrs. Rolland mit einer harten Ernsthaftigkeit, die den Respekt vor dem Andenken seiner Lordschaft ausdrückte. Mr. Ferrari bekam sein Geld, wenn es fällig war, und er kümmerte sich um nichts anderes. "Wenn ich es mir leisten könnte, würde ich den Ort auch verlassen, aber ich kann es mir nicht leisten." Das waren die letzten Worte, die er an dem Morgen, an dem ich den Palast verließ, zu mir sagte. Ich habe nicht geantwortet. Nach dem, was (bei der anderen Gelegenheit) geschehen war, sprach ich natürlich nicht mehr mit Mr. Ferrari.'

'Können Sie mir wirklich nichts sagen, was Licht in diese Angelegenheit bringt?'

'Nichts', sagte Mrs. Rolland mit unverhohlenem Vergnügen an der Enttäuschung, die sie mir zufügte.

'Es gab noch ein anderes Mitglied der Familie in Venedig', fuhr Agnes fort, entschlossen, der Frage auf den Grund zu gehen, solange sie die Gelegenheit dazu hatte. 'Da war Baron Rivar.'

Mrs. Rolland hob ihre großen Hände, die mit rostigen schwarzen Handschuhen bedeckt waren, als stummen Protest gegen die Erwähnung von Baron Rivar als Thema der Untersuchung. 'Wissen Sie, Miss,' begann sie, 'dass ich meinen Platz verlassen habe, weil ich etwas beobachtet habe...?'

Agnes unterbrach sie an dieser Stelle. 'Ich wollte nur fragen', erklärte sie, 'ob Baron Rivar etwas gesagt oder getan hat, das Ferraris seltsames Verhalten erklären könnte.'

'Nicht, dass ich wüsste', sagte Mrs. Rolland. 'Der Baron und Mr. Ferrari (wenn ich mich so ausdrücken darf) waren, soweit ich das sehen konnte, 'Vögel einer Feder' - ich meine, der eine war genauso skrupellos wie der andere. Ich bin eine gerechte Frau, und ich werde Ihnen ein Beispiel geben. Erst am Tag vor meiner Abreise hörte ich den Baron sagen (durch die offene Tür seines Zimmers, während ich den Korridor entlangging): "Ferrari, ich will tausend Pfund. Was würden Sie für eintausend Pfund tun?" Und ich hörte Mr. Ferrari antworten: "Alles, Sir, solange ich nicht ertappt werde." Und dann brachen sie beide in Gelächter aus. Mehr habe ich nicht gehört. Urteilen Sie selbst, Miss.'

Agnes dachte einen Moment lang nach. Tausend Pfund war die Summe, die Mrs. Ferrari in dem anonymen Brief geschickt worden war. Hatte diese Beilage in irgendeiner Weise mit dem Gespräch zwischen dem Baron und Ferrari zu tun? Es war sinnlos, Mrs. Rolland weiter zu befragen. Sie konnte keine weiteren Informationen geben, die für das angestrebte Ziel auch nur im Geringsten von Bedeutung waren. Es gab keine andere Möglichkeit, als sie zu entlassen. Man hatte einen weiteren Versuch unternommen, eine Spur des verschwundenen Mannes zu finden, und auch diesmal war der Versuch gescheitert.

An diesem Tag saß eine Familiengesellschaft am Tisch. Der einzige Gast, der noch im Haus war, war ein Neffe des neuen Lord Montbarry - der älteste Sohn seiner Schwester, Lady Barville. Lady Montbarry konnte es sich nicht verkneifen, die Geschichte des ersten (und letzten) Angriffs auf die Tugend von Mrs. Rolland zu erzählen, und zwar mit einer komisch genauen Imitation von Mrs. Rollands tiefer und düsterer Stimme. Als sie von ihrem Mann gefragt wurde, was der Grund für den Besuch dieser furchterregenden Person sei, erwähnte sie natürlich den erwarteten Besuch von Miss Haldane.

Arthur Barville, der bisher ungewöhnlich schweigsam und beschäftigt war, schaltete sich plötzlich mit einem Ausbruch von Begeisterung in das Gespräch ein. 'Miss Haldane ist das charmanteste Mädchen in ganz Irland', sagte er. 'Ich habe sie gestern beim Vorbeireiten über die Mauer ihres Gartens gesehen. Wann wird sie morgen kommen? Vor zwei Uhr? Ich werde zufällig im Salon vorbeischauen - ich kann es kaum erwarten, ihr vorgestellt zu werden!'

Agnes amüsierte sich über seine Begeisterung. 'Sind Sie schon in Miss Haldane verliebt?', fragte sie.

Arthur antwortete ernst: 'Das ist kein Scherz. Ich war den ganzen Tag an der Gartenmauer und habe darauf gewartet, sie wiederzusehen! Es hängt von Miss Haldane ab, ob sie mich zum glücklichsten oder zum unglücklichsten Mann der Welt macht.'

'Du törichter Junge! Wie kannst du nur so einen Unsinn reden?'

Er redete zweifelsohne Unsinn. Aber wenn Agnes es nur gewusst hätte, dann hätte er noch etwas anderes getan. Er brachte sie auf unschuldige Weise eine weitere Etappe auf dem Weg nach Venedig näher.

# KAPITEL XIV

Als die Sommermonate voranschritten, ging die Umwandlung des venezianischen Palastes in ein modernes Hotel rasch ihrer Vollendung entgegen.

Das Äußere des Gebäudes mit seiner schönen palladianischen Fassade, die auf den Kanal blickt, wurde klugerweise nicht verändert. Im Inneren wurden die Räume notgedrungen fast neu gebaut - zumindest was die Größe und die Anordnung der Räume betrifft. Die großen Salons wurden in "Appartements" mit jeweils drei oder vier Zimmern unterteilt. Die breiten Korridore in den oberen Bereichen boten genügend Platz für Reihen von kleinen Schlafkammern, die für Bedienstete und Reisende mit begrenzten Mitteln bestimmt waren. Es wurde an nichts gespart, außer an den massiven Fußböden und den fein geschnitzten Decken. Letztere sind handwerklich hervorragend erhalten und mussten lediglich gereinigt und hier und da neu vergoldet werden, um die Schönheit und Bedeutung der besten Zimmer des Hotels zu unterstreichen. Die einzige Ausnahme von der vollständigen Neugestaltung des Innenraums war an einem Ende des Gebäudes, im ersten und zweiten Stock. Hier befanden sich in jedem Fall Räume von vergleichsweise bescheidener Größe und so attraktiv dekoriert, dass der Architekt vorschlug, sie so zu belassen, wie sie waren. Wie sich später herausstellte, handelte es sich dabei um die ehemaligen Wohnungen von Lord Montbarry (im ersten Stock) und von Baron Rivar (im zweiten Stock). Das Zimmer, in dem Montbarry gestorben war, war immer noch als Schlafzimmer eingerichtet und wurde nun als Nummer Vierzehn bezeichnet. Das Zimmer darüber, in dem der Baron geschlafen hatte, wurde als Nummer achtunddreißig in das Hotelregister eingetragen. Nachdem die Ornamente an den Wänden und Decken gereinigt und verschönert worden waren und die schweren, altmodischen Betten, Stühle und Tische durch helle, hübsche und luxuriöse moderne Möbel ersetzt worden waren, versprachen diese beiden Zimmer gleichzeitig die attraktivsten und komfortabelsten Schlafgemächer des Hotels zu werden. Das ehemals trostlose und ungenutzte Erdgeschoss des Gebäudes wurde nun durch prächtige Speisesäle, Empfangsräume, Billardzimmer und Raucherräume in einen eigenen Palast verwandelt. Sogar die kerkerähnlichen Gewölbe darunter, die jetzt nach den modernsten Plänen beleuchtet und belüftet wurden, hatten sich wie von Zauberhand in Küchen, Dienstbotenzimmer, Eisräume und Weinkeller verwandelt, die dem Glanz des größten Hotels in Italien würdig waren, und das seit siebzehn Jahren.

Nach dem Verstreichen der Sommermonate in Venedig und dem Verstreichen der Sommermonate in Irland ist als Nächstes festzuhalten, dass Mrs. Rolland die Stelle als Pflegerin der kranken Mrs. Carbury erhielt und dass die schöne Miss Haldane wie ein weiblicher Cäsar an ihrem ersten Besuchstag im Haus des neuen Lord Montbarry kam, sah und siegte.

Die Damen lobten sie ebenso lautstark wie Arthur Barville selbst. Lord Montbarry erklärte, sie sei die einzige vollkommen hübsche Frau, die er je gesehen habe und die sich ihrer eigenen Anziehungskraft gar nicht bewusst sei. Die alte Krankenschwester sagte, sie sähe aus, als wäre sie gerade einem Bild entstiegen und bräuchte nichts weiter als einen vergoldeten Rahmen, um sie vollständig zu machen. Miss Haldane ihrerseits kehrte von ihrem ersten Besuch bei den Montbarrys zurück und war von ihren neuen Bekanntschaften begeistert. Später am selben Tag rief Arthur an, um Mrs. Carbury Obst und Blumen zu bringen und sie zu fragen, ob es ihr gut genug ginge, um Lord und Lady Montbarry und Miss Lockwood am nächsten Tag zu empfangen. In einer Woche waren die beiden Haushalte auf das freundlichste miteinander befreundet. Mrs. Carbury, die durch ein Rückenleiden an das Sofa gefesselt war, war bisher von ihrer Nichte abhängig gewesen, was eines der wenigen Vergnügen anging, die sie genießen konnte, nämlich das Ver-

gnügen, sich die besten neuen Romane vorlesen zu lassen, sobald sie heraus-
kamen. Als Arthur dies entdeckte, meldete er sich freiwillig, um Miss
Haldane in gewissen Abständen als Vorleser abzulösen. Er war geschickt im
Umgang mit mechanischen Vorrichtungen aller Art und führte Verbesserun-
gen an Mrs. Carburys Couch und an den Transportmitteln vom Schlafgemach in den Salon ein, die die Leiden der armen Dame linderten und ihr düsteres Leben aufhellten. Mit diesen Ansprüchen auf die Dankbarkeit der
Tante, unterstützt durch die persönlichen Vorteile, die er zweifellos besaß,
stieg Arthur in der Gunst der charmanten Nichte rasch auf. Es erübrigt sich
zu erwähnen, dass sie sehr wohl wusste, dass er in sie verliebt war, während
er selbst sich in dieser Hinsicht bescheiden zurückhielt - soweit es um Worte
ging. Aber sie war nicht so schnell in der Lage, die Natur ihrer eigenen
Gefühle für Arthur zu durchschauen. Die kranke Dame beobachtete die beiden jungen Leute mit einer scharfen Beobachtungsgabe, die sich durch die
völlige Abgeschiedenheit ihres Lebens notwendigerweise auf sie konzen-
trierte, und entdeckte bei Miss Haldane in Arthurs Gegenwart Anzeichen
einer erregten Empfindsamkeit, die sich in ihren gesellschaftlichen Beziehungen zu anderen Verehrern, die ihr eifrig ihre Aufwartung machten, noch
nie gezeigt hatte. Nachdem Mrs. Carbury unter vier Augen ihre eigenen
Schlüsse gezogen hatte, nutzte sie die erste günstige Gelegenheit (in Arthurs
Interesse), um sie auf die Probe zu stellen.

'Ich weiß nicht, was ich tun werde', sagte sie eines Tages, 'wenn Arthur
weggeht.'

Miss Haldane blickte schnell von ihrer Arbeit auf. 'Er wird uns doch
sicher nicht verlassen!', rief sie aus.

'Meine Liebe, er ist bereits einen Monat länger bei seinem Onkel geblieben, als er vorhatte. Sein Vater und seine Mutter erwarten natürlich, ihn wieder zu Hause zu sehen.

Miss Haldane begegnete dieser Schwierigkeit mit einem Vorschlag, der
nur von einem Urteilsvermögen herrühren konnte, das bereits durch die Wut
der zärtlichen Leidenschaft gestört war. 'Warum können sein Vater und seine
Mutter ihn nicht bei Lord Montbarry besuchen?', fragte sie. Sir Theodore ist
nur dreißig Meilen entfernt, und Lady Barville ist die Schwester von Lord
Montbarry. Sie müssen nicht auf die Zeremonie verzichten.

'Vielleicht haben sie andere Verpflichtungen', bemerkte Mrs. Carbury.

'Meine liebe Tante, das wissen wir nicht! Und wenn du Arthur fragst?

'Angenommen, Sie fragen ihn?'

Miss Haldane beugte ihren Kopf wieder über ihre Arbeit. Plötzlich, als sie fertig war, hatte ihre Tante ihr Gesicht gesehen - und ihr Gesicht verriet sie.

Als Arthur am nächsten Tag kam, sprach Mrs. Carbury ein Wort mit ihm unter vier Augen, während ihre Nichte im Garten war. Der letzte neue Roman lag vernachlässigt auf dem Tisch. Arthur folgte Miss Haldane in den Garten. Am nächsten Tag schrieb er nach Hause und fügte seinem Brief ein Foto von Miss Haldane bei. Noch vor Ende der Woche trafen Sir Theodore und Lady Barville bei Lord Montbarry ein und machten sich ihr eigenes Bild von der Echtheit des Porträts. Sie hatten selbst früh geheiratet - und waren seltsamerweise nicht grundsätzlich gegen frühe Eheschließungen anderer Menschen. Da die Frage des Alters auf diese Weise geklärt war, gab es für den Weg der wahren Liebe keine weiteren Hindernisse. Miss Haldane war ein Einzelkind und verfügte über ein beträchtliches Vermögen. Arthurs Karriere an der Universität war zwar beachtlich gewesen, aber gewiss nicht brillant genug, um seinen Rückzug als Katastrophe erscheinen zu lassen. Als ältester Sohn von Sir Theodore war seine Position bereits wie geschaffen für ihn. Er war zweiundzwanzig Jahre alt, und die junge Dame war achtzehn. Es gab wirklich keinen nachvollziehbaren Grund, die Liebenden warten zu lassen, und keine Entschuldigung, den Hochzeitstag über die erste Septemberwoche hinaus zu verschieben. In der Zwischenzeit, in der Braut und Bräutigam zwangsläufig auf der unvermeidlichen Auslandsreise abwesend sein würden, bot eine Schwester von Mrs. Carbury an, während der vorübergehenden Trennung von ihrer Nichte bei ihr zu bleiben. Nach Beendigung der Flitterwochen sollte das junge Paar nach Irland zurückkehren und sich in Mrs. Carburys geräumigem und komfortablem Haus niederlassen.

Diese Vereinbarungen wurden Anfang August getroffen. Etwa zur gleichen Zeit wurden die letzten Umbauarbeiten in dem alten Palast in Venedig abgeschlossen. Die Räume wurden mit Dampf getrocknet, die Keller aufgestockt, der Manager versammelte sein Heer von fähigen Dienern um sich und das neue Hotel wurde in ganz Europa für die Eröffnung im Oktober beworben.

# KAPITEL XV

(miss agnes lockwood an mrs. ferrari)

'Ich hatte versprochen, Ihnen von der Hochzeit von Mr. Arthur Barville und Miss Haldane zu berichten, liebe Emily. Sie fand vor zehn Tagen statt. Aber ich musste mich während der Abwesenheit des Herrn und der Herrin dieses Hauses um so viele Dinge kümmern, dass ich Ihnen erst heute schreiben kann.

Die Einladungen zur Hochzeit waren in Anbetracht der Krankheit von Miss Haldanes Tante auf die Mitglieder der Familien auf beiden Seiten beschränkt. Von Seiten der Familie Montbarry waren neben Lord und Lady Montbarry auch Sir Theodore und Lady Barville, Mrs. Norbury (die Sie vielleicht als zweite Schwester seiner Lordschaft kennen) sowie Mr. Francis Westwick und Mr. Henry Westwick anwesend. Die drei Kinder und ich nahmen als Brautjungfern an der Zeremonie teil. Zu uns gesellten sich zwei junge Damen, Cousinen der Braut und sehr sympathische Mädchen. Unsere Kleider waren weiß und zu Ehren Irlands mit grünem Besatz versehen. Jede von uns erhielt ein hübsches goldenes Armband, das uns der Bräutigam schenkte. Wenn Sie zu den Personen, die ich bereits erwähnt habe, noch die älteren Mitglieder von Mrs. Carburys Familie und die alten Bediensteten beider Häuser hinzuzählen - die das Privileg hatten, am unteren Ende des Raumes auf das Wohl des verheirateten Paares zu trinken -, dann ist die Liste der Gäste des Hochzeitsfrühstücks vollständig.

Das Wetter war perfekt, und die Zeremonie (mit Musik) wurde wunderschön durchgeführt. Für die Braut gibt es keine Worte, die beschreiben könnten, wie schön sie aussah und wie gut sie alles mitgemacht hat. Beim Frühstück waren wir sehr fröhlich, und die Reden verliefen im Großen und Ganzen recht gut. Die letzte Rede, bevor sich die Gesellschaft auflöste, wurde von Mr. Henry Westwick gehalten und war die beste von allen. Am Ende machte er einen glücklichen Vorschlag, der mein Leben hier ganz unerwartet verändert hat.

Soweit ich mich erinnere, schloss er mit den folgenden Worten: "In einem Punkt sind wir uns alle einig - wir bedauern, dass die Stunde des Abschieds naht, und wir würden uns freuen, uns wiederzusehen. Warum sollten wir uns nicht wiedersehen? Es ist Herbst, und die meisten von uns fahren in die Ferien nach Hause. Was halten Sie davon (wenn Sie keine Verpflichtungen haben, die Sie daran hindern), unsere jungen verheirateten Freunde vor dem

Ende ihrer Reise zu treffen und den gesellschaftlichen Erfolg dieses herrlichen Frühstücks durch ein weiteres Fest zu Ehren der Flitterwochen zu erneuern? Die Braut und der Bräutigam reisen nach Deutschland und Tirol, auf dem Weg nach Italien. Ich schlage vor, dass wir ihnen einen Monat gönnen und sie danach in Norditalien treffen, zum Beispiel in Venedig."

Dieser Vorschlag wurde mit großem Beifall aufgenommen, der von niemand Geringerem als meiner lieben alten Krankenschwester in Gelächter umgewandelt wurde. In dem Moment, in dem Mr. Westwick das Wort "Venedig" aussprach, sprang sie zwischen den Bediensteten am unteren Ende des Raumes auf und rief lauthals: "Gehen Sie in unser Hotel, meine Damen und Herren! Wir haben bereits sechs Prozent auf unser Geld bekommen, und wenn Sie sich nur ein bisschen beeilen und das Beste von allem verlangen, haben wir im Handumdrehen zehn Prozent in der Tasche. Fragen Sie Master Henry!"

Auf diese unwiderstehliche Weise angesprochen, blieb Mr. Westwick nichts anderes übrig, als zu erklären, dass er als Aktionär an einer neuen Hotelgesellschaft in Venedig beteiligt war und dass er eine kleine Summe für die Krankenschwester (nicht sehr rücksichtsvoll, wie ich glaube) in die Spekulation investiert hatte. Als die Gesellschaft dies hörte, stieß sie zur Belustigung über den Scherz mit einem neuen Trinkspruch an: 'Auf den Erfolg des Hotels der Krankenschwester und eine baldige Erhöhung der Dividende!

Als das Gespräch zu gegebener Zeit auf die ernstere Frage des geplanten Treffens in Venedig zurückkam, begannen sich Schwierigkeiten zu zeigen, die natürlich durch die Einladungen für den Herbst verursacht wurden, die viele der Gäste bereits angenommen hatten. Nur zwei Mitglieder der Familie von Mrs. Carbury waren in der Lage, den vorgeschlagenen Termin wahrzunehmen. Wir hatten mehr Zeit, um zu tun, was wir wollten. Mr. Henry Westwick beschloss, vor den anderen nach Venedig zu fahren, um die Räumlichkeiten des neuen Hotels am Eröffnungstag zu testen. Mrs. Norbury und Mr. Francis Westwick erklärten sich bereit, ihm zu folgen, und nach einiger Überredungskunst willigten Lord und Lady Montbarry in eine Art Kompromiss ein. Seine Lordschaft konnte nicht genügend Zeit für die Reise nach Venedig aufbringen, aber er und Lady Montbarry vereinbarten, Mrs. Norbury und Mr. Francis Westwick auf ihrem Weg nach Italien bis nach Paris zu begleiten. Fünf Tage später reisten sie ab, um ihre Reisegefährten in London zu treffen, und überließen mir die Verantwortung für die drei lieben Kinder. Sie haben natürlich darum gebettelt, mit Papa und Mama mitgenommen zu werden. Aber man hielt es für besser, den Fortschritt ihrer Erziehung nicht zu unterbrechen und sie (besonders die beiden jüngeren Mädchen) nicht den Strapazen des Reisens auszusetzen.

Ich habe heute Morgen einen bezaubernden Brief von der Braut erhalten, der aus Köln stammt. Sie können sich nicht vorstellen, wie kunstlos und hübsch sie mir ihr Glück versichert. Manche Menschen sind, wie man in Irland sagt, zum Glück geboren - und ich glaube, Arthur Barville ist einer von ihnen.

Wenn Sie mir das nächste Mal schreiben, hoffe ich zu hören, dass es Ihnen besser geht und dass Ihnen Ihre Arbeit weiterhin gefällt. Glauben Sie mir, aufrichtig Ihr Freund, A. L.'

Agnes hatte ihren Brief gerade geschlossen und adressiert, als die älteste ihrer drei Schülerinnen das Zimmer betrat und die verblüffende Nachricht überbrachte, dass Lord Montbarrys reisende Dienerin aus Paris eingetroffen war! Erschrocken von dem Gedanken, dass ein Unglück geschehen war, lief sie hinaus, um den Mann in der Halle zu treffen. Ihr Gesicht verriet ihm, wie sehr er sie erschreckt hatte, noch bevor sie sprechen konnte. 'Es ist alles in Ordnung, Miss', beeilte er sich zu sagen. 'Mein Herr und meine Dame amüsieren sich in Paris. Sie wollen nur, dass Sie und die jungen Damen bei ihnen sind.' Während er diese erstaunlichen Worte sagte, überreichte er Agnes einen Brief von Lady Montbarry.

'Liebste Agnes' (las sie), 'ich bin so entzückt von der reizvollen Veränderung in meinem Leben - es ist sechs Jahre her, seit ich das letzte Mal auf dem Kontinent war -, dass ich alle meine Kräfte aufgebracht habe, um Lord Montbarry zu überreden, nach Venedig zu reisen. Und, was noch wichtiger ist, es ist mir tatsächlich gelungen! Er ist gerade in sein Zimmer gegangen, um die notwendigen Entschuldigungsbriefe rechtzeitig für die Post nach England zu schreiben. Mögen Sie einen ebenso guten Ehemann haben, meine Liebe, wenn Ihre Zeit gekommen ist! In der Zwischenzeit ist das Einzige, was mir jetzt noch fehlt, um mein Glück vollkommen zu machen, Sie und die lieben Kinder bei uns zu haben. Montbarry ist ohne sie genauso unglücklich wie ich, auch wenn er es nicht so offen zugibt. Sie werden keine Schwierigkeiten haben, die Sie belasten könnten. Louis wird diese eiligen Zeilen überbringen und sich auf der Reise nach Paris um Sie kümmern. Geben Sie den Kindern tausend Küsse von mir - und kümmern Sie sich vorerst nicht um ihre Erziehung! Packen Sie sofort Ihre Sachen, meine Liebe, und ich werde Sie mehr denn je in mein Herz schließen. Ihre liebevolle Freundin, Adela Montbarry.'

Agnes faltete den Brief zusammen und zog sich für ein paar Minuten in ihr eigenes Zimmer zurück, um sich zu sammeln.

Ihre ersten natürlichen Empfindungen der Überraschung und Aufregung über die Aussicht, nach Venedig zu reisen, wurden von Eindrücken weniger angenehmer Art abgelöst. Mit der Wiedererlangung ihrer gewohnten Gelassenheit kam die unwillkommene Erinnerung an die Abschiedsworte, die Montbarrys Witwe zu ihr gesprochen hatte: 'Wir werden uns wiedersehen - hier in England oder dort in Venedig, wo mein Mann gestorben ist - und uns zum letzten Mal sehen.'

Es war, gelinde gesagt, ein seltsamer Zufall, dass der Lauf der Dinge Agnes unerwartet nach Venedig führte, nachdem diese Worte gesprochen worden waren! War die Frau mit den geheimnisvollen Warnungen und den wilden schwarzen Augen immer noch Tausende von Meilen entfernt in Amerika? Oder führte der Lauf der Dinge auch sie unerwartet auf die Reise nach Venedig? Agnes schreckte aus ihrem Sessel hoch und schämte sich sogar für das kurzzeitige Zugeständnis an den Aberglauben, das die bloße Anwesenheit solcher Fragen in ihrem Kopf bedeutete.

Sie läutete die Glocke, schickte nach ihren kleinen Schülern und kündigte dem Haushalt ihre bevorstehende Abreise an. Die lärmende Freude der Kinder, die inspirierende Anstrengung des eiligen Packens, weckten all ihre Kräfte. Ihre eigenen absurden Bedenken wischte sie mit der gebührenden Verachtung beiseite. Sie arbeitete, wie nur Frauen arbeiten können, die mit dem Herzen bei der Sache sind. Die Reisenden erreichten Dublin an diesem Tag, rechtzeitig für das Schiff nach England. Zwei Tage später waren sie bei Lord und Lady Montbarry in Paris.

# DER VIERTE TEIL

## KAPITEL XVI

Es war erst der zwanzigste September, als Agnes und die Kinder Paris erreichten. Mrs. Norbury und ihr Bruder Francis waren zu diesem Zeitpunkt bereits zu ihrer Reise nach Italien aufgebrochen - mindestens drei Wochen vor dem Termin, an dem das neue Hotel für die Aufnahme von Reisenden eröffnet werden sollte.

Die Person, die für diese verfrühte Abreise verantwortlich war, war Francis Westwick.

Wie sein jüngerer Bruder Henry hatte er sein Vermögen durch eigenen Unternehmungsgeist und Erfindungsreichtum vermehrt, mit dem Unterschied, dass seine Spekulationen mit der Kunst zu tun hatten. Er hatte zunächst mit einer Wochenzeitung Geld verdient und dann seine Gewinne in ein Londoner Theater investiert. Dieses letztere Unternehmen, das er bewundernswert leitete, wurde von der Öffentlichkeit mit stetiger und großzügiger Unterstützung belohnt. Als er über eine neue Form der Theaterattraktion für die kommende Wintersaison nachdachte, beschloss Francis, den trägen Publikumsgeschmack für das Ballett durch eine von ihm erfundene Unterhaltung zu beleben, die dramatisches Interesse mit Tanz verbindet. Dementsprechend war er nun auf der Suche nach dem besten Tänzer (mit den unverzichtbaren persönlichen Reizen), der in den Theatern des Kontinents zu finden war. Als er von seinen ausländischen Korrespondenten von zwei Frauen hörte, die erfolgreich in Mailand und Florenz aufgetreten waren, beschloss er, diese Städte zu besuchen und sich selbst ein Bild von den Vorzügen der Tänzerinnen zu machen, bevor er sich zu Braut und Bräutigam begab. Seine verwitwete Schwester, die Freunde in Florenz hat, die sie unbedingt sehen wollte, begleitete ihn bereitwillig. Die Montbarrys blieben in Paris, bis es an der Zeit war, sich beim Familientreffen in Venedig zu präsentieren. Henry fand sie immer noch in der französischen Hauptstadt vor, als er auf dem Weg zur Eröffnung des neuen Hotels aus London kam.

Entgegen dem Rat von Lady Montbarry nutzte er die Gelegenheit, um seine Ansprache an Agnes zu erneuern. Er hätte sich kaum einen ungünstigeren Zeitpunkt aussuchen können, um bei ihr für seine Sache zu werben. Die Fröhlichkeit von Paris hatte (für sie selbst und alle anderen unverständlicherweise) eine bedrückende Wirkung auf ihre Laune. Sie hatte keine Krankheit, über die sie sich beklagen musste; sie nahm bereitwillig an den ständig wechselnden Vergnügungen teil, die den Fremden durch den Einfallsreichtum der lebhaftesten Menschen der Welt geboten wurden, aber nichts rüttelte sie auf: Sie blieb bei all dem beharrlich stumpf und müde. In diesem Zustand war sie nicht in der Lage, Henrys schlecht getimte Ansprachen mit Wohlwollen oder gar mit Geduld zu empfangen: Sie weigerte sich schlicht und einfach, ihm zuzuhören. 'Warum erinnern Sie mich daran, was ich erlitten habe?', fragte sie gereizt. 'Sehen Sie denn nicht, dass es mich für mein Leben geprägt hat?

Ich dachte, ich wüsste inzwischen etwas über Frauen", sagte Henry und wandte sich insgeheim an Lady Montbarry, um sie zu trösten. 'Aber Agnes verwirrt mich völlig. Es ist jetzt ein Jahr her, dass Montbarry gestorben ist, und sie hängt noch immer so sehr an seinem Andenken, als wäre er in Treue zu ihr gestorben - sie spürt noch immer seinen Verlust, wie keiner von uns ihn spürt!

'Sie ist die aufrichtigste Frau, die je den Atem des Lebens geatmet hat', antwortete Lady Montbarry. 'Vergessen Sie das nicht, und Sie werden sie verstehen. Kann eine Frau wie Agnes ihre Liebe geben oder verweigern, je nach den Umständen? Weil der Mann ihrer nicht würdig war, war er weniger der Mann ihrer Wahl? Da sie ihm zu Lebzeiten die treueste und beste Freundin war (so wenig er es auch verdiente), bleibt sie natürlich auch jetzt die treueste und beste Freundin in seiner Erinnerung. Wenn Sie sie wirklich lieben, warten Sie und vertrauen Sie auf Ihre beiden besten Freunde - die Zeit und mich. Das ist mein Rat. Lassen Sie Ihre eigene Erfahrung entscheiden, ob es nicht der beste Rat ist, den ich geben kann. Setzen Sie morgen Ihre Reise nach Venedig fort, und wenn Sie sich von Agnes verabschieden, sprechen Sie so herzlich mit ihr, als ob nichts geschehen wäre.'

Henry befolgte diesen Rat klugerweise. Agnes verstand ihn sehr gut und gestaltete die Verabschiedung ihrerseits freundlich und angenehm. Als er an der Tür stehen blieb, um einen letzten Blick auf sie zu werfen, drehte sie eilig den Kopf, so dass ihr Gesicht vor ihm verborgen war. War das ein gutes Zeichen? Lady Montbarry, die Henry die Treppe hinunter begleitete, sagte: "Ja, ganz bestimmt! Schreiben Sie, wenn Sie in Venedig sind. Wir werden hier auf Briefe von Arthur und seiner Frau warten, und wir werden unsere Abreise nach Italien entsprechend planen.

Eine Woche verging, und es kam kein Brief von Henry. Einige Tage später erhielt ich ein Telegramm von ihm. Es wurde aus Mailand und nicht aus Venedig abgeschickt und enthielt diese seltsame Nachricht: 'Ich habe das Hotel verlassen. Werde bei der Ankunft von Arthur und seiner Frau zurückkehren. Adresse in der Zwischenzeit: Albergo Reale, Mailand.'

Welches unerwartete Ereignis hatte Henry, der Venedig allen anderen Städten Europas vorzog und dort bis zum Familientreffen bleiben wollte, dazu veranlasst, seine Pläne zu ändern? Und warum gab er die bloße Tatsache an, ohne ein Wort der Erklärung hinzuzufügen? Folgen Sie ihm - und finden Sie die Antwort auf diese Fragen in Venedig.

# KAPITEL XVII

Das Palace Hotel, das sich vor allem an englische und amerikanische Reisende richtete, feierte seine Eröffnung natürlich mit einem großen Bankett und einer langen Reihe von Reden.

Mit Verspätung erreichte Henry Westwick Venedig gerade noch rechtzeitig, um sich bei Kaffee und Zigarren zu den Gästen zu gesellen. Als er die Pracht der Empfangsräume betrachtete und vor allem die kunstvolle Mischung aus Komfort und Luxus in den Schlafgemächern zur Kenntnis nahm, begann er, den Blick der alten Krankenschwester auf die Zukunft zu teilen und ernsthaft über die kommende Dividende von zehn Prozent nachzudenken. Das Hotel lief auf jeden Fall gut an. Das Interesse an dem Unternehmen war im In- und Ausland durch überschwängliche Werbung so groß, dass sich Reisende aller Nationen für die Eröffnungsnacht die gesamte Unterkunft des Gebäudes gesichert hatten. Henry bekam nur eines der kleinen Zimmer im Obergeschoss durch einen glücklichen Zufall - die Abwesenheit des Herrn, der es schriftlich reserviert hatte. Er war zufrieden und auf dem Weg ins Bett, als ein weiterer Zufall seine Aussichten für die Nacht änderte und ihn in ein anderes, besseres Zimmer brachte.

Als er auf seinem Weg in die höheren Regionen bis in den ersten Stock des Hotels aufstieg, wurde Henrys Aufmerksamkeit von einer wütenden Stimme erregt, die mit starkem Neuengland-Akzent gegen eine der größten Härten protestierte, die man einem Bürger der Vereinigten Staaten auferlegen kann - die Härte, ihn ohne Gas in seinem Zimmer ins Bett zu schicken.

Die Amerikaner sind nicht nur das gastfreundlichste Volk der Welt, sie sind (unter bestimmten Bedingungen) auch das geduldigste und gutmütigste Volk. Aber sie sind Menschen, und die Grenze der amerikanischen Ausdauer liegt in der veralteten Institution der Schlafzimmerkerze. Der amerikanische Reisende weigerte sich in diesem Fall zu glauben, dass sein Schlafzimmer ohne einen Gasbrenner völlig fertig sei. Der Verwalter wies auf die feinen antiken Dekorationen an den Wänden und an der Decke hin und erklärte, dass die Ausstrahlungen des brennenden Gaslichts diese sicherlich im Laufe einiger Monate verderben würden. Darauf erwiderte der Reisende, dass dies möglich sei, er aber nichts von Dekorationen verstehe. Ein Schlafzimmer mit

Gaslicht sei das, was er gewohnt sei, was er wolle und was er unbedingt haben wolle. Der nachsichtige Verwalter bot an, einen anderen Herrn, der im unteren Stockwerk wohnte (das durchgehend mit Gas beleuchtet war), zu bitten, das Zimmer zu wechseln. Als Henry dies hörte und bereit war, ein kleines Zimmer gegen ein großes zu tauschen, meldete er sich freiwillig als dieser andere Herr. Der exzellente Amerikaner reichte ihm auf der Stelle die Hand. Sie sind ein kultivierter Mensch, Sir", sagte er, "und Sie werden zweifellos die Dekoration verstehen.

Henry schaute auf die Nummer des Zimmers an der Tür, als er sie öffnete. Es war die Nummer Vierzehn.

Müde und schläfrig, erwartete er natürlich eine gute Nachtruhe. Bei dem durch und durch gesunden Zustand seines Nervensystems schlief er in einem Bett im Ausland genauso gut wie in einem Bett zu Hause. Ohne den geringsten zuordenbaren Grund wurden seine Erwartungen jedoch enttäuscht. Das luxuriöse Bett, das gut belüftete Zimmer, die köstliche Stille Venedigs bei Nacht, all das sprach für einen guten Schlaf. Er schlief überhaupt nicht. Ein unbeschreibliches Gefühl der Niedergeschlagenheit und des Unbehagens ließ ihn sowohl bei Dunkelheit als auch bei Tageslicht wach werden. Sobald das Hotel erwacht war, ging er hinunter ins Café und bestellte sich ein Frühstück. Mit dem Erscheinen der Mahlzeit zeigte sich eine weitere unerklärliche Veränderung in ihm. Er war absolut appetitlos. Ein exzellentes Omelett und perfekt zubereitete Koteletts schickte er ohne zu probieren weg - er, dem der Appetit nie vergangen war und dessen Verdauung noch immer allen Anforderungen gewachsen war!

Der Tag war hell und schön. Er ließ sich eine Gondel rufen und wurde zum Lido gerudert.

Draußen auf der luftigen Lagune fühlte er sich wie ein neuer Mensch. Er hatte das Hotel noch keine zehn Minuten verlassen, als er in der Gondel fest einschlief. Als er aufwachte und die Anlegestelle erreichte, überquerte er den Lido und genoss ein morgendliches Bad in der Adria. Damals gab es auf der Insel nur ein dürftiges Restaurant, aber sein Appetit war jetzt auf alles gefasst; er aß alles, was ihm angeboten wurde, wie ein ausgehungerter Mann. Als er darüber nachdachte, konnte er kaum glauben, dass er sein exzellentes Frühstück im Hotel ungenießbar weggeschickt hatte.

Als er nach Venedig zurückkehrte, verbrachte er den Rest des Tages in den Gemäldegalerien und den Kirchen. Gegen sechs Uhr brachte ihn seine Gondel mit einem weiteren guten Appetit zurück, um einige reisende

Bekannte zu treffen, mit denen er sich zum Abendessen an der Table d'hote verabredet hatte.

Das Abendessen wurde von allen Gästen des Hotels mit Ausnahme eines einzigen verdientermaßen mit der höchsten Zustimmung belohnt. Zu Henrys Erstaunen verließ ihn der Appetit, mit dem er das Haus betreten hatte, auf mysteriöse Weise völlig, als er sich zu Tisch setzte. Er konnte etwas Wein trinken, aber er konnte buchstäblich nichts essen. 'Was in aller Welt ist los mit Ihnen?', fragten seine Reisebekanntschaften. Er konnte ehrlich antworten: 'Ich weiß auch nicht mehr als Sie.

Als es Nacht wurde, unternahm er einen weiteren Versuch in seinem komfortablen und schönen Schlafzimmer. Das Ergebnis des zweiten Versuchs war eine Wiederholung des Ergebnisses des ersten. Wieder spürte er das alles durchdringende Gefühl der Depression und des Unbehagens. Wieder verbrachte er eine schlaflose Nacht. Und als er versuchte, sein Frühstück zu essen, verging ihm erneut der Appetit!

Diese persönliche Erfahrung mit dem neuen Hotel war zu außergewöhnlich, um sie einfach zu verschweigen. Henry erzählte es seinen Freunden im öffentlichen Raum, in Anwesenheit des Managers. Der Manager, von Natur aus eifrig bei der Verteidigung des Hotels, war ein wenig verletzt über die angedeutete Kritik an Nummer Vierzehn. Er forderte die anwesenden Reisenden auf, selbst zu beurteilen, ob Mr. Westwicks Schlafzimmer die Schuld an seinen schlaflosen Nächten trug, und er appellierte insbesondere an einen grauhaarigen Herrn, der als Gast am Frühstückstisch eines englischen Reisenden saß, die Führung bei der Untersuchung zu übernehmen. 'Das ist Doktor Bruno, unser erster Arzt in Venedig', erklärte er. 'Ich bitte ihn zu sagen, ob es in Mr. Westwicks Zimmer ungesunde Einflüsse gibt.'

Der Arzt wurde Nummer Vierzehn vorgestellt und schaute sich mit einem gewissen Interesse um, das von allen Anwesenden bemerkt wurde. 'Das letzte Mal, als ich in diesem Zimmer war', sagte er, 'war ein melancholischer Anlass. Das war, bevor der Palast in ein Hotel umgewandelt wurde. Ich habe beruflich einen englischen Adligen betreut, der hier gestorben ist.' Einer der Anwesenden erkundigte sich nach dem Namen des Edelmannes. Doktor Bruno antwortete (ohne den geringsten Verdacht, dass er vor einem Bruder des Verstorbenen sprach): 'Lord Montbarry.'

Henry verließ leise den Raum, ohne ein Wort zu jemandem zu sagen.

Er war in keinem Sinne des Wortes abergläubisch. Aber er verspürte dennoch einen unüberwindlichen Widerwillen, in dem Hotel zu bleiben. Er beschloss, Venedig zu verlassen. Um ein anderes Zimmer zu bitten, wäre, wie er unschwer erkennen konnte, in den Augen des Managers eine Beleidigung gewesen. In ein anderes Hotel umzuziehen, hieße, ein Etablissement, an dessen Erfolg er ein finanzielles Interesse hatte, offen zu verlassen. Bei seiner Ankunft in Venedig hinterließ er Arthur Barville eine Nachricht, in der er lediglich erwähnte, dass er sich die italienischen Seen ansehen wollte und dass eine Nachricht an sein Hotel in Mailand ihn wieder zurückbringen würde, dann nahm er den Nachmittagszug nach Padua, aß mit seinem üblichen Appetit und schlief in dieser Nacht so gut wie immer.

Am nächsten Tag kamen ein Herr und seine Frau (die der Familie Montbarry völlig fremd waren), die über Venedig nach England zurückkehrten, im Hotel an und bezogen Nummer vierzehn.

Noch immer in Gedanken an die Verunglimpfung eines seiner besten Schlafgemächer, nahm der Manager die Gelegenheit wahr, die Reisenden am nächsten Morgen zu fragen, wie ihnen ihr Zimmer gefiel. Sie überließen es ihm, sich selbst ein Bild davon zu machen, wie zufrieden sie waren, weil sie einen Tag länger in Venedig blieben, als sie ursprünglich geplant hatten, nur um die ausgezeichnete Unterkunft zu genießen, die ihnen das neue Hotel bot. 'So etwas haben wir in Italien noch nicht erlebt', sagten sie. 'Sie können sich darauf verlassen, dass wir Sie allen unseren Freunden empfehlen werden.'

An dem Tag, an dem Nummer vierzehn wieder frei war, kam eine englische Dame, die allein mit ihrem Dienstmädchen reiste, im Hotel an, sah das Zimmer und reservierte es sofort.

Die Dame war Mrs. Norbury. Sie hatte Francis Westwick in Mailand zurückgelassen, der damit beschäftigt war, den Auftritt der neuen Tänzerin an der Scala in seinem Theater auszuhandeln. Da sie nichts Gegenteiliges gehört hatte, nahm Mrs. Norbury an, dass Arthur Barville und seine Frau bereits in Venedig angekommen waren. Sie war mehr daran interessiert, das junge Ehepaar kennenzulernen, als das Ergebnis der harten Verhandlungen abzuwarten, die das Engagement des neuen Tänzers verzögert hatten, und sie erklärte sich bereit, sich bei ihrem Bruder zu entschuldigen, falls er wegen seiner Theatergeschäfte seinen Termin bei den Flitterwochen nicht einhalten konnte.

Mrs. Norbury erlebte Nr. Vierzehn ganz anders als ihr Bruder Henry das Zimmer.

Sie schlief wie üblich ein, doch ihre Ruhe wurde durch eine Reihe schrecklicher Träume gestört, in deren Mittelpunkt jeweils die Gestalt ihres toten Bruders, des ersten Lord Montbarry, stand. Sie sah, wie er in einem abscheulichen Gefängnis verhungerte; sie sah, wie er von Mördern verfolgt wurde und unter deren Messern starb; sie sah, wie er in unermesslichen Tiefen dunklen Wassers ertrank; sie sah, wie er in einem brennenden Bett lag und in den Flammen verbrannte; sie sah, wie er von einer schattenhaften Kreatur zum Trinken verführt wurde und an dem giftigen Getränk starb. Das wiederholte Grauen dieser Träume hatte eine solche Wirkung auf sie, dass sie bei Tagesanbruch aufstand, weil sie Angst hatte, sich wieder ins Bett zu legen. Früher war sie in der Familie als das einzige Mitglied bekannt gewesen, das ein freundschaftliches Verhältnis zu Montbarry pflegte. Seine andere Schwester und seine Brüder hatten sich ständig mit ihm gestritten. Selbst seine Mutter gab zu, dass ihr ältester Sohn von all ihren Kindern das Kind war, das sie am wenigsten mochte. Mrs. Norbury, eine vernünftige und entschlossene Frau, zitterte vor Angst, als sie am Fenster ihres Zimmers saß, den Sonnenaufgang betrachtete und an ihre Träume dachte.

Die erste Ausrede, die ihr einfiel, war, dass ihr Dienstmädchen zur üblichen Stunde hereinkam und bemerkte, wie krank sie aussah. Die Frau war von so abergläubischem Temperament, dass es in höchstem Maße indiskret gewesen wäre, ihr die Wahrheit anzuvertrauen. Mrs. Norbury bemerkte lediglich, dass ihr das Bett aufgrund seiner Größe nicht ganz gefiel. Wie ihr Dienstmädchen wusste, war sie zu Hause daran gewöhnt, in einem kleinen Bett zu schlafen. Als der Verwalter im Laufe des Tages von diesem Einwand erfuhr, bedauerte er, dass er der Dame nur die Wahl eines anderen Schlafzimmers mit der Nummer achtunddreißig anbieten konnte, das direkt über dem Zimmer lag, das sie verlassen wollte. Mrs. Norbury akzeptierte den vorgeschlagenen Quartierwechsel. Sie war nun im Begriff, ihre zweite Nacht in dem Zimmer zu verbringen, das in den alten Tagen des Palastes von Baron Rivar bewohnt wurde.

Wieder einmal schlief sie wie üblich ein. Und wieder erschreckten sie die schrecklichen Träume der ersten Nacht, die in der gleichen Abfolge aufeinander folgten. Diesmal waren ihre ohnehin schon angeschlagenen Nerven der erneuten Tortur des Schreckens nicht gewachsen. Sie warf sich ihren Morgenmantel über und eilte mitten in der Nacht aus ihrem Zimmer. Der Portier, der durch das Klopfen an der Tür aufgeschreckt worden war, kam ihr entgegen und eilte kopfüber die Treppe hinunter, auf der Suche nach dem ersten Menschen, den sie finden konnte, um ihr Gesellschaft zu leisten. Der Mann, der über diese letzte neue Manifestation der berühmten 'englischen Exzentrizität' sehr überrascht war, schaute in das Hotelregister und führte die

Dame wieder nach oben in das Zimmer ihres Dienstmädchens. Das Dienstmädchen schlief nicht, und, was noch erstaunlicher war, es war nicht einmal
ausgezogen. Sie empfing ihre Herrin in aller Ruhe. Als sie allein waren und
Mrs. Norbury ihre Dienerin notgedrungen ins Vertrauen gezogen hatte, gab
die Frau eine sehr seltsame Antwort.

'Ich habe mich heute Abend beim Abendessen der Bediensteten nach dem
Hotel erkundigt', sagte sie. Der Kammerdiener eines der Herren, die hier
wohnen, hat gehört, dass der verstorbene Lord Montbarry der letzte Mensch
war, der in diesem Palast lebte, bevor er in ein Hotel umgewandelt wurde.
Das Zimmer, in dem er starb, Ma'am, war das Zimmer, in dem Sie letzte
Nacht geschlafen haben. Ihr Zimmer heute Nacht ist das Zimmer direkt darüber. Ich habe nichts gesagt, aus Angst, Sie zu erschrecken. Ich für meinen
Teil habe die Nacht so verbracht, wie Sie es sehen, habe das Licht angelas-
sen und in meiner Bibel gelesen. Meiner Meinung nach kann kein Mitglied
Ihrer Familie hoffen, in diesem Haus glücklich zu sein oder sich wohl zu
fühlen.'

'Was meinen Sie?'

'Bitte lassen Sie mich das erklären, Ma'am. Als Mr. Henry Westwick hier
war (auch das weiß ich vom Diener), bewohnte er das Zimmer, in dem sein
Bruder starb (ohne es zu wissen), genau wie Sie. Zwei Nächte lang hat er
kein Auge zugemacht. Ohne jeglichen Grund (der Kammerdiener hörte, wie
er es den Herren im Kaffeezimmer erzählte) konnte er nicht schlafen; er
fühlte sich so niedergeschlagen und so elend in seiner Haut. Und als der Tag
anbrach, konnte er nicht einmal mehr essen, solange er unter diesem Dach
war. Sie mögen mich auslachen, Ma'am, aber selbst eine Dienerin kann ihre
eigenen Schlüsse ziehen. Ich bin zu dem Schluss gekommen, dass meinem
Herrn etwas zugestoßen ist, von dem wir alle nichts wissen, als er in diesem
Haus starb. Sein Geist wandelt in Qualen, bis er es erzählen kann - und die
lebenden Personen, die mit ihm verwandt sind, sind diejenigen, die ihn in
ihrer Nähe spüren. Diese Personen werden ihn vielleicht in der kommenden
Zeit noch sehen. Bleiben Sie nicht, bitte bleiben Sie nicht länger an diesem
furchtbaren Ort! Ich selbst würde keine weitere Nacht hier bleiben - nicht für
alles, was man mir anbieten könnte!'

Mrs. Norbury beruhigte ihre Dienerin sofort in diesem letzten Punkt.

'Ich denke darüber nicht so wie Sie', sagte sie ernsthaft. 'Aber ich möchte
mit meinem Bruder darüber sprechen, was geschehen ist. Wir werden zurück
nach Mailand fahren.'

Es vergingen einige Stunden, bis sie das Hotel mit dem ersten Zug am Vormittag verlassen konnten.

In dieser Zeit fand Mrs. Norburys Dienstmädchen eine Gelegenheit, dem Kammerdiener vertraulich mitzuteilen, was zwischen ihrer Herrin und ihr vorgefallen war. Der Kammerdiener hatte noch andere Freunde, denen er seinerseits die Umstände erzählte. Im Laufe der Zeit gelangte die Erzählung, die von Mund zu Mund weitergegeben wurde, zu den Ohren des Verwalters. Er sah sofort, dass der Kredit des Hotels in Gefahr war, wenn nicht etwas unternommen wurde, um den Charakter des Zimmers mit der Nummer Vierzehn wiederherzustellen. Englische Reisende, die das Adelsgeschlecht ihres Heimatlandes gut kannten, informierten ihn, dass Henry Westwick und Mrs. Norbury keineswegs die einzigen Mitglieder der Familie Montbarry waren. Die Neugierde könnte noch mehr von ihnen ins Hotel bringen, nachdem sie gehört hatten, was geschehen war. Der Einfallsreichtum des Managers fand in diesem Fall schnell ein offensichtliches Mittel, um sie in die Irre zu führen. Die Nummern aller Zimmer waren blau emailliert, auf weißen Porzellantellern, die an die Türen geschraubt waren. Er ordnete die Anfertigung eines neuen Tellers mit der Nummer '13 A' an und ließ das Zimmer leer stehen, nachdem der Mieter vorerst ausgezogen war, bis der Teller fertig war. Dann nummerierte er das Zimmer neu, indem er die entfernte Nummer Vierzehn an der Tür seines eigenen Zimmers (im zweiten Stock) anbrachte, das, da es nicht zu vermieten war, zuvor überhaupt nicht nummeriert worden war. Auf diese Weise verschwand die Nummer Vierzehn sofort und für immer aus den Büchern des Hotels als Nummer eines zu vermietenden Zimmers.

Nachdem er die Angestellten gewarnt hatte, sich bei Strafe der Entlassung davor zu hüten, mit den Reisenden über die geänderten Nummern zu tratschen, beruhigte sich der Manager mit dem Gedanken, dass er seine Pflicht gegenüber seinen Arbeitgebern erfüllt hatte. 'Jetzt', dachte er sich mit einem entschuldbaren Gefühl des Triumphs, 'kann die ganze Familie hierher kommen, wenn sie will! Das Hotel ist ihnen ebenbürtig.'

# KAPITEL XVIII

Noch vor Ende der Woche hatte der Manager wieder einmal Kontakt zu 'der Familie'. Ein Telegramm aus Mailand kündigte an, dass Mr. Francis Westwick am nächsten Tag in Venedig eintreffen würde und dass er dankbar wäre, wenn die Nummer vierzehn im ersten Stock für ihn reserviert werden könnte, falls sie zu diesem Zeitpunkt frei sein sollte.

Der Manager hielt inne und überlegte, bevor er seine Anweisungen gab.

Das neu nummerierte Zimmer war zuletzt an einen französischen Gentleman vermietet worden. Am Tag der Ankunft von Mr. Francis Westwick würde es belegt sein, aber am Tag danach würde es wieder leer sein. Wäre es gut, das Zimmer für Mr. Francis zu reservieren? und ihn, nachdem er die Nacht unverdächtig und bequem in 'Nr. 13 A' verbracht hatte, in Anwesenheit von Zeugen zu fragen, wie ihm sein Schlafgemach gefiel? In diesem Fall würde die Antwort, falls der Ruf des Zimmers wieder in Frage gestellt werden sollte, diesen rechtfertigen, und zwar durch die Aussage eines Mitglieds der Familie, die Nummer Vierzehn zuerst einen schlechten Ruf gegeben hatte. Nach kurzem Nachdenken beschloss der Manager, das Experiment zu wagen, und ordnete an, dass Nummer 13 A reserviert werden sollte.

Am nächsten Tag traf Francis Westwick in bester Laune ein.

Er hatte Verträge mit der populärsten Tänzerin Italiens abgeschlossen, er hatte die Betreuung von Mrs. Norbury seinem Bruder Henry übertragen, der sich ihm in Mailand angeschlossen hatte, und er war nun völlig frei, sich zu amüsieren, indem er den außerordentlichen Einfluss, den das neue Hotel auf seine Verwandten ausübte, auf jede erdenkliche Weise testete. Als sein Bruder und seine Schwester ihm zum ersten Mal von ihren Erfahrungen berichteten, erklärte er sofort, dass er im Interesse seines Theaters nach Venedig gehen würde. Die ihm erzählten Umstände enthielten unschätzbare Hinweise für ein Geisterdrama. Der Titel fiel ihm in der Eisenbahn ein: 'The Haunted Hotel'. Bringen Sie das in sechs Fuß hohen roten Buchstaben auf schwarzem Grund in ganz London an und vertrauen Sie darauf, dass das erregte Publikum ins Theater strömt!

Vom Manager höflichst empfangen, erlebte Francis beim Betreten des Hotels eine Enttäuschung. 'Ein Irrtum, Sir. Im ersten Stock gibt es kein Zimmer mit der Nummer Vierzehn. Das Zimmer mit dieser Nummer befindet sich im zweiten Stock und wird seit dem Tag der Eröffnung des Hotels von mir bewohnt. Vielleicht meinten Sie Nummer 13 A, im ersten Stock? Es wird Ihnen morgen zur Verfügung stehen - ein reizendes Zimmer. In der Zwischenzeit werden wir für Sie das Beste tun, was wir heute Abend tun können.

Ein erfolgreicher Theatermanager ist wahrscheinlich der letzte Mensch im zivilisierten Universum, der in der Lage ist, eine positive Meinung über seine Mitmenschen zu haben. Francis stellte den Manager insgeheim als Humbug hin und die Geschichte über die Nummerierung der Zimmer als Lüge.

Am Tag seiner Ankunft aß er allein im Restaurant, noch vor der Stunde der Table d'hote, um den Kellner zu befragen, ohne von jemandem belauscht zu werden. Die Antwort ließ ihn zu dem Schluss kommen, dass '13 A' die Lage im Hotel einnahm, die von seinem Bruder und seiner Schwester als die Lage von '14' beschrieben worden war. Als nächstes fragte er nach der Besucherliste und fand heraus, dass der französische Herr, der damals in '13 A' wohnte, der Besitzer eines Theaters in Paris war und ihm persönlich gut bekannt war. War der Herr damals im Hotel? Er war ausgegangen, würde aber sicher zum Table d'hote zurückkehren. Als das öffentliche Abendessen beendet war, betrat Francis den Raum und wurde von seinem Pariser Kollegen buchstäblich mit offenen Armen empfangen. 'Kommen Sie auf eine Zigarre in mein Zimmer', sagte der freundliche Franzose. 'Ich möchte wissen, ob Sie sich wirklich mit dieser Frau in Mailand verlobt haben oder nicht.' Auf diese einfache Weise fand Francis die Gelegenheit, das Innere des Zimmers mit der Beschreibung zu vergleichen, die er in Mailand gehört hatte.

An der Tür angekommen, erinnerte sich der Franzose an seinen Reisegefährten. Mein Bühnenmaler ist hier bei mir", sagte er, "er ist auf der Suche nach Material. Ein exzellenter Kerl, der es als eine Gefälligkeit ansehen wird, wenn wir ihn bitten, sich uns anzuschließen. Ich werde dem Portier sagen, dass er ihn hochschicken soll, wenn er hereinkommt.' Er reichte Francis den Schlüssel zu seinem Zimmer. 'Ich bin in einer Minute zurück. Es liegt am Ende des Ganges - 13 A.'

Francis betrat das Zimmer allein. Da waren die Dekorationen an den Wänden und an der Decke, genau wie sie ihm beschrieben worden waren! Er hatte gerade noch Zeit, dies mit einem Blick zu erfassen, bevor seine Aufmerksamkeit durch ein grotesk unangenehmes Ereignis, das ihn völlig überraschte, auf sich selbst und seine eigenen Empfindungen gelenkt wurde.

Er wurde sich eines geheimnisvollen, widerlichen Geruchs im Zimmer bewusst, der in seiner Erfahrung mit widerlichen Gerüchen völlig neu war. Er setzte sich (wenn so etwas überhaupt möglich ist) aus zwei sich vermischenden Ausdünstungen zusammen, die dennoch einzeln wahrnehmbar waren. Diese seltsame Geruchsmischung bestand aus etwas schwach und unangenehm Aromatischem, vermischt mit einem anderen, unterschwelligen

Geruch, der so unsagbar ekelerregend war, dass er das Fenster aufriss und den Kopf an die frische Luft steckte, weil er die schrecklich verseuchte Atmosphäre keinen Moment länger ertragen konnte.

Der französische Besitzer gesellte sich zu seinem englischen Freund, der seine Zigarre bereits angezündet hatte. Er wich erschrocken zurück bei einem Anblick, der für seine Landsleute im Allgemeinen schrecklich ist - der Anblick eines offenen Fensters. Ihr Engländer seid völlig verrückt, wenn es um frische Luft geht", rief er aus. 'Wir werden uns noch den Tod holen.'

Francis drehte sich um und sah ihn erstaunt an. 'Sind Sie sich des Geruchs in diesem Zimmer wirklich nicht bewusst?', fragte er.

'Geruch!', wiederholte sein Bruder-Manager. 'Ich rieche meine eigene gute Zigarre. Probieren Sie selbst eine. Und machen Sie um Himmels willen das Fenster zu!'

Francis lehnte die Zigarre mit einem Zeichen ab. 'Verzeihen Sie mir', sagte er. 'Ich überlasse es Ihnen, das Fenster zu schließen. Ich fühle mich schwach und schwindlig - ich sollte besser hinausgehen.' Er legte sein Taschentuch über seine Nase und seinen Mund und durchquerte das Zimmer zur Tür.

Der Franzose verfolgte die Bewegungen von Francis so verwirrt, dass er tatsächlich vergaß, die Gelegenheit zu ergreifen, die frische Luft abzusperren. 'Ist es denn so schlimm?', fragte er mit einem breiten Blick des Erstaunens.

'Schrecklich!' murmelte Francis hinter seinem Taschentuch. 'So etwas habe ich noch nie in meinem Leben gerochen!

Es klopfte an der Tür. Der Bühnenmaler erschien. Sein Auftraggeber fragte ihn sogleich, ob er etwas rieche.

'Ich rieche Ihre Zigarre. Köstlich! Geben Sie mir sofort eine!'

'Warten Sie einen Moment. Riechen Sie außer meiner Zigarre noch irgendetwas anderes Gemeines, Abscheuliches, Überwältigendes, Unbeschreibliches, nie zuvor Gerochenes?'

Der Bühnenmaler schien verwirrt zu sein von der vehementen Energie der an ihn gerichteten Sprache. 'Das Zimmer ist so frisch und süß, wie ein Zimmer nur sein kann', antwortete er. Während er sprach, blickte er mit Erstaunen auf Francis Westwick, der draußen im Korridor stand und das Innere des Schlafzimmers mit einem Ausdruck unverhohlenen Ekels betrachtete.

Der Pariser Regisseur ging auf seinen englischen Kollegen zu und sah ihn mit ernster und besorgter Miene an.

Sehen Sie, mein Freund, hier sind zwei von uns, mit so guten Nasen wie der Ihren, die nichts riechen. Wenn Sie Beweise von weiteren Nasen wollen, schauen Sie dort!' Er zeigte auf zwei kleine englische Mädchen, die im Korridor spielten. 'Die Tür meines Zimmers steht weit offen - und Sie wissen, wie schnell sich ein Geruch verbreiten kann. Hören Sie zu, während ich an diese unschuldigen Nasen appelliere, und zwar in der Sprache ihrer eigenen düsteren Insel. Meine lieben Kleinen, riecht ihr hier einen üblen Geruch, ha?' Die Kinder brachen in Gelächter aus und antworteten mit Nachdruck: 'Nein.' 'Mein guter Westwick', fuhr der Franzose in seiner eigenen Sprache fort, 'die Schlussfolgerung ist doch klar? Mit Ihrer eigenen Nase ist etwas nicht in Ordnung, sehr falsch sogar. Ich empfehle Ihnen, einen Arzt aufzusuchen.'

Nachdem er diesen Rat gegeben hatte, kehrte er in sein Zimmer zurück und schloss mit einem lauten Ausruf der Erleichterung die schreckliche frische Luft aus. Francis verließ das Hotel durch die Landstraßen, die zum Markusplatz führten. Die Nachtbrise belebte ihn bald wieder. Er konnte sich eine Zigarre anzünden und in aller Ruhe über das Geschehene nachdenken.

# KAPITEL XIX

Er mied das Gedränge unter den Kolonnaden und schritt langsam auf der noblen, offenen Fläche des Platzes auf und ab, die in das Licht des aufgehenden Mondes getaucht war.

Ohne sich dessen bewusst zu sein, war er ein echter Materialist. Die seltsame Wirkung, die der Raum auf ihn hatte - und die auch auf die anderen Verwandten seines toten Bruders ausgeübt wurde - hatte keinen verwirrenden Einfluss auf den Verstand dieses vernünftigen Mannes. Vielleicht", überlegte er, "ist mein Temperament phantasievoller, als ich dachte, und dies ist ein Trick meiner eigenen Phantasie? Oder vielleicht hat mein Freund recht und es stimmt etwas mit mir nicht? Ich fühle mich nicht krank, ganz sicher nicht. Aber das ist manchmal kein sicheres Kriterium. Ich werde heute Nacht nicht in diesem abscheulichen Zimmer schlafen - ich kann gut bis morgen warten, um zu entscheiden, ob ich einen Arzt aufsuchen werde oder nicht. In der Zwischenzeit scheint das Hotel mir kein Thema für einen Artikel zu liefern. Ein schrecklicher Geruch, der von einem unsichtbaren Geist ausgeht, ist eine völlig neue Idee. Aber sie hat einen Nachteil. Wenn ich sie auf der Bühne umsetze, werde ich das Publikum aus dem Theater vertreiben.'

Als sein gesunder Menschenverstand zu dieser scherzhaften Schlussfolgerung kam, wurde er auf eine ganz in Schwarz gekleidete Dame aufmerksam, die ihn mit großer Aufmerksamkeit beobachtete. 'Gehe ich recht in der Annahme, dass Sie Mr. Francis Westwick sind?', fragte die Dame in dem Moment, als er sie ansah.

'Das ist mein Name, Madam. Darf ich fragen, mit wem ich die Ehre habe, zu sprechen?

'Wir sind uns nur einmal begegnet', antwortete sie etwas ausweichend, 'als Ihr verstorbener Bruder mich den Mitgliedern seiner Familie vorstellte. Ich frage mich, ob Sie meine großen schwarzen Augen und meinen hässlichen Teint schon vergessen haben? Während sie sprach, lüftete sie ihren Schleier und drehte sich so, dass das Mondlicht auf ihr Gesicht fiel.

Francis erkannte auf einen Blick die Frau, die er von allen anderen am meisten verabscheute - die Witwe seines toten Bruders, des ersten Lord Montbarry. Er runzelte die Stirn, als er sie ansah. Seine Erfahrungen auf der Bühne, die er bei unzähligen Proben mit Schauspielerinnen gesammelt hatte, die sein Temperament auf eine harte Probe gestellt hatten, hatten ihn daran gewöhnt, mit Frauen, die ihm zuwider waren, grob zu sprechen. 'Ich erinnere mich an Sie', sagte er. 'Ich dachte, Sie wären in Amerika!'

Sie nahm seinen ungnädigen Ton und sein Verhalten nicht zur Kenntnis, sie hielt ihn einfach auf, als er seinen Hut lüftete, und wandte sich ab, um sie zu verlassen.

'Lassen Sie mich ein paar Minuten mit Ihnen spazieren gehen', antwortete sie leise. 'Ich habe Ihnen etwas zu sagen.'

Er zeigte ihr seine Zigarre. 'Ich rauche', sagte er.

'Es macht mir nichts aus, zu rauchen.'

Danach blieb ihm nichts anderes übrig, als sich zu fügen (außer mit äußerster Brutalität). Er tat dies mit der denkbar schlechtesten Anmut. 'Nun?', fuhr er fort. 'Was wollen Sie von mir?'

'Das werden Sie gleich erfahren, Mr. Westwick. Lassen Sie mich Ihnen zunächst sagen, wie meine Lage ist. Ich bin allein auf der Welt. Zum Verlust meines Mannes ist nun ein weiterer Verlust hinzugekommen, der Verlust meines Gefährten in Amerika, meines Bruders, Baron Rivar.'

Der Ruf des Barons und die Zweifel, die der Skandal an seiner angeblichen Beziehung zur Gräfin geweckt hatte, waren Francis wohl bekannt. 'In einer Spielhölle erschossen?', fragte er brutal.

'Das ist eine ganz natürliche Frage Ihrerseits', sagte sie mit der undurchdringlichen Ironie, die sie bei bestimmten Gelegenheiten an den Tag legen konnte. 'Als gebürtige Engländerin gehören Sie zu einer Nation von Glücksspielern. Mein Bruder starb keinen außergewöhnlichen Tod, Mr. Westwick. Er erlag mit vielen anderen unglücklichen Menschen einem Fieber, das in einer westlichen Stadt herrschte, die wir zufällig besuchten. Das Unglück, das er erlitt, machte die Vereinigten Staaten für mich unerträglich. Ich verließ sie mit dem ersten Dampfer, der von New York abfuhr - einem französischen Schiff, das mich nach Havre brachte. Ich setzte meine einsame Reise nach Südfrankreich fort. Und dann fuhr ich weiter nach Venedig.'

'Was geht mich das alles an?' dachte Francis bei sich. Sie hielt inne, offenbar in der Erwartung, dass er etwas sagen würde. 'Sie sind also nach Venedig gekommen?', sagte er achtlos. 'Warum?'

'Weil ich nicht anders konnte', antwortete sie.

Francis sah sie mit zynischer Neugierde an. 'Das klingt seltsam', bemerkte er. 'Warum konnten Sie nicht anders?'

'Frauen sind daran gewöhnt, aus einem Impuls heraus zu handeln', erklärte sie. 'Nehmen wir an, ein Impuls hat meine Reise gelenkt? Und doch ist dies der letzte Ort auf der Welt, an dem ich mich aufhalten möchte. In meinem Kopf sind damit Assoziationen verbunden, die ich verabscheue. Wenn ich einen eigenen Willen hätte, würde ich es nie wieder sehen. Ich hasse Venedig. Aber wie Sie sehen, bin ich hier. Wann haben Sie schon einmal eine so unvernünftige Frau getroffen? Ich bin sicher, noch nie! Sie hielt inne, sah ihn einen Moment lang an und änderte plötzlich ihren Tonfall. 'Wann wird Miss Agnes Lockwood in Venedig erwartet?', fragte sie.

Es war nicht leicht, Francis aus dem Gleichgewicht zu bringen, aber diese außergewöhnliche Frage tat es. 'Woher zum Teufel wussten Sie, dass Miss Lockwood nach Venedig kommen würde?', rief er aus.

Sie lachte - ein bitteres, spöttisches Lachen. 'Sagen Sie, ich habe es erraten!'

Irgendetwas in ihrem Tonfall oder vielleicht etwas in dem verwegenen Trotz ihrer Augen, als sie auf ihm ruhten, weckte das schnelle Temperament in Francis Westwick. 'Lady Montbarry-!', begann er.

'Bleiben Sie stehen!', warf sie ein. 'Die Frau Ihres Bruders Stephen nennt sich jetzt Lady Montbarry. Ich teile meinen Titel mit keiner Frau. Nennen Sie mich bei meinem Namen, bevor ich den fatalen Fehler beging, Ihren Bruder zu heiraten. Sprechen Sie mich mit Gräfin Narona an, wenn Sie möchten.'

'Gräfin Narona', fuhr Francis fort, 'wenn Sie meine Bekanntschaft beanspruchen, um mich zu verwirren, sind Sie an den falschen Mann geraten. Sprechen Sie Klartext, oder erlauben Sie mir, Ihnen einen guten Abend zu wünschen.'

'Wenn es Ihnen darum geht, Miss Lockwoods Ankunft in Venedig geheim zu halten', erwiderte sie, 'dann sprechen Sie Klartext, Mr. Westwick, und zwar von Ihrer Seite.'

Ihre Absicht war offensichtlich, ihn zu irritieren, und das gelang ihr. 'Unsinn!', brach er gereizt aus. 'Die Reisepläne meines Bruders sind für niemanden ein Geheimnis. Er bringt Miss Lockwood hierher, mit Lady Montbarry und den Kindern. Da Sie so gut informiert zu sein scheinen, wissen Sie vielleicht, warum sie nach Venedig kommt?'

Die Gräfin war plötzlich ernst und nachdenklich geworden. Sie gab keine Antwort. Die beiden seltsam verbundenen Gefährten erreichten ein Ende des Platzes und standen nun vor der Markuskirche. Das Mondlicht war hell genug, um die Architektur der großen Kathedrale in ihrer wunderbaren Vielfalt an Details zu zeigen. Sogar die Tauben von St. Markus waren zu sehen, die sich in dunklen, dicht gepackten Reihen in den Bögen der großen Eingangstüren niedergelassen hatten.

Ich habe die alte Kirche im Mondlicht noch nie so schön gesehen", sagte die Gräfin leise, nicht zu Francis, sondern zu sich selbst. 'Auf Wiedersehen, St. Markus im Mondschein! Ich werde Sie nicht wiedersehen.'

Sie wandte sich von der Kirche ab und sah, dass Francis ihr mit verwunderten Blicken zuhörte. 'Nein', fuhr sie fort und nahm gelassen den verlorenen Faden des Gesprächs wieder auf, 'ich weiß nicht, warum Miss Lockwood hierher kommt, ich weiß nur, dass wir uns in Venedig treffen werden.'

'Nach vorheriger Verabredung?'

'Durch das Schicksal', antwortete sie, den Kopf auf der Brust und den Blick auf den Boden gerichtet. Francis brach in Gelächter aus. 'Oder, wenn Ihnen das besser gefällt', fuhr sie sogleich fort, 'durch das, was Narren Zufall nennen.' Francis antwortete leichthin, aus den Tiefen seines gesunden Menschenverstandes heraus. 'Der Zufall scheint das Treffen auf eine merkwürdige Weise herbeizuführen', sagte er. 'Wir haben uns alle im Palace Hotel verabredet. Wie kommt es, dass Ihr Name nicht auf der Gästeliste steht? Das Schicksal hätte Sie auch zum Palace Hotel bringen müssen.'

Abrupt zog sie ihren Schleier herunter. 'Das Schicksal mag das noch tun!', sagte sie. 'Das Palace Hotel?', wiederholte sie und sprach noch einmal zu sich selbst. 'Die alte Hölle, verwandelt in das neue Fegefeuer. Der Ort selbst! Jesu Maria! der Ort selbst!' Sie hielt inne und legte ihrer Begleiterin die Hand auf den Arm. 'Vielleicht geht Miss Lockwood nicht mit Ihnen dorthin?', stieß sie mit plötzlicher Euphorie hervor. 'Sind Sie sicher, dass sie im Hotel sein wird?

'Ganz sicher! Habe ich Ihnen nicht gesagt, dass Miss Lockwood mit Lord und Lady Montbarry reist? Und wissen Sie nicht, dass sie ein Mitglied der Familie ist? Sie werden in unser Hotel umziehen müssen, Gräfin.'

Sie war völlig undurchschaubar für den scherzhaften Ton, in dem er sprach. 'Ja', sagte sie leise, 'ich werde in Ihr Hotel umziehen müssen.' Ihre Hand lag noch immer auf seinem Arm - er konnte spüren, wie sie von Kopf bis Fuß zitterte, während sie sprach. So sehr er sie auch verabscheute und ihr misstraute, der gemeinsame Instinkt der Menschlichkeit zwang ihn zu fragen, ob ihr kalt war.

'Ja', sagte sie. 'Kalt und ohnmächtig.'

'Kalt und ohnmächtig, Gräfin, in einer Nacht wie dieser?'

'Die Nacht hat damit nichts zu tun, Mr. Westwick. Was meinen Sie, wie sich der Verbrecher auf dem Schafott fühlt, während der Henker ihm den Strick um den Hals legt? Kalt und ohnmächtig, würde ich sagen. Entschuldigen Sie meine düstere Fantasie. Sehen Sie, das Schicksal hat mir den Strick um den Hals gelegt - und ich spüre ihn.'

Sie schaute sich um. Sie befanden sich in diesem Moment in der Nähe des berühmten Cafés, das als 'Florian's' bekannt ist. 'Bringen Sie mich dorthin', sagte sie. 'Ich muss etwas haben, das mich wiederbelebt. Sie sollten nicht zögern. Sie sind daran interessiert, mich wiederzubeleben. Ich habe Ihnen noch nicht gesagt, was ich Ihnen sagen wollte. Es ist geschäftlich und hat mit Ihrem Theater zu tun.'

Francis, der sich innerlich fragte, was sie wohl mit seinem Theater zu tun haben könnte, beugte sich widerstrebend den Notwendigkeiten der Situation und ging mit ihr ins Café. Er fand eine ruhige Ecke, in der sie unauffällig

Platz nehmen konnten. 'Was möchten Sie trinken?', fragte er resigniert. Sie gab dem Kellner ihre eigene Bestellung auf, ohne ihn zu bitten, für sie zu sprechen.

'Maraschino. Und eine Kanne Tee.'

Der Kellner starrte sie an, Francis starrte sie an. Der Tee war für beide ein Novum (in Verbindung mit Maraschino). Ohne Rücksicht darauf, ob sie die beiden überraschte oder nicht, wies sie den Kellner an, ein großes Weinglas voll Likör in einen Becher zu gießen und diesen aus der Teekanne aufzufüllen, nachdem ihre Anweisungen befolgt worden waren. 'Ich kann das nicht selbst machen', bemerkte sie, 'meine Hand zittert so.' Sie trank die seltsame Mischung eifrig aus, so heiß sie auch war. 'Maraschino-Punsch - wollen Sie davon probieren?', sagte sie. 'Ich habe die Entdeckung dieses Getränks geerbt. Als Ihre englische Königin Caroline auf dem Kontinent weilte, war meine Mutter an ihrem Hof. Diese schwer verletzte königliche Person erfand in ihren glücklicheren Stunden den Maraschino-Punsch. Da meine Mutter ihrer gnädigen Herrin sehr zugetan war, teilte sie deren Vorlieben. Und ich habe meinerseits von meiner Mutter gelernt. Nun, Mr. Westwick, nehmen wir an, ich sage Ihnen, was mein Geschäft ist. Sie sind Manager eines Theaters. Wollen Sie ein neues Stück?'

'Ich will immer ein neues Stück - vorausgesetzt, es ist ein gutes.'

'Und Sie zahlen, wenn es gut ist?'

'Ich zahle großzügig - in meinem eigenen Interesse.'

'Wenn ich das Stück schreibe, werden Sie es dann lesen?'

Francis zögerte. 'Wie kommen Sie auf die Idee, ein Stück zu schreiben?', fragte er.

'Reiner Zufall', antwortete sie. 'Ich hatte einmal die Gelegenheit, meinem verstorbenen Bruder von einem Besuch bei Miss Lockwood zu erzählen, als ich zuletzt in England war. Er interessierte sich nicht für das, was bei der Unterredung geschah, aber irgendetwas an der Art, wie ich es erzählte, fiel ihm auf. Er sagte: "Sie beschreiben, was zwischen Ihnen und der Dame vorgefallen ist, mit der Pointe und dem Kontrast eines guten Bühnendialogs. Sie haben einen dramatischen Instinkt - versuchen Sie, ein Stück zu schreiben. Sie könnten damit Geld verdienen." Das brachte mich auf den Gedanken.'

Diese letzten Worte schienen Francis zu erschrecken. 'Sie wollen doch sicher kein Geld!', rief er aus.

'Ich will immer Geld. Mein Geschmack ist teuer. Ich habe nichts außer meinen armen vierhundert Pfund im Jahr und dem, was von dem anderen Geld übrig ist: etwa zweihundert Pfund in Scheinen - mehr nicht.

Francis wusste, dass sie damit die zehntausend Pfund meinte, die von den Versicherungsbüros gezahlt wurden. 'All diese Tausende sind schon weg!', rief er aus.

Sie pustete einen kleinen Windbeutel über ihre Finger. 'Einfach so verschwunden!', antwortete sie kühl.

'Baron Rivar?'

Sie sah ihn mit einem Aufblitzen von Zorn in ihren harten schwarzen Augen an.

'Meine Angelegenheiten sind mein eigenes Geheimnis, Mr. Westwick. Ich habe Ihnen einen Vorschlag gemacht und Sie haben mir noch nicht geantwortet. Sagen Sie nicht Nein, ohne vorher nachzudenken. Denken Sie daran, was für ein Leben ich hinter mir habe. Ich habe mehr von der Welt gesehen als die meisten Menschen, Dramatiker eingeschlossen. Ich habe seltsame Abenteuer erlebt; ich habe bemerkenswerte Geschichten gehört; ich habe beobachtet; ich habe mich erinnert. Gibt es hier in meinem Kopf kein Material, um ein Theaterstück zu schreiben - wenn sich mir die Gelegenheit bietet?' Sie wartete einen Moment und wiederholte dann plötzlich ihre seltsame Frage nach Agnes.

'Wann wird Miss Lockwood in Venedig erwartet?'

'Was hat das mit Ihrem neuen Stück zu tun, Gräfin?'

Der Gräfin schien es schwer zu fallen, auf diese Frage eine angemessene Antwort zu geben. Sie mischte einen weiteren Becher voll Maraschino-Punsch und trank ihn gut zur Hälfte aus, bevor sie wieder sprach.

'Es hat alles mit meinem neuen Stück zu tun', war alles, was sie sagte. 'Antworten Sie mir.' Francis antwortete ihr.

'Miss Lockwood wird vielleicht in einer Woche hier sein. Oder, soweit ich weiß, auch schon früher.'

'Nun gut. Wenn ich in einer Woche eine lebende und freie Frau bin - oder wenn ich in einer Woche im Besitz meiner Sinne bin (unterbrechen Sie mich nicht, ich weiß, wovon ich spreche) - dann werde ich eine Skizze oder einen Entwurf meines Stücks fertig haben, als Beispiel dafür, was ich tun kann. Noch einmal: Werden Sie es lesen?'

'Ich werde es sicherlich lesen. Aber, Frau Gräfin, ich verstehe nicht...

Sie hob die Hand, um zu schweigen, und trank den zweiten Becher Mara-schino-Punsch aus.

'Ich bin ein lebendes Rätsel - und Sie wollen wissen, wie ich richtig zu lesen bin', sagte sie. 'Hier ist die Lesart, wie Ihr englischer Ausdruck lautet, in einer Nussschale. Viele Menschen haben die törichte Vorstellung, dass die Eingeborenen der warmen Klimazonen fantasievolle Menschen sind. Ein größerer Irrtum war noch nie da. Sie werden nirgendwo so phantasielose Menschen finden wie in Italien, Spanien, Griechenland und den anderen südlichen Ländern. Für alles Phantasievolle, für alles Geistige ist ihr Verstand von Natur aus taub und blind. Ab und zu, im Laufe der Jahrhunderte, taucht ein großes Genie unter ihnen auf, aber das ist die Ausnahme, die die Regel bestätigt. Nun sehen Sie! Ich bin zwar kein Genie, aber ich bin auf meine Weise (wie ich annehme) auch eine Ausnahme. Zu meinem Leidwesen besitze ich etwas von der Vorstellungskraft, die bei den Engländern und den Deutschen so weit verbreitet ist - und bei den Italienern, den Spaniern und dem Rest von ihnen so selten! Und was ist die Folge? Ich glaube, es ist bei mir zu einer Krankheit geworden. Ich bin von Vorahnungen erfüllt, die mir dieses verruchte Leben zu einem einzigen langen Schrecken machen. Es spielt im Moment keine Rolle, was sie sind. Es reicht, dass sie mich absolut beherrschen - sie treiben mich nach ihrem eigenen schrecklichen Willen über Land und Meer; sie sind in mir und quälen mich in diesem Moment! Warum wehre ich mich nicht gegen sie? Ha! Aber ich widerstehe ihnen. Ich versuche (mit Hilfe des guten Punsches), ihnen jetzt zu widerstehen. In Abständen kultiviere ich die schwierige Tugend des gesunden Menschenverstands. Manchmal macht der gesunde Menschenverstand eine hoffnungsvolle Frau aus mir. Einmal hatte ich die Hoffnung, dass das, was mir als Realität erschien, doch nur eine verrückte Einbildung war - ich habe sogar einen englischen Arzt danach gefragt! Zu anderen Zeiten quälten mich andere vernünftige Zweifel an mir selbst. Aber das ist jetzt egal - es endet immer damit, dass die alten Ängste und der Aberglaube wieder von mir Besitz ergreifen. In einer Woche werde ich wissen, ob das Schicksal meine Zukunft tatsächlich für mich entscheidet oder ob ich sie selbst bestimme. In letzterem Fall habe ich mir vorgenommen, diese selbstquälerische Fantasie in der Beschäftigung zu absorbieren, von der ich Ihnen bereits erzählt habe. Verstehen Sie mich jetzt ein wenig besser? Und da unsere Angelegenheit geklärt ist, lieber Mr. Westwick, sollten wir aus diesem heißen Raum wieder in die angenehme kühle Luft gehen.'

Sie erhoben sich, um das Café zu verlassen. Francis kam insgeheim zu dem Schluss, dass der Maraschino-Punsch die einzig mögliche Erklärung für das war, was die Gräfin zu ihm gesagt hatte.

# KAPITEL XX

'Werde ich Sie wiedersehen?', fragte sie, als sie ihm zum Abschied die Hand reichte. 'Ich nehme an, wir haben uns über das Stück geeinigt?'

Francis erinnerte sich an sein außergewöhnliches Erlebnis an diesem Abend in dem neu nummerierten Zimmer. 'Mein Aufenthalt in Venedig ist ungewiss', antwortete er. 'Wenn Sie noch etwas über Ihr dramatisches Vorhaben zu sagen haben, sollten Sie es jetzt tun. Haben Sie sich schon für ein Thema entschieden? Ich kenne den Publikumsgeschmack in England besser als Sie - ich könnte Ihnen viel Zeit und Ärger ersparen, wenn Sie Ihr Thema nicht klug gewählt haben.

'Es ist mir egal, über welches Thema ich schreibe, Hauptsache ich schreibe', antwortete sie achtlos. 'Wenn Sie ein Thema in Ihrem Kopf haben, dann geben Sie es mir. Ich bin für die Figuren und den Dialog verantwortlich.'

'Sie stehen für die Figuren und die Dialoge ein', wiederholte Francis. 'So ist der Weg für eine Anfängerin! Ich frage mich, ob ich Ihr erhabenes Selbstvertrauen erschüttern sollte, wenn ich Ihnen das kitzligste Thema vorschlage, das die Bühne kennt? Was halten Sie davon, Frau Gräfin, sich mit Shakespeare in die Listen einzutragen und ein Drama mit einem Geist darin zu versuchen? Eine wahre Geschichte, wohlgemerkt, die auf Ereignissen in dieser Stadt beruht, für die wir beide uns interessieren.'

Sie packte ihn am Arm und zog ihn von der überfüllten Kolonnade weg in die einsame Mitte des Platzes. 'Erzählen Sie es mir jetzt!', sagte sie eifrig. 'Hier, wo niemand in unserer Nähe ist. Inwiefern bin ich daran interessiert? Wie? Wie?'

Sie hielt ihn immer noch am Arm fest und schüttelte ihn in ihrer Ungeduld, die kommende Enthüllung zu hören. Einen Moment lang zögerte er. Bislang hatte er, amüsiert über ihren unwissenden Glauben an sich selbst, nur im Scherz gesprochen. Jetzt begann er zum ersten Mal, beeindruckt von ihrer unwiderstehlichen Ernsthaftigkeit, sein Vorhaben von einem ernsteren Standpunkt aus zu betrachten. Mit ihrem Wissen über alles, was sich in dem alten Palast zugetragen hatte, bevor er in ein Hotel umgewandelt wurde, war es sicherlich möglich, dass sie eine Erklärung für das fand, was seinem Bruder, seiner Schwester und ihm selbst widerfahren war. Oder sie könnte zufällig ein Ereignis aus ihrer eigenen Erfahrung enthüllen, das sich als Hinweis für einen fähigen Dramatiker als Grundlage für ein Theaterstück erweisen könnte, wenn ihr dies nicht gelänge. Das Gedeihen seines Theaters war sein einziges ernsthaftes Ziel im Leben. 'Ich könnte auf der Spur eines weiteren 'Korsischen Brüder' sein', dachte er. Ein neues Stück dieser Art würde mir mindestens zehntausend Pfund in die Tasche spülen.

Mit diesen Motiven (würdig der einmütigen Hingabe an das dramatische Geschäft, die Francis zu einem erfolgreichen Manager machte) erzählte er ohne weiteres Zögern, was er selbst und seine Verwandten in dem Spukhotel erlebt hatten. Er beschrieb sogar den Ausbruch von abergläubischem Schrecken, der Mrs. Norburys unwissendem Dienstmädchen entgangen war. 'Traurige Sache, wenn man es vernünftig betrachtet', bemerkte er. 'Aber die Vorstellung, dass der geisterhafte Einfluss sich bei den Verwandten bemerkbar macht, die nacheinander das verhängnisvolle Zimmer betreten - bis der eine auserwählte Verwandte kommt, der die unheimliche Kreatur sieht und die schreckliche Wahrheit erfährt - hat etwas Dramatisches. Stoff für ein Theaterstück, Gräfin - erstklassiger Stoff für ein Theaterstück!'

Da hielt er inne. Sie hat sich weder bewegt noch gesprochen. Er beugte sich vor und sah sie genauer an.

Welchen Eindruck hatte er erweckt? Es war ein Eindruck, den er mit seinem ganzen Einfallsreichtum nicht voraussehen konnte. Sie stand an seiner Seite - so wie sie vor Agnes gestanden hatte, als ihre Frage nach Ferrari endlich eindeutig beantwortet worden war - wie eine zu Stein gewordene Frau. Ihre Augen waren leer und starr, ihr ganzes Leben war aus ihrem Gesicht gewichen. Francis nahm sie bei der Hand. Ihre Hand war so kalt wie das Pflaster, auf dem sie standen. Er fragte sie, ob sie krank sei.

Kein einziger Muskel in ihr bewegte sich. Er hätte genauso gut mit einer Toten sprechen können.

'Sicherlich', sagte er, 'sind Sie nicht so dumm, das, was ich Ihnen gesagt habe, ernst zu nehmen?'

Ihre Lippen bewegten sich langsam. Wie es schien, bemühte sie sich, mit ihm zu sprechen.

'Lauter', sagte er. 'Ich kann Sie nicht hören.'

Sie kämpfte darum, wieder Herr ihrer selbst zu werden. Ein schwaches Licht erhellte den dumpfen, kalten Blick ihrer Augen. Nach einem weiteren Moment sprach sie so, dass er sie hören konnte.

'Ich habe nie an die andere Welt gedacht', murmelte sie in tiefen, dumpfen Tönen, wie eine Frau, die im Schlaf spricht.

Sie dachte an den Tag ihres letzten denkwürdigen Gesprächs mit Agnes zurück und erinnerte sich langsam an das Geständnis, das ihr entgangen war, an die warnenden Worte, die sie damals gesprochen hatte. Da Francis dies nicht verstehen konnte, sah er sie verwirrt an. Sie fuhr in demselben dumpfen, leeren Tonfall fort und folgte unablässig ihrem eigenen Gedankengang, wobei ihr Blick achtlos auf sein Gesicht gerichtet war und ihre Gedanken weit weg von ihm wanderten.

Ich hatte gesagt, dass uns ein unbedeutendes Ereignis das nächste Mal zusammenbringen würde. Ich habe mich geirrt. Kein unbedeutendes Ereignis wird uns zusammenbringen. Ich sagte, ich könnte derjenige sein, der ihr sagt, was aus Ferrari geworden ist, wenn sie mich dazu zwingt. Soll ich einen anderen Einfluss als den ihren spüren? Wird er mich dazu zwingen? Wenn sie ihn sieht, soll ich ihn dann auch sehen?'

Ihr Kopf sank ein wenig, ihre schweren Augenlider fielen langsam herab und sie stieß einen langen, tiefen, müden Seufzer aus. Francis legte ihren Arm in den seinen und versuchte, sie zu wecken.

'Kommen Sie, Gräfin, Sie sind müde und übermüdet. Wir haben heute Abend genug geredet. Ich bringe Sie sicher zu Ihrem Hotel zurück. Ist es weit von hier?'

Sie zuckte zusammen, als er sich bewegte und sie zwang, sich mit ihm zu bewegen, als hätte er sie plötzlich aus einem tiefen Schlaf geweckt.

'Nicht weit', sagte sie mit schwacher Stimme. 'Das alte Hotel am Quai. Mein Gedächtnis ist in einem seltsamen Zustand, ich habe den Namen vergessen.

'Danieli's?'

'Ja!'

Er führte sie langsam weiter. Sie begleitete ihn schweigend bis zum Ende der Piazzetta. Dort, als sich ihr der Blick auf die mondbeschienene Lagune eröffnete, hielt sie ihn an, als er sich zur Riva degli Schiavoni wandte. 'Ich möchte Sie etwas fragen. Ich möchte warten und nachdenken.'

Nach einer langen Pause kam sie wieder auf den Gedanken.

'Werden Sie heute Nacht in Ihrem Zimmer schlafen?', fragte sie.

Er sagte ihr, dass das Zimmer in dieser Nacht von einem anderen Reisenden bewohnt werde. Aber der Manager hat es für mich für morgen reserviert", fügte er hinzu, "falls ich es haben möchte.

'Nein', sagte sie. 'Sie müssen es aufgeben.'

'An wen?'

'An mich!'

Er fing an. 'Wollen Sie nach dem, was ich Ihnen gesagt habe, wirklich morgen Nacht in diesem Zimmer schlafen?'

'Ich muss darin schlafen.'

'Haben Sie keine Angst?'

'Ich habe schreckliche Angst.'

'Das hätte ich mir denken können, nach dem, was ich heute Nacht an Ihnen beobachtet habe. Warum sollten Sie das Zimmer nehmen? Sie sind nicht verpflichtet, es zu bewohnen, wenn Sie nicht wollen.'

'Ich war nicht verpflichtet, nach Venedig zu gehen, als ich Amerika verließ', antwortete sie. 'Und doch bin ich hierher gekommen. Ich muss das Zimmer nehmen und es behalten, bis..." Bei diesen Worten brach sie ab. 'Vergessen Sie den Rest', sagte sie. 'Es interessiert Sie nicht.'

Es war sinnlos, mit ihr zu diskutieren. Francis wechselte das Thema. 'Heute Abend können wir nichts mehr tun', sagte er. 'Ich werde Sie morgen früh aufsuchen und hören, was Sie dann davon halten.

Sie machten sich wieder auf den Weg zum Hotel. Als sie sich der Tür näherten, fragte Francis, ob sie sich unter ihrem eigenen Namen in Venedig aufhalte.

Sie schüttelte den Kopf. 'Als Witwe Ihres Bruders bin ich hier bekannt. Als Gräfin Narona bin ich hier bekannt. Diesmal möchte ich den Fremden in Venedig unbekannt sein; ich reise unter einem gewöhnlichen englischen Namen.' Sie zögerte und blieb stehen. 'Was ist nur in mich gefahren?', murmelte sie vor sich hin. 'An einige Dinge erinnere ich mich, andere habe ich vergessen. Ich habe Danielis Namen vergessen - und jetzt vergesse ich meinen englischen Namen.' Sie zog ihn eilig in die Halle des Hotels, an deren Wand eine Liste mit den Namen der Besucher hing. Sie fuhr mit dem Finger langsam über die Liste und zeigte auf den englischen Namen, den sie angenommen hatte: 'Mrs. James.'

'Denken Sie daran, wenn Sie morgen anrufen', sagte sie. 'Mein Kopf ist schwer. Gute Nacht.'

Francis ging zurück in sein eigenes Hotel und fragte sich, was die Ereignisse des nächsten Tages wohl bringen würden. Während seiner Abwesenheit hatte sich eine neue Wendung in seinen Angelegenheiten ergeben. Als er die Halle durchquerte, wurde er von einem der Bediensteten gebeten, in das Privatbüro zu gehen. Dort wartete der Manager mit ernster Miene, so als hätte er etwas Ernstes zu sagen. Er bedauerte zu hören, dass Mr. Francis Westwick, wie auch andere Mitglieder der Familie, ernsthafte Unannehmlichkeiten in dem neuen Hotel entdeckt hatte. Er war streng vertraulich über Mr. Westwicks außerordentliche Abneigung gegen die Atmosphäre im Schlafzimmer im Obergeschoss informiert worden. Ohne sich anmaßen zu wollen, die Angelegenheit zu erörtern, musste er darum bitten, das Zimmer für Mr. Westwick nach dem Vorgefallenen nicht mehr zu reservieren.

Francis antwortete scharf, ein wenig verärgert über den Ton, in dem der Manager mit ihm gesprochen hatte. 'Ich hätte es möglicherweise abgelehnt, in dem Zimmer zu schlafen, wenn Sie es reserviert hätten', sagte er. 'Möchten Sie, dass ich das Hotel verlasse?'

Der Manager erkannte den Fehler, den er begangen hatte, und beeilte sich, ihn zu korrigieren. 'Gewiss nicht, Sir! Wir werden unser Bestes tun, um Ihnen den Aufenthalt bei uns so angenehm wie möglich zu gestalten. Ich bitte Sie um Verzeihung, wenn ich Sie mit meinen Worten beleidigt habe. Der Ruf eines Etablissements wie diesem ist eine Angelegenheit von sehr ernster Bedeutung. Darf ich hoffen, dass Sie uns den großen Gefallen tun, nichts über die Geschehnisse oben zu sagen? Die beiden französischen Herren haben freundlicherweise versprochen, es geheim zu halten.'

Diese Entschuldigung ließ Francis keine andere Wahl, als der Bitte des Managers nachzukommen. 'Damit hat der wilde Plan der Gräfin ein Ende', dachte er bei sich, als er sich zur Nachtruhe begab. 'Umso besser für die Gräfin!'

Am nächsten Morgen stand er spät auf. Als er sich nach seinen Pariser Freunden erkundigte, erfuhr er, dass die beiden französischen Herren nach Mailand abgereist waren. Als er auf dem Weg zum Restaurant die Halle durchquerte, bemerkte er, wie der Kopfportier die Nummern der Zimmer auf einige Gepäckstücke schrieb, die darauf warteten, nach oben gebracht zu werden. Ein Koffer erregte seine Aufmerksamkeit durch die außergewöhnliche Anzahl alter Reiseetiketten, die darauf hinterlassen wurden. Der Portier war gerade dabei, ihn zu nummerieren, und die Nummer lautete '13 A'. Francis schaute sofort auf die Karte, die auf dem Deckel befestigt war. Sie trug den üblichen englischen Namen 'Mrs. James'! Er erkundigte sich sofort nach der Dame. Sie war am frühen Morgen angekommen und befand sich gerade im Lesesaal. Als er in den Raum schaute, entdeckte er dort eine Dame, die allein war. Als er ein wenig näher kam, stand er der Gräfin gegenüber.

Sie saß in einer dunklen Ecke, den Kopf gesenkt und die Arme vor dem Busen verschränkt. Ja", sagte sie in einem Tonfall müder Ungeduld, bevor Francis sie ansprechen konnte. 'Ich hielt es für das Beste, nicht auf Sie zu warten - ich wollte hierher kommen, bevor jemand anderes das Zimmer nehmen konnte.'

'Haben Sie es schon lange genommen?' fragte Francis.

'Sie sagten mir, Miss Lockwood würde in einer Woche hier sein. Ich habe es für eine Woche genommen.'

'Was hat Miss Lockwood damit zu tun?'

'Sie hat alles damit zu tun - sie muss in dem Zimmer schlafen. Ich werde ihr das Zimmer überlassen, wenn sie hierher kommt.

Francis begann zu verstehen, welche abergläubischen Absichten sie verfolgte. 'Sind Sie (eine gebildete Frau) wirklich derselben Meinung wie das Dienstmädchen meiner Schwester!', rief er aus. 'Wenn Sie Ihren absurden Aberglauben für eine ernste Sache halten, greifen Sie zu den falschen Mitteln, um ihn zu beweisen. Wenn ich und mein Bruder und meine Schwester nichts gesehen haben, wie sollte Agnes Lockwood dann herausfinden, was uns nicht offenbart wurde? Sie ist nur entfernt mit den Montbarrys verwandt - sie ist nur unsere Cousine.'

'Sie war dem Herzen des toten Montbarry näher als jeder von Ihnen', antwortete die Gräfin streng. 'Bis zum letzten Tag seines Lebens bereute mein unglücklicher Ehemann, dass er sie verlassen hatte. Sie wird sehen, was keiner von Ihnen gesehen hat - sie soll das Zimmer bekommen.'

Francis hörte zu, völlig ratlos über die Motive, die sie antrieben. 'Ich verstehe nicht, welches Interesse Sie daran haben, dieses außergewöhnliche Experiment zu versuchen', sagte er.

'Es ist mein Interesse, es nicht zu versuchen! Ich habe ein Interesse daran, aus Venedig zu fliehen und Agnes Lockwood oder einen Ihrer Verwandten nie wieder zu sehen!

'Was hindert Sie daran, das zu tun?'

Sie richtete sich auf und sah ihn wild an. 'Ich weiß genauso wenig wie Sie, was mich daran hindert!', platzte sie heraus. Irgendein Wille, der stärker ist als der meine, treibt mich ins Verderben, obwohl ich es selbst nicht will! Plötzlich setzte sie sich wieder hin und winkte mit der Hand, er solle gehen. 'Lass mich allein', sagte sie. 'Überlassen Sie mich meinen Gedanken.'

Francis verließ sie in der festen Überzeugung, dass sie nicht mehr bei Sinnen war. Für den Rest des Tages sah er nichts mehr von ihr. Die Nacht verlief, soweit er wusste, ruhig. Am nächsten Morgen frühstückte er früh und beschloss, im Restaurant auf das Erscheinen der Gräfin zu warten. Sie kam herein und bestellte in aller Ruhe ihr Frühstück. Sie sah genauso müde und erschöpft aus, wie er sie das letzte Mal gesehen hatte, als sie sich mit sich selbst beschäftigte. Er eilte zu ihrem Tisch und fragte, ob in der Nacht etwas passiert sei.

'Nichts', antwortete sie.

'Haben Sie sich so gut ausgeruht wie sonst?'

'Ja, so gut wie immer. Haben Sie heute Morgen irgendwelche Briefe erhalten? Haben Sie schon gehört, wann sie kommt?

'Ich habe keine Briefe erhalten. Werden Sie wirklich hier bleiben? Hat das, was Sie gestern Abend erlebt haben, nichts an Ihrer Meinung geändert, die Sie mir gestern mitgeteilt haben?

'Nicht im Geringsten.'

Der kurzzeitige Schimmer von Lebhaftigkeit, der ihr Gesicht durchzogen hatte, als sie ihn über Agnes ausfragte, erlosch wieder, als er ihr antwortete. Sie schaute, sie sprach, sie aß ihr Frühstück mit einer leeren Resignation, wie eine Frau, die mit den Hoffnungen, mit den Interessen, mit allem außer den mechanischen Bewegungen und Instinkten des Lebens abgeschlossen hatte.

Francis ging hinaus, auf die übliche Pilgerreise der Reisenden zu den Heiligtümern von Tizian und Tintoret. Nach einigen Stunden der Abwesenheit fand er einen Brief vor, der auf ihn wartete, als er ins Hotel zurückkehrte. Er war von seinem Bruder Henry geschrieben und empfahl ihm, sofort nach Mailand zurückzukehren. Der Besitzer eines französischen Theaters, der vor kurzem aus Venedig eingetroffen war, versuchte, die berühmte Tänzerin, die Francis engagiert hatte, dazu zu bewegen, ihm die Treue zu brechen und eine höhere Gage zu akzeptieren.

Nach dieser verblüffenden Ankündigung teilte Henry seinem Bruder mit, dass Lord und Lady Montbarry mit Agnes und den Kindern in drei Tagen in

Venedig eintreffen würden. Sie wissen nichts von unseren Abenteuern im Hotel", schrieb Henry, "und sie haben dem Manager telegrafiert, um die gewünschte Unterkunft zu bekommen. Es hätte etwas absurd abergläubisches, wenn wir sie warnen würden, was die Damen und Kinder aus dem besten Hotel in Venedig verscheuchen würde. Wir werden dieses Mal eine starke Truppe sein - zu stark für Geister! Ich werde die Reisenden natürlich bei ihrer Ankunft treffen und mein Glück in dem, was Sie das Haunted Hotel nennen, erneut versuchen. Arthur Barville und seine Frau haben sich bereits auf den Weg nach Trent gemacht, und zwei Verwandte der Dame haben sich bereit erklärt, sie auf ihrer Reise nach Venedig zu begleiten.'

Natürlich empört über das Verhalten seines Pariser Kollegen, traf Francis seine Vorbereitungen für die Rückreise nach Mailand mit dem Zug an diesem Tag.

Auf dem Weg nach draußen fragte er den Manager, ob er das Telegramm seines Bruders erhalten habe. Das Telegramm war angekommen, und zur Überraschung von Francis waren die Zimmer bereits reserviert. Ich dachte, Sie würden sich weigern, noch mehr Familienmitglieder ins Haus zu lassen", sagte er satirisch. Der Manager antwortete (mit der gebührenden Prise Respekt) im gleichen Ton. 'Nummer 13 A ist sicher, Sir, und wird von einem Fremden bewohnt. Ich bin der Diener der Gesellschaft, und ich wage es nicht, Geld aus dem Hotel zu werfen.

Als Francis das hörte, verabschiedete er sich - und sagte nichts mehr. Er schämte sich, es sich einzugestehen, aber er verspürte eine unwiderstehliche Neugier, zu erfahren, was geschehen würde, wenn Agnes im Hotel eintraf. Außerdem hatte 'Mrs. James' Vertrauen in ihn gesetzt. Er stieg in seine Gondel und respektierte das Vertrauen von 'Mrs. James'.

Gegen Abend des dritten Tages trafen Lord Montbarry und seine Reisebegleiter pünktlich zu ihrer Verabredung ein.

Mrs. James, die am Fenster ihres Zimmers saß und auf die beiden wartete, sah den neuen Lord zuerst aus der Gondel steigen. Er reichte seiner Frau die Treppe hinauf. Die drei Kinder wurden als nächstes in seine Obhut übergeben. Zuletzt erschien Agnes in der kleinen schwarzen Tür der Kabine, nahm Lord Montbarrys Hand und ging ihrerseits zur Treppe. Sie trug keinen Schleier. Als sie zur Tür des Hotels hinaufstieg, bemerkte die Gräfin (die sie durch ein Opernglas beobachtete), dass sie innehielt, um das Gebäude von außen zu betrachten, und dass ihr Gesicht sehr blass war.

# KAPITEL XXI

Lord und Lady Montbarry wurden von der Haushälterin empfangen, denn der Manager war für ein oder zwei Tage geschäftlich abwesend, was die Angelegenheiten des Hotels betraf.

Die für die Reisenden reservierten Zimmer im ersten Stock waren drei an der Zahl; sie bestanden aus zwei Schlafzimmern, die ineinander übergingen und auf der linken Seite mit einem Salon verbunden waren. Bis hierher waren die Vorkehrungen vollständig, doch für das dritte Schlafzimmer, das für Agnes und die älteste Tochter von Lord Montbarry benötigt wurde, die gewöhnlich mit ihr auf ihren Reisen schlief, erwiesen sie sich als weniger zufriedenstellend. Das Schlafgemach auf der rechten Seite des Salons war bereits von einer englischen Witwe bewohnt. Auch die anderen Schlafgemächer am anderen Ende des Korridors waren in jedem Fall vermietet. Es gab also keine andere Möglichkeit, als Agnes ein bequemes Zimmer im zweiten Stock zur Verfügung zu stellen. Lady Montbarry beklagte sich vergeblich über diese Trennung eines Mitglieds ihrer Reisegruppe von den anderen. Die Haushälterin wies sie höflich darauf hin, dass es ihr unmöglich sei, andere Reisende zu bitten, ihre Zimmer aufzugeben. Sie konnte nur ihr Bedauern ausdrücken und Miss Lockwood versichern, dass ihr Schlafgemach im zweiten Stock eines der besten Zimmer in diesem Teil des Hotels war.

Als die Haushälterin sich zurückzog, bemerkte Lady Montbarry, dass Agnes sich abseits hingesetzt hatte und offenbar kein Interesse an der Frage der Zimmer zeigte. War sie krank? Nein, sie fühlte sich durch die Bahnfahrt ein wenig verunsichert, das war alles. Als Lord Montbarry dies hörte, schlug er ihr vor, mit ihm hinauszugehen und das Experiment eines halbstündigen Spaziergangs in der kühlen Abendluft zu wagen. Agnes nahm den Vorschlag gerne an. Sie lenkten ihre Schritte in Richtung des Markusplatzes, um die Brise zu genießen, die über die Lagune wehte. Es war der erste Besuch von Agnes in Venedig. Die Faszination der wunderbaren Stadt des Wassers übte ihren vollen Einfluss auf ihre sensible Natur aus. Die vorgesehene halbe Stunde des Spaziergangs war verstrichen und dehnte sich schnell auf eine weitere halbe Stunde aus, bevor Lord Montbarry seine Begleiterin dazu bringen konnte, sich daran zu erinnern, dass das Abendessen auf sie wartete. Als sie zurückkehrten und unter der Kolonnade hindurchgingen, bemerkte keiner von ihnen eine tief trauernde Dame, die sich auf dem Platz herumtrieb. Sie zuckte zusammen, als sie Agnes erkannte, die mit dem neuen Lord Montbarry spazieren ging - sie zögerte einen Moment - und folgte ihnen dann in diskretem Abstand zurück zum Hotel.

Lady Montbarry empfing Agnes gut gelaunt - mit der Nachricht von einem Ereignis, das während ihrer Abwesenheit stattgefunden hatte.

Sie hatte das Hotel nicht länger als zehn Minuten verlassen, als die Haushälterin Lady Montbarry eine kleine Notiz mit Bleistift überbrachte. Die Verfasserin erwies sich als keine Geringere als die verwitwete Dame, die das Zimmer auf der anderen Seite des Salons bewohnte, das ihre Ladyschaft vergeblich für Agnes zu sichern gehofft hatte. Die höfliche Witwe schrieb unter dem Namen Mrs. James und erklärte, sie habe von der Haushälterin von der Enttäuschung erfahren, die Lady Montbarry in Bezug auf die Zimmer erlebt hatte. Mrs. James war ganz allein, und solange ihr Schlafgemach luftig und bequem war, war es ihr gleichgültig, ob sie im ersten oder zweiten Stock des Hauses schlief. Dementsprechend freudig schlug sie vor, mit Miss Lockwood das Zimmer zu tauschen. Ihr Gepäck war bereits abtransportiert worden, und Miss Lockwood musste nur noch das Zimmer (Nummer 13 A) in Besitz nehmen, das ihr nun ganz zur Verfügung stand.

Ich schlug sofort vor, Mrs. James zu sehen", fuhr Lady Montbarry fort, "und ihr persönlich für ihre große Freundlichkeit zu danken. Aber man teilte mir mit, dass sie ausgegangen sei, ohne mir mitzuteilen, zu welcher Stunde sie zurückkehren würde. Ich habe ihr eine kleine Dankesnotiz geschrieben, in der ich ihr mitteile, dass wir hoffentlich morgen das Vergnügen haben werden, ihr persönlich unsere Wertschätzung für Mrs. James' Höflichkeit auszudrücken. In der Zwischenzeit, Agnes, habe ich angeordnet, dass Ihre Kisten nach unten gebracht werden. Gehen Sie! Und urteilen Sie selbst, meine Liebe, ob die gute Dame Ihnen nicht das schönste Zimmer des Hauses überlassen hat!'

Mit diesen Worten verließ Lady Montbarry Miss Lockwood, um sich in aller Eile für das Abendessen zurechtzumachen.

Das neue Zimmer machte sofort einen guten Eindruck auf Agnes. Das große Fenster, das auf einen Balkon führte, bot einen herrlichen Blick auf den Kanal. Die Dekorationen an den Wänden und der Decke waren gekonnt von den äußerst anmutigen Entwürfen Raffaels im Vatikan kopiert worden. Der massive Kleiderschrank besaß Fächer von ungewöhnlicher Größe, in denen die doppelte Anzahl von Kleidern, die Agnes besaß, bequem in voller Länge hätte aufgehängt werden können. In der inneren Ecke des Zimmers, in der Nähe des Kopfteils des Bettgestells, befand sich eine Nische, die zu einem kleinen Ankleidezimmer umfunktioniert worden war und durch eine zweite Tür auf die Innentreppe des Hotels führte, die üblicherweise von den Bediensteten benutzt wurde. Agnes bemerkte diese Aspekte des Zimmers auf den ersten Blick und zog sich so schnell wie möglich um. Auf dem Weg zurück in den Salon wurde sie auf dem Flur von einem Zimmermädchen angesprochen, das sie nach ihrem Schlüssel fragte. 'Ich werde Ihr Zimmer für die Nacht aufräumen, Miss', sagte die Frau, 'und dann bringe ich Ihnen den Schlüssel zurück in den Salon.'

Während das Zimmermädchen seiner Arbeit nachging, beobachtete eine einsame Dame, die sich im Korridor des zweiten Stocks herumtrieb, sie über das Geländer. Nach einer Weile erschien das Zimmermädchen mit ihrem Eimer in der Hand und verließ das Zimmer über das Ankleidezimmer und die Hintertreppe. Als sie außer Sichtweite war, rannte die Dame aus dem zweiten Stock (keine andere als die Gräfin selbst) schnell die Treppe hinunter, betrat das Schlafgemach durch die Haupttür und versteckte sich in einem leeren Seitenfach des Kleiderschranks. Das Zimmermädchen kehrte zurück, beendete ihre Arbeit, schloss die Tür des Ankleidezimmers auf der Innenseite ab, verschloss beim Verlassen des Zimmers die Haupteingangstür und gab Agnes den Schlüssel im Salon zurück.

Die Reisenden setzten sich gerade zu ihrem späten Abendessen, als eines der Kinder bemerkte, dass Agnes ihre Uhr nicht trug. Hatte sie sie in der Eile, sich umzuziehen, in ihrem Schlafgemach liegen lassen? Sie erhob sich sofort vom Tisch, um ihre Uhr zu suchen. Lady Montbarry riet ihr beim Hinausgehen, für die Sicherheit ihres Schlafzimmers zu sorgen, für den Fall, dass sich Diebe im Haus befinden sollten. Agnes fand ihre Uhr, vergessen auf dem Toilettentisch, wie sie es erwartet hatte. Bevor sie das Zimmer wieder verließ, befolgte sie Lady Montbarrys Rat und probierte den Schlüssel im Schloss der Ankleidezimmertür. Sie war gut gesichert. Sie verließ das Schlafgemach und schloss die Haupttür hinter sich ab.

Unmittelbar nach ihrer Abreise wagte die Gräfin, bedrückt von der dichten Luft im Kleiderschrank, einen Schritt aus ihrem Versteck in das leere Zimmer.

Als sie das Ankleidezimmer betrat, lauschte sie an der Tür, bis die Stille draußen ihr mitteilte, dass der Korridor leer war. Daraufhin schloss sie die Tür auf, ging hinaus und schloss sie leise wieder, so dass sie allem Anschein nach (von innen betrachtet) genauso sorgfältig gesichert war, wie Agnes sie gesehen hatte, als sie den Schlüssel mit ihrer eigenen Hand im Schloss ausprobiert hatte.

Während die Montbarrys noch beim Abendessen saßen, kam Henry Westwick aus Mailand zu ihnen.

Als er den Raum betrat und als er ihr die Hand schüttelte, war Agnes sich eines latenten Gefühls bewusst, das Henrys unverhohlene Freude über das Wiedersehen mit ihr insgeheim erwiderte. Nur einen Augenblick lang erwiderte sie seinen Blick, und in diesem Moment verriet ihr ihre eigene Beobachtung, dass sie ihn im Stillen zu einer Hoffnung ermutigt hatte. Sie sah es an dem plötzlichen Leuchten des Glücks, das sein Gesicht überzog, und sie flüchtete sich verwirrt in die üblichen konventionellen Erkundigungen nach den Verwandten, die er in Mailand zurückgelassen hatte.

Henry nahm seinen Platz am Tisch ein und erzählte auf höchst amüsante Weise von der Lage seines Bruders Francis zwischen dem geldgierigen Operntänzer auf der einen Seite und dem skrupellosen Manager des französischen Theaters auf der anderen. Die Dinge hatten sich so zugespitzt, dass die Justiz eingeschaltet werden musste und den Streit zugunsten von Francis entschied. Nach dem Sieg hatte der englische Intendant Mailand sofort verlassen, da er wegen der Angelegenheiten seines Theaters nach London zurückgerufen worden war. Auf der Rückreise wurde er von seiner Schwester begleitet, so wie er auch auf der Hinreise begleitet worden war. Mrs. Norbury hatte sich nach zwei schrecklichen Nächten im venezianischen Hotel entschlossen, es nie wieder zu betreten, und bat darum, aus gesundheitlichen Gründen von der Teilnahme am Familienfest entschuldigt zu werden. In ihrem Alter ermüdete sie das Reisen, und sie war froh, die Begleitung ihres Bruders zu nutzen, um nach England zurückzukehren.

Während die Gespräche bei Tisch mühelos weitergingen, ging die Abendzeit zur Nacht über und es wurde notwendig, daran zu denken, die Kinder ins Bett zu schicken.

Als Agnes sich erhob, um in Begleitung des ältesten Mädchens den Raum zu verlassen, stellte sie mit Erstaunen fest, dass sich Henrys Verhalten plötzlich veränderte. Er sah ernst und nachdenklich aus, und als seine Nichte ihm eine gute Nacht wünschte, sagte er plötzlich zu ihr: 'Marian, ich möchte wissen, in welchem Teil des Hotels du schläfst?' Marian, verwirrt von dieser Frage, antwortete, dass sie wie immer bei 'Tante Agnes' schlafen würde. Da Henry sich mit dieser Antwort nicht zufrieden gab, erkundigte er sich, ob sich das Schlafzimmer in der Nähe der Zimmer befand, die von den anderen

Mitgliedern der Reisegruppe bewohnt wurden. Agnes antwortete im Namen des Kindes und fragte sich, was Henry wohl bezwecken würde, und erwähnte das höfliche Opfer, das Mrs. James für ihre Bequemlichkeit gebracht hatte. 'Dank der Freundlichkeit dieser Dame', sagte sie, 'sind Marian und ich nur auf der anderen Seite des Salons. Henry machte keine Bemerkung, sondern sah unverständlich unzufrieden aus, als er die Tür öffnete, damit Agnes und ihr Begleiter hinausgehen konnten. Nachdem er ihnen eine gute Nacht gewünscht hatte, wartete er im Korridor, bis er sie das verhängnisvolle Eckzimmer betreten sah - und dann rief er seinem Bruder unvermittelt zu: "Komm heraus, Stephen, und lass uns rauchen!

Sobald die beiden Brüder die Freiheit hatten, unter vier Augen miteinander zu sprechen, erklärte Henry das Motiv, das zu seinen seltsamen Nachforschungen über die Schlafzimmer geführt hatte. Francis hatte ihm von dem Treffen mit der Gräfin in Venedig und allem, was darauf folgte, berichtet, und Henry wiederholte seinem Bruder nun sorgfältig die Geschichte in allen Einzelheiten. Ich bin nicht zufrieden", fügte er hinzu, "was die Absicht dieser Frau betrifft, ihr Zimmer aufzugeben. Können Sie, ohne die Damen zu beunruhigen, indem Sie ihnen sagen, was ich Ihnen gerade erzählt habe, Agnes nicht warnen, ihre Tür sorgfältig zu sichern?

Lord Montbarry antwortete, dass diese Warnung bereits von seiner Frau ausgesprochen worden sei und dass man Agnes zutrauen könne, gut auf sich und ihre kleine Bettgefährtin aufzupassen. Im Übrigen betrachtete er die Geschichte von der Gräfin und ihrem Aberglauben als ein Stück theatralischer Übertreibung, das an sich schon amüsant genug war, aber keinen Moment lang ernsthafte Aufmerksamkeit verdiente.

Während die Herren nicht im Hotel waren, wurde das Zimmer, das bereits mit so vielen verblüffenden Umständen in Verbindung gebracht worden war, zum Schauplatz eines weiteren seltsamen Ereignisses, an dem Lady Montbarrys ältestes Kind beteiligt war.

Die kleine Marian war wie üblich bettfertig gemacht worden und hatte (bis jetzt) kaum Notiz von dem neuen Zimmer genommen. Als sie sich hinkniete, um ihr Gebet zu sprechen, blickte sie zufällig zu dem Teil der Decke über ihr auf, der sich genau über dem Kopfende des Bettes befand. Im nächsten Moment erschreckte sie Agnes, indem sie mit einem Schreckensschrei aufsprang und auf einen kleinen braunen Fleck auf einer der weißen, getäfelten Flächen der geschnitzten Decke deutete. 'Das ist ein Blutfleck!', rief das Kind aus. 'Bringt mich weg! Ich will hier nicht schlafen!'

Da Agnes erkannte, dass es sinnlos war, mit ihr zu reden, solange sie im Zimmer war, wickelte sie Marian eilig in einen Morgenmantel und trug sie zurück zu ihrer Mutter in den Salon. Hier taten die Damen ihr Bestes, um das zitternde Mädchen zu beruhigen und zu besänftigen. Die Bemühungen erwiesen sich als nutzlos; der Eindruck, der auf das junge und sensible Gemüt gemacht worden war, ließ sich nicht durch Überredung beseitigen. Marian konnte sich den panischen Schrecken, der sie ergriffen hatte, nicht erklären. Sie war nicht in der Lage zu sagen, warum der Fleck an der Decke die Farbe eines Blutflecks hatte. Sie wusste nur, dass sie vor Angst sterben würde, wenn sie ihn noch einmal sehen würde. Unter diesen Umständen gab es nur noch eine Alternative. Es wurde vereinbart, dass das Kind die Nacht in dem Zimmer verbringen sollte, das von ihren beiden jüngeren Schwestern und der Krankenschwester bewohnt wurde.

Nach einer weiteren halben Stunde schlief Marian friedlich, den Arm um den Hals ihrer Schwester gelegt. Lady Montbarry ging mit Agnes zurück in ihr Zimmer, um sich den Fleck an der Decke anzusehen, der das Kind so seltsam erschreckt hatte. Der Fleck war so klein, dass er gerade noch zu erkennen war, und er war höchstwahrscheinlich durch die Unachtsamkeit eines Handwerkers oder durch einen Tropfen Wasser verursacht worden, der versehentlich auf dem Boden des darüber liegenden Zimmers verschüttet worden war.

'Ich kann wirklich nicht verstehen, warum Marian eine so schockierende Deutung für eine so unbedeutende Sache findet', bemerkte Lady Montbarry.

Ich vermute, dass die Krankenschwester in irgendeiner Weise für das Geschehene verantwortlich ist", schlug Agnes vor. 'Es ist gut möglich, dass sie Marian eine tragische Kindergeschichte erzählt hat, die einen bösartigen Eindruck hinterlassen hat. Menschen in ihrer Position wissen leider nicht, wie gefährlich es ist, die Fantasie eines Kindes anzuregen. Sie sollten das Kindermädchen morgen vorwarnen.'

Lady Montbarry schaute sich bewundernd im Zimmer um. 'Ist es nicht hübsch dekoriert?', sagte sie. 'Ich nehme an, Agnes, es macht Ihnen nichts aus, hier allein zu schlafen.'

Agnes lachte. 'Ich bin so müde', antwortete sie, 'dass ich Ihnen eigentlich gute Nacht sagen wollte, anstatt in den Salon zurückzugehen.'

Lady Montbarry wandte sich der Tür zu. 'Ich sehe Ihr Schmuckkästchen auf dem Tisch', fuhr sie fort. 'Vergessen Sie nicht, die andere Tür zu verschließen, die zum Ankleidezimmer führt.'

Das habe ich bereits getan und den Schlüssel selbst ausprobiert", sagte Agnes. 'Kann ich Ihnen noch behilflich sein, bevor ich ins Bett gehe?'

'Nein, meine Liebe, danke. Ich bin müde genug, um Ihrem Beispiel zu folgen. Gute Nacht, Agnes - und angenehme Träume in Ihrer ersten Nacht in Venedig.'

# KAPITEL XXII

Nachdem sie die Tür geschlossen und gesichert hatte, als Lady Montbarry abreiste, zog Agnes ihren Morgenmantel an und wandte sich den offenen Kisten zu, um auszupacken. In der Eile, sich für das Abendessen zurechtzumachen, hatte sie das erste Kleid genommen, das ganz oben in der Truhe lag, und ihr Reisekostüm auf das Bett geworfen. Jetzt öffnete sie zum ersten Mal die Türen des Kleiderschranks und begann, ihre Kleider an die Haken in dem großen Fach an einer Seite zu hängen.

Nach nur wenigen Minuten wurde sie dieser Beschäftigung überdrüssig und beschloss, die Koffer bis zum nächsten Morgen so zu lassen, wie sie waren. Der drückende Südwind, der den ganzen Tag über geweht hatte, herrschte auch in der Nacht. Die Atmosphäre im Zimmer fühlte sich eng an. Agnes warf sich einen Schal über Kopf und Schultern und öffnete das Fenster, um auf den Balkon zu gehen und die Aussicht zu genießen.

Die Nacht war schwer und wolkenverhangen: Nichts war deutlich zu sehen. Der Kanal unter dem Fenster sah aus wie ein schwarzer Abgrund; die gegenüberliegenden Häuser waren kaum zu erkennen, wie eine Reihe von Schatten, die sich schwach gegen den sternen- und mondlosen Himmel abhoben. In großen Abständen war gerade noch der Warnruf eines verspäteten Gondoliere zu hören, der um die Ecke eines entfernten Kanals bog und unsichtbaren Booten zurief, die sich ihm in der Dunkelheit nähern könnten. Ab und zu verriet das nähere Eintauchen eines Ruders im Wasser, dass andere Gondeln, die Gäste zurück zum Hotel brachten, unbemerkt vorbeifuhren. Abgesehen von diesen seltenen Geräuschen war die geheimnisvolle nächtliche Stille von Venedig buchstäblich die Stille des Grabes.

Agnes lehnte sich an die Brüstung des Balkons und blickte leer in die schwarze Leere unter ihr. Ihre Gedanken kreisten um den unglücklichen Mann, der sein Treueversprechen gebrochen hatte und in diesem Haus gestorben war. Seit ihrer Ankunft in Venedig schien sich etwas in ihr verändert zu haben, ein neuer Einfluss schien am Werk zu sein. Zum ersten Mal in ihrer Selbsterkenntnis waren Mitleid und Bedauern nicht die einzigen Gefühle, die die Erinnerung an den toten Montbarry in ihr auslöste. Die sanfte und verzeihende Natur, die sie bisher nicht kannte, spürte jetzt das Unrecht, das sie erlitten hatte. Sie ertappte sich dabei, dass sie an die vergangenen Tage ihrer Erniedrigung fast so hart dachte, wie Henry Westwick an sie gedacht hatte - sie, die ihn zurechtgewiesen hatte, als er das letzte Mal in ihrer Gegenwart abfällig über seinen Bruder gesprochen hatte! Eine plötzliche Angst und ein Zweifel an sich selbst erschreckten sie sowohl körperlich als auch moralisch. Sie wandte sich von dem schattigen Abgrund des dunklen Wassers ab, als ob das Geheimnis und die Düsternis des Wassers für die Gefühle verantwortlich wären, die sie überrumpelt hatten. Abrupt schloss sie das Fenster, warf ihren Schal beiseite und zündete die Kerzen auf dem Kaminsims an, getrieben von einem plötzlichen Verlangen nach Licht in der Einsamkeit ihres Zimmers.

Die aufmunternde Helligkeit um sie herum, die im Kontrast zu der schwarzen Düsternis draußen stand, gab ihr neue Lebensgeister. Sie spürte, wie sie das Licht wie ein Kind genoss!

Wäre es gut (fragte sie sich), sich bettfertig zu machen? Nein! Das Gefühl der schläfrigen Müdigkeit, das sie noch vor einer halben Stunde verspürt hatte, war verschwunden. Sie widmete sich wieder der langweiligen Arbeit des Auspackens ihrer Kisten. Schon nach ein paar Minuten wurde ihr diese Beschäftigung wieder lästig. Sie setzte sich an den Tisch und nahm einen Reiseführer zur Hand. 'Wie wäre es, wenn ich mich über Venedig informiere', dachte sie, 'über Venedig?

Noch bevor sie die erste Seite des Buches umgeblättert hatte, schweifte ihre Aufmerksamkeit von diesem ab.

Das Bild von Henry Westwick war jetzt das vorherrschende Bild in ihrem Gedächtnis. Wenn sie sich an die kleinsten Begebenheiten und Details des Abends erinnerte, konnte sie sich nichts vorstellen, was ihn nicht unter einem günstigen und interessanten Aspekt darstellte. Sie lächelte leise vor sich hin, ihre Farbe stieg in feinen Abstufungen an, als sie den vollen Luxus verspürte, bei der vollkommenen Wahrheit und Bescheidenheit seiner Hingabe zu ihr zu verweilen. War die Niedergeschlagenheit, unter der sie auf ihren Reisen so hartnäckig gelitten hatte, zufällig auf die lange Trennung zwischen ihnen zurückzuführen - vielleicht auch auf ihr eigenes eitles Bedauern, als sie sich an ihren harschen Empfang in Paris erinnerte? Plötzlich war sie sich dieser kühnen Frage und der damit verbundenen Selbstaufgabe bewusst und kehrte mechanisch zu ihrem Buch zurück, da sie der ungehemmten Freiheit ihrer eigenen Gedanken misstraute. Welche lauernden Versuchungen zu verbotener Zärtlichkeit verstecken sich im Morgenmantel einer Frau, wenn sie nachts allein in ihrem Zimmer ist! Konnte Agnes, deren Herz im Grab des toten Montbarry lag, überhaupt an einen anderen Mann denken und an die Liebe? Wie beschämend! Wie unwürdig für sie! Zum zweiten Mal versuchte sie, sich für den Reiseführer zu interessieren - und wieder war es vergeblich. Sie warf das Buch beiseite und wandte sich verzweifelt dem einzigen Mittel zu, das ihr noch blieb, ihrem Gepäck - entschlossen, sich gnadenlos zu verausgaben, bis sie müde und schläfrig genug war, um eine sichere Zuflucht im Bett zu finden.

Einige Zeit lang widmete sie sich der eintönigen Beschäftigung, ihre Kleidung aus dem Koffer in den Kleiderschrank zu bringen. Die große Uhr in der Halle, die mitten in der Nacht schlug, erinnerte sie daran, dass es schon spät war. Sie setzte sich für einen Moment in einen Sessel neben dem Bett, um sich auszuruhen.

Die Stille im Haus erregte jetzt ihre Aufmerksamkeit und hielt sie fest - unangenehm fest. Waren alle außer ihr im Bett und schliefen? War es nicht an der Zeit, dass sie dem allgemeinen Beispiel folgte? Mit einer gewissen nervösen Eile stand sie wieder auf und zog sich aus. 'Ich habe zwei Stunden Ruhe verloren', dachte sie und betrachtete stirnrunzelnd ihr Spiegelbild im Glas, während sie ihr Haar für die Nacht ordnete. 'Morgen werde ich zu nichts mehr zu gebrauchen sein!'

Sie zündete das Nachtlicht an und löschte die Kerzen - bis auf eine, die sie auf einen kleinen Tisch stellte, der auf der Seite des Bettes stand, die der Seite mit dem Sessel gegenüber lag. Sie legte ihre Reiseschachtel mit Streichhölzern und den Reiseführer neben die Kerze, für den Fall, dass sie schlaflos war und lesen wollte, blies das Licht aus und legte ihren Kopf auf das Kissen.

Die Vorhänge des Bettes waren zurückgeschlagen, damit die Luft frei über sie strömen konnte. Auf der linken Seite liegend, mit dem Gesicht vom Tisch abgewandt, konnte sie den Sessel durch das schwache Nachtlicht sehen. Er war mit Chintz bezogen, der große Rosensträuße auf einem blassgrünen Grund darstellte. Sie versuchte, sich schläfrig zu machen, indem sie immer wieder die Rosensträuße zählte, die von ihrem Blickwinkel aus zu sehen waren. Zweimal wurde ihre Aufmerksamkeit vom Zählen abgelenkt, durch Geräusche von draußen, durch das Läuten der Uhr, die eine halbe

Stunde nach zwölf schlug, und dann noch einmal durch das Fallen eines Paars Stiefel im oberen Stockwerk, die zum Putzen hinausgeworfen wurden, mit jener barbarischen Missachtung des Komforts anderer, die man bei Menschen beobachten kann, wenn sie in einem Hotel wohnen. In der Stille, die auf diese vorübergehenden Störungen folgte, fuhr Agnes fort, die Rosen auf dem Sessel zu zählen, und zwar immer langsamer. Es dauerte nicht lange, da verwirrte sie sich in den Zahlen - versuchte, wieder mit dem Zählen anzufangen - dachte, sie würde erst einmal ein wenig warten - spürte, wie ihre Augenlider sanken und ihr Kopf immer tiefer auf das Kissen sank - seufzte schwach - und sank in den Schlaf.

Wie lange dieser erste Schlaf dauerte, wusste sie nicht. Sie konnte sich nur daran erinnern, dass sie im Nachhinein sofort aufwachte.

Jede Fähigkeit und jede Wahrnehmung in ihr überschritt die Grenze zwischen Gefühllosigkeit und Bewusstsein sozusagen mit einem Sprung. Ohne zu wissen, warum, setzte sie sich plötzlich im Bett auf und lauschte, ohne zu wissen, worauf. Ihr Kopf war in Aufruhr, ihr Herz klopfte wie wild, ohne dass es eine zuordenbare Ursache gab. Aber in der Zeit, in der sie geschlafen hatte, war etwas Unwichtiges passiert. Das Nachtlicht war ausgegangen, und im Zimmer herrschte natürlich völlige Dunkelheit.

Sie tastete nach der Streichholzschachtel und hielt inne, nachdem sie sie gefunden hatte. In ihrem Kopf herrschte noch immer ein vages Gefühl der Verwirrung. Sie hatte es nicht eilig, das Streichholz anzuzünden. Die Pause in der Dunkelheit war ihr für den Moment ganz recht.

In dem ruhigeren Fluss ihrer Gedanken während dieser Pause konnte sie sich die natürliche Frage stellen: Welcher Grund hatte sie so plötzlich geweckt und ihre Nerven auf so seltsame Weise erschüttert? War es der Einfluss eines Traums gewesen? Sie hatte überhaupt nicht geträumt, oder besser gesagt, sie hatte keine Erinnerung daran, geträumt zu haben. Das Mysterium war für sie unergründlich: Die Dunkelheit begann sie zu erdrücken. Sie zündete das Streichholz an der Schachtel an und zündete ihre Kerze an.

Als sich das willkommene Licht im Raum verteilte, wandte sie sich vom Tisch ab und blickte auf die andere Seite des Bettes.

In dem Moment, als sie sich umdrehte, packte sie ein plötzlicher Schreck wie eine eisige Hand am Herzen.

Sie war nicht allein in ihrem Zimmer!

Auf dem Sessel neben dem Bett saß die Gestalt einer Frau, die sich im Licht der Kerze plötzlich entpuppte und sich zurücklehnte. Ihr Kopf lag zurückgelehnt auf dem Sessel. Ihr Gesicht war zur Decke gerichtet und die Augen waren geschlossen, als ob sie in einen tiefen Schlaf versunken wäre.

Der Schock über die Entdeckung machte Agnes sprachlos und hilflos. Ihre erste bewusste Handlung, als sie wieder einigermaßen Herrin über sich selbst war, bestand darin, sich über das Bett zu beugen und die Frau näher zu betrachten, die sich so unbegreiflicherweise mitten in der Nacht in ihr Zimmer gestohlen hatte. Ein Blick genügte: Sie zuckte mit einem Schrei des Erstaunens zurück. Die Person auf dem Stuhl war keine andere als die Witwe des toten Montbarry - die Frau, die sie gewarnt hatte, dass sie sich wiedersehen würden und dass der Ort Venedig sein könnte!

Ihr Mut kehrte zurück, angetrieben von dem natürlichen Gefühl der Empörung, das die Anwesenheit der Gräfin in ihr auslöste.

'Wachen Sie auf!', rief sie. 'Wie können Sie es wagen, hierher zu kommen? Wie sind Sie hereingekommen? Verlassen Sie das Zimmer, oder ich rufe um Hilfe!'

Bei den letzten Worten erhob sie ihre Stimme. Es zeigte keine Wirkung. Sie beugte sich weiter über das Bett, packte die Gräfin beherzt an der Schulter und schüttelte sie. Doch auch damit gelang es ihr nicht, die schlafende Frau zu wecken. Sie lag immer noch in ihrem Sessel, in einer Erstarrung, die der des Todes glich - unempfindlich für Geräusche, unempfindlich für Berührungen. Hatte sie wirklich geschlafen? Oder war sie ohnmächtig geworden?

Agnes sah sie sich genauer an. Sie war nicht in Ohnmacht gefallen. Ihr Atem war hörbar, er stieg und fiel in tiefen, schweren Atemzügen. In Abständen knirschte sie wild mit den Zähnen. Schweißperlen standen ihr dick auf der Stirn. Ihre geballten Hände hoben und senkten sich langsam von Zeit zu Zeit auf ihrem Schoß. Befand sie sich in den Qualen eines Traums oder war sie sich im Geiste etwas bewusst, das in diesem Raum verborgen war?

Der Zweifel, der mit dieser letzten Frage verbunden war, war unerträglich. Agnes beschloss, die Diener zu wecken, die nachts im Hotel Wache hielten.

Der Klingelknopf war an der Wand befestigt, an der Seite des Bettes, neben dem der Tisch stand.

Sie erhob sich aus der kauernden Position, die sie eingenommen hatte, um die Gräfin genau zu beobachten, drehte sich zur anderen Seite des Bettes und streckte die Hand nach der Klingel aus. Im selben Moment hielt sie inne und blickte nach oben. Ihre Hand fiel hilflos an ihre Seite. Sie erschauderte und sank zurück auf das Kissen.

Was hatte sie gesehen?

Sie hatte einen weiteren Eindringling in ihrem Zimmer gesehen.

In der Mitte zwischen ihrem Gesicht und der Decke schwebte ein menschlicher Kopf - am Hals abgetrennt, wie ein Kopf, den man mit der Guillotine vom Körper trennt.

Nichts Sichtbares, nichts Hörbares hatte ihr eine verständliche Warnung vor seinem Erscheinen gegeben. Lautlos und plötzlich hatte der Kopf seinen Platz über ihr eingenommen. Keine übernatürliche Veränderung war über den Raum hereingebrochen oder war jetzt in ihm zu spüren. Die stumm gequälte Gestalt auf dem Stuhl, das breite Fenster gegenüber dem Fußende des Bettes mit der schwarzen Nacht dahinter, die brennende Kerze auf dem Tisch - diese und alle anderen Gegenstände im Zimmer blieben unverändert. Ein weiterer Gegenstand, unsagbar schrecklich, war zu den anderen hinzugekommen. Das war die einzige Veränderung - nicht mehr und nicht weniger.

Im gelben Kerzenlicht sah sie den Kopf deutlich, der in der Luft über ihr schwebte. Sie starrte ihn unverwandt an, gebannt von dem Schrecken, der sie gefangen hielt.

Das Fleisch des Gesichts war verschwunden. Die verschrumpelte Haut war dunkel gefärbt, wie die Haut einer ägyptischen Mumie - außer am Hals. Dort war sie von hellerer Farbe; dort wies sie Flecken und Spritzer in der Farbe des braunen Flecks an der Decke auf, den der phantasievolle Schrecken des Kindes in das Bild eines Blutflecks verzerrt hatte. Dünne Reste eines verfärbten Schnurrbartes und eines Backenbartes, die über die Oberlippe und über die Vertiefungen an den Wangen hingen, machten den Kopf gerade noch als den eines Mannes erkennbar. Über allen Gesichtszügen hatten der Tod und die Zeit ihr Werk verrichtet. Die Augenlider waren geschlossen. Die Haare auf dem Schädel, die sich wie die Haare im Gesicht verfärbt hatten, waren stellenweise weggebrannt. Die bläulichen Lippen, die zu einem starren Grinsen geschürzt waren, zeigten die doppelte Zahnreihe. Langsam senkte sich der schwebende Kopf (der völlig ruhig war, als sie ihn zum ersten Mal sah) auf die darunter liegende Agnes. Langsam verbreitete der seltsame, doppelt gemischte Geruch, den die Kommissare in den Gewölben des alten Palastes entdeckt hatten und der Francis Westwick im Schlafgemach des neuen Hotels krank gemacht hatte, seine fauligen Ausdünstungen über den Raum. Die abscheuliche Erscheinung bewegte sich langsam abwärts, bis sie dicht über Agnes stehen blieb - stehen blieb und sich langsam umdrehte, so dass ihr Gesicht dem der Frau auf dem Stuhl gegenüberstand.

Es gab eine Pause. Dann störte eine übernatürliche Bewegung die starre Ruhe des toten Gesichts.

Die geschlossenen Augenlider öffneten sich langsam. Die Augen offenbarten sich, hell mit dem glasigen Film des Todes - und richteten ihren schrecklichen Blick auf die Frau im Stuhl.

Agnes sah diesen Blick, sah, wie sich die Augenlider der lebenden Frau langsam öffneten wie die Augenlider der Toten, sah, wie sie sich erhob, als ob sie einem stummen Befehl gehorchte - und sah nichts mehr.

Ihr nächster bewusster Eindruck war das Sonnenlicht, das durch das Fenster hereinströmte, die freundliche Anwesenheit von Lady Montbarry am Bett und die staunenden Gesichter der Kinder, die zur Tür hereinspähten.

# KAPITEL XXIII

'...Sie haben einen gewissen Einfluss auf Agnes. Versuchen Sie, was Sie tun können, Henry, damit sie die Angelegenheit vernünftig sieht. Es gibt wirklich keinen Grund, sich aufzuregen. Das Dienstmädchen meiner Frau klopfte früh am Morgen mit der üblichen Tasse Tee an ihre Tür. Als sie keine Antwort erhielt, ging sie zum Ankleidezimmer - fand die Tür auf dieser Seite unverschlossen vor - und entdeckte Agnes in einem Ohnmachtsanfall auf dem Bett. Mit der Hilfe meiner Frau brachten sie sie wieder zu sich und sie erzählte die außergewöhnliche Geschichte, die ich Ihnen gerade erzählt habe. Sie müssen selbst gesehen haben, dass sie durch unsere langen Bahnreisen übermüdet ist, armes Ding: Ihre Nerven sind nicht in Ordnung und sie ist genau die Person, die sich leicht von einem Traum erschrecken lässt. Sie weigert sich jedoch hartnäckig, diese rationale Sichtweise zu akzeptieren. Glauben Sie nicht, dass ich streng mit ihr war! Ich habe alles getan, was ein Mann tun kann, um sie bei Laune zu halten. Ich habe der Gräfin (unter ihrem angenommenen Namen) geschrieben und ihr angeboten, ihr das Zimmer zurückzugeben. Sie schrieb zurück und lehnte es entschieden ab, dorthin zurückzukehren. Ich habe daher vereinbart (um die Sache im Hotel nicht bekannt werden zu lassen), das Zimmer für eine oder zwei Nächte zu bewohnen und Agnes in der Obhut meiner Frau zu lassen, damit sie sich erholt. Kann ich sonst noch etwas für Sie tun? Alle Fragen, die Agnes mir gestellt hat, habe ich nach bestem Wissen und Gewissen beantwortet. Sie weiß alles, was Sie mir gestern Abend über Francis und die Gräfin erzählt haben. Aber so sehr ich mich auch bemühe, ich kann ihren Geist nicht beruhigen. Ich habe den Versuch verzweifelt aufgegeben und sie im Salon zurückgelassen. Gehen Sie, wie ein guter Mensch, und versuchen Sie, sie zu beruhigen.'

Mit diesen Worten erklärte Lord Montbarry seinem Bruder den Fall von einem rationalen Standpunkt aus. Henry machte keine Bemerkung, er ging direkt in den Salon.

Er fand Agnes, die schnell hin und her lief, errötet und aufgeregt. Wenn Sie hierher kommen, um mir zu sagen, was Ihr Bruder zu mir gesagt hat", brach sie aus, bevor er etwas sagen konnte, "dann ersparen Sie sich die Mühe. Ich will keinen gesunden Menschenverstand - ich will einen wahren Freund, der an mich glaubt.

'Ich bin dieser Freund, Agnes', antwortete Henry leise, 'und das wissen Sie.'

'Sie glauben wirklich, dass ich mich nicht von einem Traum täuschen lasse?'

Ich weiß, dass Sie sich nicht täuschen - zumindest in einem Punkt.'

'In welcher Hinsicht?'

'In dem, was Sie über die Gräfin gesagt haben. Es ist vollkommen wahr...

Agnes unterbrach ihn an dieser Stelle. 'Warum höre ich erst heute Morgen, dass die Gräfin und Mrs. James ein und dieselbe Person sind?', fragte sie misstrauisch. 'Warum hat man mir das nicht schon gestern Abend gesagt?'

'Sie vergessen, dass Sie dem Zimmertausch zugestimmt hatten, bevor ich Venedig erreichte', antwortete Henry. 'Ich war schon damals stark versucht, es Ihnen zu sagen, aber Ihre Schlafplätze für die Nacht waren bereits vergeben; ich hätte Sie nur belästigt und beunruhigt. Ich habe bis zum Morgen gewartet, nachdem ich von meinem Bruder erfahren hatte, dass Sie selbst für Ihre Sicherheit vor jedem Eindringling gesorgt hatten. Wie dieses Eindringen zustande kam, kann ich nicht sagen. Ich kann Ihnen nur versichern, dass die Anwesenheit der Gräfin an Ihrem Bett letzte Nacht kein Traum von Ihnen war. Ich kann mit ihrer eigenen Autorität bezeugen, dass es eine Realität war.'

'Mit ihrer eigenen Erlaubnis?' wiederholte Agnes eifrig. 'Haben Sie sie heute Morgen gesehen?'

'Ich habe sie keine zehn Minuten gesehen.'

'Was hat sie gemacht?'

Sie war eifrig mit dem Schreiben beschäftigt. Ich konnte sie nicht einmal dazu bringen, mich anzuschauen, bis ich Ihren Namen erwähnte.

'Sie hat sich natürlich an mich erinnert?'

'Sie erinnerte sich nur mit Mühe an Sie. Als ich merkte, dass sie mir nicht anders antworten wollte, fragte ich sie, als ob ich direkt von Ihnen käme. Dann hat sie gesprochen. Sie gab nicht nur zu, dass sie das gleiche abergläubische Motiv hatte, Sie in diesem Zimmer unterzubringen, wie sie es Francis gegenüber zugegeben hatte - sie gab sogar zu, dass sie an Ihrem Bett gestanden und die ganze Nacht über gewacht hatte, "um zu sehen, was Sie sahen", wie sie es ausdrückte. Als ich das hörte, versuchte ich, sie zu überreden, mir zu sagen, wie sie in das Zimmer gekommen war. Unglücklicherweise fiel ihr Manuskript auf dem Tisch ins Auge, und sie widmete sich wieder ihrer Arbeit. "Der Baron will Geld", sagte sie, "ich muss mit meinem Stück weitermachen." Was sie gesehen oder geträumt hat, während sie letzte Nacht in Ihrem Zimmer war, lässt sich im Moment nicht feststellen. Aber nach der Schilderung meines Bruders und dem, woran ich mich erinnere, war in letzter Zeit ein Einfluss am Werk, der diese unglückliche Frau deutlich zum Schlechten verändert hat. Ihr Geist ist (vielleicht seit letzter Nacht) teilweise verwirrt. Ein Beweis dafür ist, dass sie mit mir über den Baron gesprochen hat, als wäre er noch ein lebender Mann. Als Francis sie sah, erklärte sie, der Baron sei tot, was die Wahrheit ist. Der Konsul der Vereinigten Staaten in Mailand hat uns die Todesanzeige in einer amerikanischen Zeitung gezeigt. Soweit ich sehen kann, scheint der Verstand, den sie noch besitzt, völlig in einer absurden Idee aufgegangen zu sein - der Idee, ein Stück für Francis zu schreiben, das er in seinem Theater aufführen kann. Er gibt zu, dass er sie in der Hoffnung ermutigt hat, auf diese Weise zu Geld zu kommen. Ich denke, das war falsch. Stimmen Sie mir da nicht zu?'

Ohne auf die Frage zu achten, erhob sich Agnes abrupt von ihrem Stuhl.

'Tun Sie mir noch einen Gefallen, Henry', sagte sie. 'Bringen Sie mich sofort zur Gräfin.'

Henry zögerte. 'Sind Sie nach dem Schock, den Sie erlitten haben, gefasst genug, sie zu sehen?', fragte er.

Sie zitterte, die Röte in ihrem Gesicht verblasste und ließ sie totenbleich zurück. Aber sie hielt an ihrem Entschluss fest. 'Sie haben gehört, was ich gestern Abend gesehen habe?', sagte sie mit schwacher Stimme.

'Sprechen Sie nicht davon!' mischte sich Henry ein. 'Regen Sie sich nicht unnötig auf.'

'Ich muss sprechen! Mein Kopf ist voll von schrecklichen Fragen darüber. Ich weiß, dass ich es nicht identifizieren kann, und doch frage ich mich immer wieder, in wessen Gestalt es erschienen ist. War es das Abbild von Ferrari? oder war es..." Sie stockte und erschauderte. 'Die Gräfin weiß es, ich muss die Gräfin sehen!', fuhr sie vehement fort. 'Ob mich der Mut verlässt oder nicht, ich muss den Versuch wagen. Bringen Sie mich zu ihr, bevor ich Zeit habe, mich davor zu fürchten!

Henry sah sie ängstlich an. Wenn Sie wirklich von Ihrem Entschluss überzeugt sind", sagte er, "dann stimme ich Ihnen zu - je eher Sie sie sehen, desto besser. Erinnern Sie sich, wie seltsam sie über Ihren Einfluss auf sie sprach, als sie in London in Ihr Zimmer eindrang?

'Ich erinnere mich genau. Warum fragen Sie?'

'Aus diesem Grund. In ihrem derzeitigen Geisteszustand bezweifle ich, dass sie noch lange in der Lage sein wird, ihre wilde Vorstellung von Ihnen als Racheengel zu verwirklichen, der sie für ihre bösen Taten zur Rechenschaft ziehen wird. Es wäre vielleicht gut, wenn Sie versuchen würden, Ihren Einfluss geltend zu machen, solange sie noch in der Lage ist, ihn zu spüren.

Er wartete ab, was Agnes sagen würde. Sie nahm seinen Arm und führte ihn schweigend zur Tür.

Sie stiegen in den zweiten Stock hinauf und betraten, nachdem sie geklopft hatten, das Zimmer der Gräfin.

Sie war noch immer eifrig mit dem Schreiben beschäftigt. Als sie von der Zeitung aufsah und Agnes erblickte, war ein leerer Ausdruck des Zweifels der einzige Ausdruck in ihren wilden schwarzen Augen. Nach ein paar Augenblicken schienen die verlorenen Erinnerungen und Assoziationen langsam in ihren Geist zurückzukehren. Die Feder fiel ihr aus der Hand. Hager und zitternd sah sie Agnes genauer an und erkannte sie endlich. 'Ist die Zeit schon gekommen?', sagte sie in leisem, ehrfürchtigem Ton. 'Geben

Sie mir noch ein wenig Aufschub, ich bin noch nicht fertig mit dem Schreiben!'

Sie sank auf die Knie und streckte ihre gefalteten Hände flehend aus. Agnes war weit davon entfernt, sich von dem Schock, den sie in der Nacht erlitten hatte, zu erholen: Ihre Nerven waren der Belastung, die jetzt auf ihnen lastete, bei weitem nicht gewachsen. Sie war so erschrocken über die Veränderung der Gräfin, dass sie nicht wusste, was sie als nächstes sagen oder tun sollte. Henry war gezwungen, zu ihr zu sprechen. 'Stellen Sie Ihre Fragen, solange Sie noch die Gelegenheit dazu haben', sagte er und senkte seine Stimme. 'Sehen Sie, der leere Blick geht wieder über ihr Gesicht.'

Agnes versuchte, ihren Mut wieder zu finden. 'Sie waren gestern Abend in meinem Zimmer...', begann sie. Bevor sie ein weiteres Wort hinzufügen konnte, hob die Gräfin ihre Hände und schlug sie mit einem leisen Stöhnen des Entsetzens über ihrem Kopf zusammen. Agnes wich zurück und drehte sich um, als wolle sie den Raum verlassen. Henry hielt sie auf und flüsterte ihr zu, es noch einmal zu versuchen. Sie gehorchte ihm nach einiger Anstrengung. 'Ich habe letzte Nacht in dem Zimmer geschlafen, das Sie mir überlassen haben', fuhr sie fort. 'Ich habe gesehen...'

Die Gräfin erhob sich plötzlich von ihren Füßen. 'Das reicht jetzt', rief sie. 'Oh, Jesu Maria! Glauben Sie, ich will wissen, was Sie gesehen haben? Denken Sie, ich wüsste nicht, was es für Sie und für mich bedeutet? Entscheiden Sie selbst, Miss. Prüfen Sie Ihren eigenen Verstand. Sind Sie sich sicher, dass der Tag der Abrechnung endlich gekommen ist? Sind Sie bereit, mir zu folgen, durch die Verbrechen der Vergangenheit, zu den Geheimnissen der Toten?'

Sie wandte sich wieder dem Schreibtisch zu, ohne eine Antwort abzuwarten. Ihre Augen blitzten auf; sie sah wieder wie ihr altes Ich aus, als sie sprach. Es war nur für einen Moment. Der alte Eifer und das Ungestüm waren fast verschwunden. Ihr Kopf sank; sie seufzte schwer, als sie einen Schreibtisch aufschloss, der auf dem Tisch stand. Sie öffnete eine Schublade und nahm ein Blatt Pergament heraus, das mit verblasster Schrift bedeckt war. Einige ausgefranste Enden des seidenen Fadens waren noch an dem Blatt befestigt, als wäre es aus einem Buch herausgerissen worden.

'Können Sie Italienisch lesen?', fragte sie und reichte Agnes das Blatt.

Agnes antwortete stumm mit einer Neigung des Kopfes.

'Das Blatt', fuhr die Gräfin fort, 'gehörte einst zu einem Buch in der alten Bibliothek des Palastes, als dieses Gebäude noch ein Palast war. Von wem es herausgerissen wurde, brauchen Sie nicht zu wissen. Zu welchem Zweck es herausgerissen wurde, können Sie selbst herausfinden, wenn Sie wollen. Lesen Sie es zuerst, in der fünften Zeile von oben auf der Seite.

Agnes spürte die ernste Notwendigkeit, sich zu sammeln. 'Geben Sie mir einen Stuhl', sagte sie zu Henry, 'und ich werde mein Bestes tun.' Er stellte sich hinter ihren Stuhl, so dass er ihr über die Schulter schauen und ihr helfen konnte, die Schrift auf dem Blatt zu verstehen. In englischer Sprache lautete sie wie folgt:-

Ich habe nun meine literarische Bestandsaufnahme des ersten Stockwerks des Palastes abgeschlossen. Auf Wunsch meines edlen und gnädigen Gönners, dem Herrn dieses prächtigen Gebäudes, steige ich nun in den zweiten Stock hinauf und setze meinen Katalog oder meine Beschreibung der dort befindlichen Bilder, Dekorationen und anderen Kunstschätze fort. Lassen Sie mich mit dem Eckzimmer am westlichen Ende des Palastes beginnen, das nach den Statuen, die den Kaminsims stützen, das Zimmer der Karyatiden genannt wird. Dieses Werk ist relativ neu: Es stammt aus dem achtzehnten Jahrhundert und zeigt in allen Teilen den verdorbenen Geschmack der damaligen Zeit. Dennoch birgt der Kaminsims ein gewisses Interesse: Er verbirgt ein raffiniert konstruiertes Versteck zwischen dem Boden des Raumes und der Decke des darunter liegenden Zimmers, das in den letzten bösen Tagen der Inquisition in Venedig gebaut wurde und von dem berichtet wird, dass es einen Vorfahren meines gnädigen Herrn gerettet hat, der von diesem schrecklichen Tribunal verfolgt wurde. Die Maschinerie dieses merkwürdigen Verstecks wurde von dem jetzigen Herrn als eine Art Kuriosität in Ordnung gehalten. Er war so freundlich, mir zu zeigen, wie sie funktioniert. Wenn Sie sich den beiden Karyatiden nähern, legen Sie Ihre Hand auf die Stirn (in der Mitte zwischen den Augenbrauen) der Figur, die sich zu Ihrer Linken befindet, während Sie gegenüber dem Kamin stehen, und drücken Sie dann den Kopf nach innen, als ob Sie ihn gegen die Wand dahinter drücken würden. Damit setzen Sie die verborgene Maschinerie in der Wand in Gang, die den Kamin auf einer Drehscheibe dreht und den Hohlraum darunter freigibt. Darin ist genug Platz, damit ein Mann bequem in voller Länge liegen kann. Die Methode, den Hohlraum wieder zu schließen, ist ebenso einfach. Legen Sie beide Hände auf die Schläfen der Figuren; ziehen Sie daran, als ob Sie sie zu sich heranziehen würden - und der Feuerstein dreht sich wieder in seine richtige Position.

'Sie brauchen nicht weiterzulesen', sagte die Gräfin. 'Merken Sie sich gut, was Sie gelesen haben.'

Sie legte das Pergamentblatt zurück in ihr Schreibpult, schloss es ab und führte den Weg zur Tür.

'Kommen Sie', sagte sie, 'und sehen Sie sich an, was der spöttische Franzose 'den Anfang vom Ende' nannte."

Agnes war kaum in der Lage, sich von ihrem Stuhl zu erheben; sie zitterte von Kopf bis Fuß. Henry gab ihr seinen Arm, um sie zu stützen. 'Fürchte dich nicht', flüsterte er, 'ich werde bei dir sein.'

Die Gräfin ging den Korridor in Richtung Westen entlang und blieb vor der Tür mit der Nummer achtunddreißig stehen. Dies war das Zimmer, das Baron Rivar in den alten Tagen des Palastes bewohnt hatte: Es lag direkt über dem Schlafgemach, in dem Agnes die Nacht verbracht hatte. In den letzten zwei Tagen war das Zimmer leer gewesen. Das Fehlen von Gepäckstücken, als sie die Tür öffneten, zeigte, dass es noch nicht vermietet worden war.

'Sehen Sie?', sagte die Gräfin und deutete auf die geschnitzte Figur am Kamin, 'und Sie wissen, was zu tun ist. Habe ich es verdient, dass Sie die Gerechtigkeit mit Barmherzigkeit mäßigen?', fuhr sie in tieferem Ton fort. 'Geben Sie mir noch ein paar Stunden Zeit für mich. Der Baron will Geld - ich muss mit meinem Stück weitermachen.

Sie lächelte ausdruckslos und ahmte mit ihrer rechten Hand das Schreiben nach, während sie die letzten Worte aussprach. Die Anstrengung, ihren geschwächten Geist auf andere und weniger vertraute Themen zu konzentrieren als den ständigen Geldmangel zu Lebzeiten des Barons und die vage Aussicht auf einen Gewinn aus dem noch immer unvollendeten Stück, hatte ihre schwachen Kraftreserven offensichtlich erschöpft. Als ihrer Bitte stattgegeben wurde, richtete sie keine Worte der Dankbarkeit an Agnes, sondern sagte nur: "Haben Sie keine Angst, Miss, dass ich versuche, Ihnen zu entkommen. Wo Sie sind, da muss ich auch sein, bis das Ende kommt.'

Ihre Augen wanderten mit einem letzten müden und verblüfften Blick durch den Raum. Mit langsamen und schwachen Schritten, wie die einer alten Frau, kehrte sie zu ihrer Schreibarbeit zurück.

# KAPITEL XXIV

Henry und Agnes waren allein im Zimmer der Karyatiden.

Derjenige, der die Beschreibung des Palastes verfasst hatte - wahrscheinlich ein schlechter Autor oder Künstler - hatte zu Recht auf die Mängel des Kaminsimses hingewiesen. Schlechter Geschmack, der sich in den kostspieligsten und prächtigsten Ausmaßen zeigte, war in jedem Teil des Werks sichtbar. Nichtsdestotrotz wurde es von unwissenden Reisenden aller Klassen sehr bewundert, zum einen wegen seiner imposanten Größe, zum anderen wegen der vielen verschiedenfarbigen Murmeln, die der Bildhauer in seinen Entwurf eingearbeitet hatte. Fotografien des Kaminsimses wurden in den öffentlichen Räumen ausgestellt und fanden bei den englischen und amerikanischen Besuchern des Hotels reißenden Absatz.

Henry führte Agnes zu der Figur auf der linken Seite, als sie vor dem leeren Kamin standen. 'Soll ich das Experiment versuchen', fragte er, 'oder wollen Sie? Abrupt zog sie ihren Arm von ihm weg und wandte sich wieder der Tür zu. 'Ich kann ihn nicht einmal ansehen', sagte sie. 'Dieses unbarmherzige Marmorgesicht macht mir Angst!'

Henry legte seine Hand auf die Stirn der Figur. 'Was beunruhigt Sie an diesem klassischen Gesicht, meine Liebe?', fragte er scherzhaft. Bevor er den Kopf nach innen drücken konnte, öffnete Agnes eilig die Tür. 'Warten Sie, bis ich aus dem Zimmer bin!', rief sie. Die bloße Vorstellung von dem, was Sie dort finden könnten, erschreckt mich! Sie blickte zurück ins Zimmer, als sie die Schwelle überschritt. 'Ich werde Sie nicht ganz verlassen', sagte sie, 'ich werde draußen warten.'

Sie schloss die Tür. Allein gelassen, hob Henry noch einmal seine Hand auf die marmorne Stirn der Gestalt.

Zum zweiten Mal wurde er unterbrochen, als er die Maschinerie des Verstecks in Gang setzen wollte. Diesmal wurde er von einem Ausbruch freundlicher Stimmen im Korridor unterbrochen. Eine Frauenstimme rief: 'Liebste Agnes, wie schön, dich wiederzusehen!' Es folgte eine Männerstimme, die anbot, 'Miss Lockwood' einen Freund vorzustellen. Eine dritte Stimme (die Henry als die Stimme des Hoteldirektors erkannte) wurde als nächstes hörbar und wies die Haushälterin an, den Damen und Herren die freien Appartements am anderen Ende des Korridors zu zeigen. 'Wenn Sie eine weitere Unterkunft benötigen', fuhr der Manager fort, 'ich habe hier ein reizendes

Zimmer zu vermieten.' Während er sprach, öffnete er die Tür und sah sich Henry Westwick gegenüber.

'Das ist in der Tat eine angenehme Überraschung, Sir!', sagte der Manager fröhlich. 'Wie ich sehe, bewundern Sie unseren berühmten Schornstein. Darf ich Sie fragen, Mr. Westwick, wie Sie sich diesmal im Hotel befinden? Haben die übernatürlichen Einflüsse wieder Ihren Appetit beeinträchtigt?'

'Die übernatürlichen Einflüsse haben mich dieses Mal verschont', antwortete Henry. 'Vielleicht werden Sie noch feststellen, dass sie auch ein anderes Mitglied der Familie beeinflusst haben.' Er sprach mit ernster Miene und ärgerte sich über den vertrauten Ton, in dem der Manager seinen letzten Besuch im Hotel erwähnt hatte. 'Sind Sie gerade zurückgekehrt?', fragte er, um das Thema zu wechseln.

'Gerade in dieser Minute, Sir. Ich hatte die Ehre, mit demselben Zug zu reisen wie Ihre Freunde, die im Hotel angekommen sind - Mr. und Mrs. Arthur Barville und ihre Begleiter. Miss Lockwood ist bei ihnen und sieht sich die Zimmer an. Sie werden in Kürze hier sein, wenn sie ein zusätzliches Zimmer zur Verfügung haben möchten.'

Diese Ankündigung veranlasste Henry, das Versteck zu erkunden, bevor die Unterbrechung stattfand. Als Agnes ihn verließ, war ihm in den Sinn gekommen, dass er vielleicht einen Zeugen haben sollte, für den nicht sehr wahrscheinlichen Fall, dass eine alarmierende Entdeckung gemacht werden würde. Der allzu vertraute Manager, der nichts ahnte, stand ihm zur Verfügung. Er wandte sich wieder an die Gestalt von Caryan und beschloss böswillig, den Manager zu seinem Zeugen zu machen.

Ich bin erfreut zu hören, dass unsere Freunde endlich eingetroffen sind", sagte er. Bevor ich ihnen die Hand gebe, möchte ich Ihnen eine Frage zu diesem merkwürdigen Kunstwerk hier stellen. Ich sehe unten Fotos davon. Stehen sie zum Verkauf?'

'Gewiss, Mr. Westwick!'

Glauben Sie, dass der Schornstein so stabil ist, wie er aussieht? fuhr Henry fort. 'Als Sie hereinkamen, habe ich mich gerade gefragt, ob sich diese Figur hier nicht versehentlich von der Wand dahinter gelöst hat.' Er legte seine Hand zum dritten Mal auf die Marmorstirn. 'Für mein Auge sieht sie ein wenig aus dem Lot. Ich hatte fast das Gefühl, ich könnte den Kopf schütteln, als ich ihn berührte.' Er drückte den Kopf nach innen, während er diese Worte sagte.

Sofort war hinter der Mauer ein Geräusch von schepperndem Eisen zu hören. Der massive Herdstein vor dem Kamin drehte sich langsam unter den Füßen der beiden Männer und gab einen dunklen Hohlraum darunter frei. Im selben Moment stieg aus der offenen Nische die seltsame und unangenehme Kombination von Gerüchen auf, die man bisher mit den Gewölben des alten Palastes und dem darunter liegenden Schlafgemach in Verbindung gebracht hatte, und erfüllte den Raum.

Der Manager schreckte zurück. 'Großer Gott, Mr. Westwick!', rief er aus, 'was hat das zu bedeuten?'

Henry erinnerte sich nicht nur daran, was sein Bruder Francis in dem Zimmer unter ihm empfunden hatte, sondern auch daran, was Agnes in der Nacht zuvor erlebt hatte, und war entschlossen, auf der Hut zu sein. 'Ich bin genauso überrascht wie Sie', war seine einzige Antwort.

'Warten Sie einen Moment auf mich, Sir', sagte der Manager. 'Ich muss die Damen und Herren draußen davon abhalten, hereinzukommen.'

Er eilte davon und vergaß nicht, die Tür hinter sich zu schließen. Henry öffnete das Fenster und wartete dort, um die reinere Luft zu atmen. Vage Befürchtungen über die nächste Entdeckung, die ihm bevorstand, erfüllten seinen Geist zum ersten Mal. Er war nun fest entschlossen, ohne einen Zeugen keinen Schritt bei den Ermittlungen zu tun.

Der Manager kehrte mit einer Wachskerze in der Hand zurück, die er sofort anzündete, als er den Raum betrat.

'Wir brauchen jetzt keine Unterbrechung zu befürchten', sagte er. 'Seien Sie so nett, Mr. Westwick, und halten Sie das Licht. Es ist meine Aufgabe, herauszufinden, was diese außergewöhnliche Entdeckung bedeutet.

Henry hielt die Kerze. Als sie durch das schwache und flackernde Licht in den Hohlraum blickten, entdeckten sie beide einen dunklen Gegenstand auf dem Grund des Hohlraums. Ich glaube, ich komme an das Ding heran", bemerkte der Manager, "wenn ich mich hinlege und meine Hand in das Loch stecke.

Er kniete sich auf den Boden und zögerte. 'Darf ich Sie bitten, mir meine Handschuhe zu geben?', sagte er. 'Sie sind in meinem Hut, auf dem Stuhl hinter Ihnen.'

Henry gab ihm die Handschuhe. Ich weiß nicht, was ich da in die Hand nehme", erklärte der Manager und lächelte etwas unbehaglich, als er sich den rechten Handschuh anzog.

Er streckte sich in voller Länge auf dem Boden aus und führte seinen rechten Arm in den Hohlraum ein. Ich kann nicht genau sagen, was ich in der Hand habe", sagte er. 'Aber ich habe es.'

Er richtete sich halb auf und zog seine Hand heraus.

Im nächsten Moment sprang er mit einem Schreckensschrei auf die Beine. Ein menschlicher Kopf fiel aus seinem nervenlosen Griff auf den Boden und rollte zu Henrys Füßen. Es war der grässliche Kopf, den Agnes in der nächtlichen Vision über sich hatte schweben sehen!

Die beiden Männer sahen sich an, beide sprachlos von demselben Gefühl des Entsetzens. Der Manager war der erste, der sich beherrschte. 'Kümmern Sie sich um die Tür, um Himmels willen!', sagte er. 'Einige der Leute draußen könnten mich gehört haben.'

Henry bewegte sich mechanisch zur Tür.

Selbst als er den Schlüssel in der Hand hatte, um ihn notfalls im Schloss zu drehen, blickte er immer noch auf den entsetzlichen Gegenstand auf dem Boden zurück. Es gab keine Möglichkeit, diese verfallenen und entstellten Züge mit irgendeinem lebenden Wesen zu identifizieren, das er gesehen hatte - und doch war er sich bewusst, dass er einen vagen und schrecklichen Zweifel verspürte, der ihn bis in die Seele erschütterte. Die Fragen, die Agnes' Geist gequält hatten, waren nun auch seine Fragen. Er fragte sich: 'In wessen Abbild könnte ich es erkannt haben, bevor der Verfall einsetzte? Das Bildnis von Ferrari? oder das Bildnis von..." Er hielt zitternd inne, so wie Agnes zitternd vor ihm innegehalten hatte. Agnes! Der Name, der ihm von allen Frauennamen der liebste war, jagte ihm jetzt einen Schrecken ein! Was sollte er zu ihr sagen? Was könnte die Folge sein, wenn er ihr die schreckliche Wahrheit anvertraute?

Keine Schritte näherten sich der Tür, keine Stimmen waren draußen zu hören. Die Reisenden waren noch immer in den Zimmern am östlichen Ende des Korridors beschäftigt.

In der kurzen Zeit, die verstrichen war, hatte sich der Manager soweit erholt, dass er wieder an die ersten und wichtigsten Interessen seines Lebens denken konnte - die Interessen des Hotels. Er wandte sich besorgt an Henry.

'Wenn diese schreckliche Entdeckung bekannt wird', sagte er, 'wird die Schließung des Hotels und der Ruin der Firma die unvermeidliche Folge sein. Ich bin sicher, dass ich auf Ihre Diskretion vertrauen kann, Sir, soweit.

'Sie können mir sicher vertrauen', antwortete Henry. Aber Diskretion hat doch sicher ihre Grenzen", fügte er hinzu, "nach einer solchen Entdeckung, wie wir sie gemacht haben?

Der Manager verstand, dass die Pflicht, die sie der Gemeinschaft als ehrliche und gesetzestreue Männer schuldeten, die Pflicht war, auf die sich Henry nun bezog. Ich werde sofort eine Möglichkeit finden", sagte er, "die sterblichen Überreste privat aus dem Haus zu bringen, und ich werde sie selbst in die Obhut der Polizeibehörden geben. Werden Sie das Zimmer mit mir verlassen, oder haben Sie nichts dagegen, hier Wache zu halten und mir zu helfen, wenn ich zurückkomme?

Während er sprach, waren am Ende des Korridors wieder die Stimmen der Reisenden zu hören. Henry willigte sofort ein, in dem Zimmer zu warten. Er fürchtete sich vor der unvermeidlichen Begegnung mit Agnes, wenn er sich in diesem Moment auf dem Korridor zeigen würde.

Der Manager beeilte sich zu gehen, in der Hoffnung, unbemerkt zu bleiben. Er wurde von seinen Gästen entdeckt, bevor er den Kopf der Treppe erreichen konnte. Henry hörte die Stimmen deutlich, als er den Schlüssel umdrehte. Während das schreckliche Drama der Entdeckung auf der einen Seite der Tür stattfand, wurden auf der anderen Seite triviale Fragen über die Vergnügungen in Venedig gestellt und scherzhafte Diskussionen über die Vorzüge der französischen und italienischen Küche geführt. Nach und nach wurde das Geräusch der Gespräche leiser. Die Besucher hatten ihre Pläne für den Tag geschmiedet und waren auf dem Weg aus dem Hotel. Nach ein oder zwei Minuten herrschte wieder Stille.

Henry wandte sich dem Fenster zu und dachte, er könne sich mit dem Blick auf den Kanal ablenken. Er wurde der vertrauten Szene bald überdrüssig. Die morbide Faszination, die von allen schrecklichen Anblicken auszugehen scheint, zog ihn wieder zu dem grässlichen Objekt auf dem Boden zurück.

Traum oder Wirklichkeit, wie hatte Agnes diesen Anblick überlebt? Während ihm diese Frage durch den Kopf ging, bemerkte er zum ersten Mal etwas, das neben dem Kopf auf dem Boden lag. Als er näher hinsah, entdeckte er ein dünnes Goldplättchen, an dem drei falsche Zähne befestigt waren, die offenbar herausgefallen waren (und sich durch den Schock gelöst hatten), als der Manager den Kopf auf den Boden fallen ließ.

Die Bedeutung dieser Entdeckung und die Notwendigkeit, sie nicht zu leichtfertig an andere weiterzugeben, wurde Henry sofort klar. Hier bestand die Chance - wenn überhaupt eine Chance bestand - das schockierende Relikt der Menschlichkeit zu identifizieren, das vor ihm lag, den stummen Zeugen eines Verbrechens! Mit dieser Idee nahm er die Zähne an sich, um sie als letztes Mittel der Untersuchung zu nutzen, nachdem alle anderen Versuche gescheitert waren.

Er ging zurück zum Fenster: Die Einsamkeit des Raumes begann auf seinem Gemüt zu lasten. Als er wieder auf die Aussicht blickte, klopfte es leise an der Tür. Er beeilte sich, sie zu öffnen - und hielt sich dabei zurück. Ein Zweifel kam ihm in den Sinn. War es der Manager, der geklopft hatte? Er rief: 'Wer ist da?'

Die Stimme von Agnes antwortete ihm. 'Haben Sie mir etwas zu sagen, Henry?'

Er war kaum in der Lage zu antworten. 'Nicht jetzt', sagte er verwirrt. 'Verzeihen Sie mir, wenn ich die Tür nicht öffne. Ich werde etwas später mit Ihnen sprechen.

Die süße Stimme ertönte wieder und flehte ihn mitleidig an. 'Lassen Sie mich nicht allein, Henry! Ich kann nicht zu den glücklichen Menschen da unten zurückkehren.'

Wie konnte er diesem Appell widerstehen? Er hörte sie seufzen, hörte das Rascheln ihres Kleides, als sie sich verzweifelt entfernte. Genau das, wovor er noch vor wenigen Minuten zurückgeschreckt war, tat er jetzt! Er ging zu Agnes in den Korridor. Sie drehte sich um, als sie ihn hörte, und zeigte zitternd in Richtung des geschlossenen Zimmers. 'Ist es denn so schrecklich?', fragte sie leise.

Er legte seinen Arm um sie, um sie zu stützen. Ein Gedanke kam ihm, als er sie ansah und voller Zweifel und Angst auf seine Antwort wartete. 'Sie werden erfahren, was ich entdeckt habe', sagte er, 'wenn Sie zuerst Ihren Hut und Ihren Mantel anziehen und mit mir nach draußen kommen.'

Sie war natürlich überrascht. 'Können Sie mir sagen, was Sie vorhaben?', fragte sie.

Er gestand ihr vorbehaltlos, was sein Ziel war. 'Ich möchte vor allen Dingen', sagte er, 'Ihre und meine Meinung über den Tod von Montbarry in Erfahrung bringen. Ich werde Sie zu dem Arzt bringen, der ihn während seiner Krankheit behandelte, und zu dem Konsul, der ihm ins Grab folgte.

Ihr Blick ruhte dankbar auf Henry. 'Oh, wie gut Sie mich verstehen!', sagte sie. Der Verwalter kam im selben Moment die Treppe hinauf. Henry gab ihm den Zimmerschlüssel und rief dann den Bediensteten in der Halle zu, eine Gondel an der Treppe bereitzuhalten. 'Verlassen Sie das Hotel?', fragte der Manager. 'Auf der Suche nach Beweisen', flüsterte Henry und deutete auf den Schlüssel. 'Wenn die Behörden mich brauchen, werde ich in einer Stunde zurück sein.

# KAPITEL XXV

Der Tag war auf den Abend übergegangen. Lord Montbarry und die Hochzeitsgesellschaft waren in die Oper gegangen. Nur Agnes blieb unter dem Vorwand der Müdigkeit im Hotel. Nachdem Henry Westwick den Schein gewahrt hatte, indem er seine Freunde ins Theater begleitete, schlich er sich nach dem ersten Akt davon und ging zu Agnes in den Salon.

'Haben Sie darüber nachgedacht, was ich Ihnen vorhin gesagt habe?', fragte er und nahm einen Stuhl an ihrer Seite. 'Sind Sie nicht auch der Meinung, dass der eine schreckliche Zweifel, der uns beide bedrückt hat, nun zumindest ausgeräumt ist?'

Agnes schüttelte traurig den Kopf. 'Ich wünschte, ich könnte Ihnen zustimmen, Henry - ich wünschte, ich könnte aufrichtig sagen, dass ich beruhigt bin.

Diese Antwort hätte die meisten Männer entmutigt. Henrys Geduld (wenn es um Agnes ging) war allen Anforderungen gewachsen, die an sie gestellt wurden.

'Wenn Sie sich die Ereignisse des Tages noch einmal vor Augen führen', sagte er, 'müssen Sie doch zugeben, dass wir nicht völlig vor den Kopf gestoßen worden sind. Erinnern Sie sich, wie Dr. Bruno unsere Zweifel zerstreute: "Glauben Sie, dass ich nach dreißig Jahren medizinischer Praxis die Symptome eines Todes durch Bronchitis verwechseln könnte?" Wenn es jemals eine unbeantwortbare Frage gab, dann ist es diese! War die Aussage des Konsuls in irgendeinem Punkt zweifelhaft? Er hat den Palast aufgesucht, um seine Dienste anzubieten, nachdem er vom Tod Lord Montbarrys erfahren hatte; er kam zu dem Zeitpunkt an, als der Sarg im Haus stand; er hat selbst gesehen, wie der Leichnam hineingelegt und der Deckel zugeschraubt wurde. Die Aussage des Priesters ist ebenfalls unbestreitbar. Er blieb in dem Raum mit dem Sarg und sprach die Totengebete, bis die Beerdigung den Palast verließ. Denken Sie an all diese Aussagen, Agnes, und wie können Sie leugnen, dass die Frage von Montbarrys Tod und Beerdigung geklärt ist? Es bleibt eigentlich nur noch ein Zweifel: Wir müssen uns immer noch fragen, ob die Überreste, die ich entdeckt habe, die Überreste des verschwundenen Kuriers sind oder nicht. Das ist der Fall, so wie ich ihn verstehe. Habe ich mich richtig ausgedrückt?'

Agnes konnte nicht leugnen, dass er es richtig gesagt hatte.

"Was hindert Sie dann daran, das gleiche Gefühl der Erleichterung zu empfinden wie ich? fragte Henry.

'Was ich gestern Abend gesehen habe, hindert mich daran', antwortete Agnes. Als wir über dieses Thema sprachen, nachdem unsere Nachforschungen abgeschlossen waren, haben Sie mir vorgeworfen, ich sei abergläubisch, wie Sie es nannten. Das gebe ich nicht ganz zu, aber ich gebe zu, dass ich die abergläubische Sichtweise verständlich finden würde, wenn ich sie von einer anderen Person hören würde. Wenn ich mich daran erinnere, was Ihr Bruder und ich einst füreinander waren, kann ich verstehen, dass die Erscheinung sich mir zeigt, um die Gnade eines christlichen Begräbnisses und die Rache für ein Verbrechen zu fordern. Ich kann sogar eine schwache Möglichkeit der Wahrheit in der Erklärung erkennen, die Sie als Mesmer-Theorie beschrieben haben - dass das, was ich sah, das Ergebnis eines magnetischen Einflusses sein könnte, der auf mich übertragen wurde, als ich zwischen den Überresten des ermordeten Ehemannes über mir und der schuldigen Frau, die an meinem Bett die Qualen der Reue erleidet, lag. Aber was ich nicht verstehe, ist, dass ich diese schreckliche Tortur durchgemacht haben soll, ohne den Ermordeten zu Lebzeiten gekannt zu haben oder ihn (wenn Sie annehmen, dass ich die Ferrari-Erscheinung gesehen habe) nur durch das Interesse, das ich seiner Frau entgegenbrachte. Ich kann Ihre Argumentation nicht bestreiten, Henry. Aber ich spüre in meinem Herzen, dass Sie sich täuschen. Nichts kann meine Überzeugung erschüttern, dass wir immer noch so weit davon entfernt sind, die schreckliche Wahrheit entdeckt zu haben.

Henry unternahm keinen weiteren Versuch, mit ihr zu diskutieren. Sie hatte ihn mit einem gewissen widerwilligen Respekt vor ihrer eigenen Meinung beeindruckt, trotz seiner selbst.

'Haben Sie einen besseren Weg gefunden, um zur Wahrheit zu gelangen?', fragte er. 'Wer soll uns denn helfen? Zweifellos ist da die Gräfin, die den Schlüssel zum Geheimnis in ihren Händen hält. Aber kann man ihrer Aussage bei ihrem derzeitigen Geisteszustand trauen - selbst wenn sie bereit wäre, zu reden? Nach meiner eigenen Erfahrung zu urteilen, würde ich sagen, eindeutig nicht.'

'Sie meinen doch nicht etwa, dass Sie sie wiedergesehen haben?' mischte sich Agnes eifrig ein.

'Ja. Ich habe sie noch einmal wegen ihres endlosen Schreibens gestört und darauf bestanden, dass sie Klartext redet.'

'Dann haben Sie ihr gesagt, was Sie gefunden haben, als Sie das Versteck öffneten?'

'Natürlich habe ich das!' antwortete Henry. Ich sagte, dass ich sie für die Entdeckung verantwortlich machte, obwohl ich den Behörden noch nichts von ihrer Beteiligung an der Sache erzählt hatte. Sie schrieb weiter, als ob ich in einer unbekannten Sprache gesprochen hätte! Ich war ebenso hartnäckig, und zwar auf meiner Seite. Ich sagte ihr klipp und klar, dass der Kopf in die Obhut der Polizei übergeben worden war und dass der Manager und ich unsere Erklärungen unterschrieben und unsere Aussagen gemacht hatten. Sie schenkte mir nicht die geringste Beachtung. Um sie zum Reden zu bringen, fügte ich hinzu, dass die gesamte Untersuchung geheim gehalten werden sollte und dass sie sich auf meine Diskretion verlassen könne. Für einen Moment dachte ich, ich hätte Erfolg gehabt. Sie blickte mit einem Anflug von Neugier von ihrer Arbeit auf und fragte: "Was werden sie damit machen?" - ich nehme an, sie meinte den Kopf. Ich antwortete ihr, dass er privat begraben werden sollte, nachdem Fotos von ihm gemacht worden waren. Ich ging sogar so weit, ihr die Meinung des konsultierten Chirurgen mitzuteilen, dass einige chemische Mittel eingesetzt worden waren, um die Verwesung zu stoppen, was nur teilweise gelungen war - und ich fragte sie geradeheraus, ob der Chirurg Recht habe? Die Falle war nicht schlecht, aber sie hat völlig versagt. Sie sagte auf die kühlste Art und Weise: "Jetzt, wo Sie hier sind, würde ich Sie gerne zu meinem Stück befragen; mir fehlen ein paar neue Einfälle." Wohlgemerkt, da war nichts Satirisches dabei. Sie war wirklich erpicht darauf, mir ihr wunderbares Werk vorzulesen - offenbar in der Annahme, dass ich mich für solche Dinge besonders interessiere, weil mein Bruder Direktor eines Theaters ist! Ich verließ sie mit der ersten Ausrede, die mir einfiel. Was mich betrifft, so kann ich nichts mit ihr anfangen. Aber es ist möglich, dass Ihr Einfluss bei ihr wieder Erfolg hat, so wie es bereits der Fall war. Werden Sie den Versuch wagen, um sich selbst zu überzeugen? Sie ist immer noch oben, und ich bin bereit, Sie zu begleiten.'

Agnes schauderte bei dem bloßen Gedanken an ein weiteres Gespräch mit der Gräfin.

'Ich kann nicht! Ich wage es nicht!', rief sie aus. 'Nach dem, was in diesem schrecklichen Zimmer geschehen ist, ist sie mir mehr denn je zuwider. Verlangen Sie es nicht von mir, Henry! Fühlen Sie meine Hand - Sie haben mich schon beim bloßen Gedanken daran eiskalt erwischt!'

Sie übertrieb nicht mit dem Schrecken, der von ihr ausging. Henry beeilte sich, das Thema zu wechseln.

'Lassen Sie uns über etwas Interessanteres sprechen', sagte er. 'Ich muss Ihnen eine Frage über sich selbst stellen. Liege ich richtig in der Annahme, dass Sie umso glücklicher sind, je schneller Sie Venedig verlassen?

'Richtig?', wiederholte sie aufgeregt. 'Sie haben mehr als Recht! Ich kann nicht in Worte fassen, wie sehr ich mich danach sehne, von diesem schrecklichen Ort wegzukommen. Aber Sie wissen ja, wie es um mich steht - haben Sie gehört, was Lord Montbarry beim Abendessen gesagt hat?

'Und wenn er seine Pläne seit dem Abendessen geändert hat?' schlug Henry vor.

Agnes sah überrascht aus. Ich dachte, er hätte Briefe aus England erhalten, die ihn zwangen, Venedig morgen zu verlassen", sagte sie.

'Stimmt', gab Henry zu. Er wollte morgen nach England aufbrechen und Sie, Lady Montbarry und die Kinder in Venedig zurücklassen, damit Sie Ihren Urlaub unter meiner Obhut genießen können. Es sind jedoch Umstände eingetreten, die ihn gezwungen haben, seine Pläne zu ändern. Er muss Sie alle morgen wieder mitnehmen, weil ich nicht in der Lage bin, die Verantwortung für Sie zu übernehmen. Ich bin gezwungen, meinen Urlaub in Italien abzubrechen und ebenfalls nach England zurückzukehren.'

Agnes schaute ihn etwas verwirrt an: Sie war sich nicht ganz sicher, ob sie ihn verstanden hatte oder nicht.

'Müssen Sie wirklich zurückgehen?', fragte sie.

Henry lächelte, als er ihr antwortete. 'Bewahren Sie das Geheimnis', sagte er, 'oder Montbarry wird mir nie verzeihen!'

Sie las den Rest in seinem Gesicht. 'Oh!', rief sie und errötete, 'Sie haben doch nicht meinetwegen auf Ihren schönen Urlaub in Italien verzichtet?'

'Ich werde mit dir nach England zurückkehren, Agnes. Das wird für mich Urlaub genug sein.'

Sie ergriff seine Hand in einem unbändigen Ausbruch von Dankbarkeit. 'Wie gut Sie zu mir sind!', murmelte sie zärtlich. 'Was hätte ich in den

Schwierigkeiten, die mir widerfahren sind, ohne Ihr Mitgefühl tun sollen? Ich kann Ihnen gar nicht sagen, Henry, wie sehr ich Ihre Freundlichkeit empfinde.

Sie versuchte impulsiv, seine Hand an ihre Lippen zu führen. Er hielt sie sanft zurück. 'Agnes', sagte er, 'beginnen Sie zu verstehen, wie sehr ich Sie liebe?'

Diese einfache Frage fand ihren eigenen Weg zu ihrem Herzen. Sie gab die ganze Wahrheit zu, ohne ein Wort zu sagen. Sie schaute ihn an - und dann wieder weg.

Er zog sie näher zu sich heran. 'Mein eigener Liebling!' flüsterte er und küsste sie. Sanft und zitternd verweilten die süßen Lippen und berührten seine Lippen. Dann ließ sie den Kopf sinken. Sie legte ihre Arme um seinen Hals und verbarg ihr Gesicht an seinem Busen. Sie sprachen nicht mehr.

Das bezaubernde Schweigen hatte nur eine kleine Weile gedauert, als es durch ein Klopfen an der Tür gnadenlos durchbrochen wurde.

Agnes richtete sich auf. Sie stellte sich an das Klavier, das gegenüber der Tür stand, so dass niemand, der den Raum betrat, ihr Gesicht sehen konnte, als sie sich auf den Hocker setzte. Henry rief gereizt: 'Kommen Sie herein'.

Die Tür wurde nicht geöffnet. Die Person auf der anderen Seite der Tür stellte eine seltsame Frage.

'Ist Mr. Henry Westwick allein?'

Agnes erkannte sofort die Stimme der Gräfin. Sie eilte zu einer zweiten Tür, die zu einem der Schlafzimmer führte. 'Lassen Sie sie nicht in meine Nähe kommen!', flüsterte sie nervös. 'Gute Nacht, Henry! Gute Nacht!'

Wenn Henry die Gräfin mit einer Willensanstrengung bis ans Ende der Welt hätte bringen können, hätte er es ohne Reue getan. So aber wiederholte er nur, gereizter denn je: 'Kommen Sie herein!

Sie betrat den Raum langsam mit ihrem ewigen Manuskript in der Hand. Ihr Schritt war unsicher, eine dunkle Röte erschien auf ihrem Gesicht anstelle der üblichen Blässe, ihre Augen waren blutunterlaufen und weit geweitet. Als sie sich Henry näherte, zeigte sie eine seltsame Unfähigkeit, ihre Entfernungen zu berechnen - sie stieß gegen den Tisch, an dem er zufällig saß. Wenn sie sprach, war ihre Artikulation verworren und ihre Aussprache einiger längerer Wörter war kaum verständlich. Die meisten Männer hätten vermutet, dass sie unter dem Einfluss eines berauschenden Getränks stand. Henry sah das anders - er sagte, als er ihr einen Stuhl hinstellte: "Gräfin, ich fürchte, Sie haben zu viel gearbeitet. Sie sehen aus, als ob Sie sich ausruhen wollten.

Sie legte ihre Hand an den Kopf. 'Meine Erfindung ist weg', sagte sie. 'Ich kann meinen vierten Akt nicht schreiben. Es ist alles leer - alles leer!'

Henry riet ihr, bis zum nächsten Tag zu warten. 'Gehen Sie zu Bett', schlug er vor, 'und versuchen Sie zu schlafen.'

Sie winkte ungeduldig mit der Hand. 'Ich muss das Stück beenden', antwortete sie. 'Ich möchte nur einen Tipp von Ihnen. Sie müssen etwas über Theaterstücke wissen. Ihr Bruder hat ein Theater. Sie müssen ihn oft über den vierten und fünften Akt sprechen gehört haben, Sie müssen die Proben und alles andere gesehen haben. Abrupt drückte sie Henry das Manuskript in die Hand. 'Ich kann es Ihnen nicht vorlesen', sagte sie. 'Mir wird schwindlig, wenn ich meine eigene Schrift betrachte. Sehen Sie es sich einfach an, Sie sind ein guter Kerl - und geben Sie mir einen Tipp.'

Henry warf einen Blick auf das Manuskript. Er sah zufällig auf die Liste der Personen des Dramas. Als er die Liste las, schreckte er auf und drehte sich abrupt zur Gräfin um, in der Absicht, sie um eine Erklärung zu bitten. Die Worte kamen ihm nicht über die Lippen. Es war einfach zu sinnlos, mit ihr zu sprechen. Ihr Kopf lag zurück auf dem Geländer des Sessels. Sie schien bereits im Halbschlaf zu sein. Die Röte in ihrem Gesicht hatte sich vertieft: Sie sah aus wie eine Frau, die Gefahr läuft, einen Anfall zu bekommen.

Er läutete die Glocke und wies den Mann an, der sie beantwortete, eines der Zimmermädchen nach oben zu schicken. Seine Stimme schien die Gräfin teilweise zu wecken; sie öffnete langsam und schläfrig die Augen. 'Haben Sie ihn gelesen?', fragte sie.

Es war ein bloßer Akt der Menschlichkeit, sie zu belustigen. 'Ich werde es gerne lesen', sagte Henry, 'wenn Sie nach oben ins Bett gehen. Sie werden morgen früh hören, was ich davon halte. Dann sind wir klarer im Kopf und können morgen früh den vierten Akt besser bewältigen.

Während er sprach, kam das Zimmermädchen herein. 'Ich fürchte, die Dame ist krank', flüsterte Henry. 'Bringen Sie sie auf ihr Zimmer.' Die Frau sah die Gräfin an und flüsterte zurück: 'Sollen wir nach einem Arzt schicken, Sir?'

Henry riet, sie zuerst nach oben zu bringen und dann die Meinung des Verwalters einzuholen. Es war sehr schwierig, sie zu überreden, aufzustehen und sich vom Arm des Zimmermädchens stützen zu lassen. Nur durch wiederholte Versprechen, das Stück an diesem Abend zu lesen und am Morgen den vierten Akt zu spielen, konnte Henry die Gräfin dazu bewegen, in ihr Zimmer zurückzukehren.

Auf sich allein gestellt, verspürte er eine gewisse träge Neugierde gegenüber dem Manuskript. Er blätterte die Seiten durch, las hier eine Zeile und dort eine Zeile. Plötzlich veränderte er beim Lesen seine Gesichtsfarbe und blickte wie ein verwirrter Mann vom Manuskript auf. 'Großer Gott! Was bedeutet das?', sagte er zu sich selbst.

Nervös blickte er zu der Tür, durch die Agnes ihn verlassen hatte. Vielleicht kehrte sie in den Salon zurück, vielleicht wollte sie sehen, was die Gräfin geschrieben hatte. Er blickte noch einmal zu der Stelle zurück, die ihn erschreckt hatte - und dachte einen Moment lang mit sich selbst nach -, nahm das unvollendete Stück zur Hand und verließ plötzlich und leise den Raum.

# KAPITEL XXVI

Als Henry sein eigenes Zimmer im Obergeschoss betrat, legte er das Manuskript auf den Tisch, aufgeschlagen auf dem ersten Blatt. Seine Nerven waren zweifellos angeschlagen; seine Hand zitterte, als er die Seiten umblätterte, er schreckte bei zufälligen Geräuschen im Treppenhaus des Hotels auf.

Das Szenario oder die Skizze des Stücks der Gräfin begann ohne formale einleitende Sätze. Sie stellte sich und ihr Werk mit der leichten Vertrautheit einer alten Freundin vor.

'Erlauben Sie mir, lieber Mr. Francis Westwick, Ihnen die Personen meines geplanten Stücks vorzustellen. Sehen Sie sie sich an, symmetrisch in einer Reihe angeordnet.

'Mein Herr. Der Baron. Der Kurier. Der Doktor. Die Gräfin.

Sie sehen, ich gebe mir keine Mühe, fiktive Familiennamen zu erfinden. Meine Figuren sind durch ihre gesellschaftlichen Titel und durch den auffälligen Kontrast, den sie zueinander bilden, hinreichend gekennzeichnet.

Der erste Akt beginnt- 'Nein! Bevor ich den ersten Akt eröffne, muss ich zu meiner eigenen Ungerechtigkeit ankündigen, dass dieses Stück vollständig meiner eigenen Erfindung entsprungen ist. Ich habe es verschmäht, Anleihen bei tatsächlichen Ereignissen zu machen, und, was noch außergewöhnlicher ist, ich habe nicht eine meiner Ideen aus dem modernen französischen Drama gestohlen. Als Direktor eines englischen Theaters werden Sie sich natürlich weigern, das zu glauben. Es ist nicht wichtig. Nichts ist wichtig - außer der Eröffnung meines ersten Aktes.

Wir befinden uns in Homburg, im berühmten Salon d'Or, auf dem Höhepunkt der Saison. Die Gräfin (exquisit gekleidet) sitzt am grünen Tisch. Fremde aller Nationen stehen hinter den Spielern, wagen ihr Geld oder schauen nur zu. Mein Herr ist unter den Fremden. Er ist beeindruckt von der persönlichen Erscheinung der Gräfin, in der sich Schönheiten und Mängel auf höchst attraktive Weise mischen. Er beobachtet das Spiel der Gräfin und setzt sein Geld dort ein, wo er sieht, dass sie ihren eigenen kleinen Einsatz platziert. Sie schaut ihn an und sagt: "Vertrauen Sie nicht auf meine Farbe, ich habe schon den ganzen Abend Pech gehabt. Setzen Sie Ihren Einsatz auf die andere Farbe, dann haben Sie vielleicht eine Chance zu gewinnen. Mein Herr (ein echter Engländer) errötet, verbeugt sich und gehorcht. Die Gräfin erweist sich als Prophetin. Sie verliert erneut. Mein Herr gewinnt das Doppelte der Summe, die er riskiert hat.

Die Gräfin erhebt sich vom Tisch. Sie hat kein Geld mehr und bietet meinem Herrn ihren Stuhl an.

Anstatt ihn zu nehmen, drückt er ihr höflich seinen Gewinn in die Hand und bittet sie, das Darlehen als Gefallen für ihn anzunehmen. Die Gräfin setzt erneut und verliert erneut. Mein Herr lächelt strahlend und drängt ihr ein zweites Darlehen auf. Von diesem Moment an wendet sich ihr Glück. Sie gewinnt und gewinnt viel. Ihr Bruder, der Baron, der in einem anderen Zimmer sein Glück versucht, erfährt, was vor sich geht, und gesellt sich zu meinem Herrn und der Gräfin.

Achten Sie auf den Baron, wenn Sie möchten. Er wird als bemerkenswerter und interessanter Charakter geschildert.

Dieser edle Mensch hat sein Leben mit einer zielstrebigen Hingabe an die Wissenschaft der experimentellen Chemie begonnen, was bei einem jungen und gut aussehenden Mann, der eine glänzende Zukunft vor sich hat, sehr überraschend ist. Seine profunden Kenntnisse der verborgenen Wissenschaften haben den Baron davon überzeugt, dass es möglich ist, das berühmte Problem des "Steins der Weisen" zu lösen. Seine eigenen finanziellen Mittel sind durch seine kostspieligen Experimente schon lange erschöpft. Seine Schwester hat ihm das kleine Vermögen, das ihr zur Verfügung steht, zur Verfügung gestellt, wobei sie nur die Familienjuwelen zurückbehalten hat, die sie ihrem Bankier und Freund in Frankfurt anvertraut hat. Da auch das Vermögen der Gräfin verschlungen ist, sucht der Baron in einem verhängnisvollen Moment nach neuem Nachschub am Spieltisch. Zu Beginn seiner gefährlichen Karriere erweist er sich als Glücksbringer, gewinnt viel und entweiht leider seinen edlen Enthusiasmus für die Wissenschaft, indem er seine Seele der alles verderbenden Leidenschaft des Spielers überlässt.

In der Zeit des Stücks hat das Glück den Baron verlassen. Er sieht seinen Weg zu einem krönenden Experiment in der fatalen Suche nach dem Geheimnis der Verwandlung der niederen Elemente in Gold. Aber wie soll er die Kosten dafür aufbringen? Das Schicksal antwortet wie ein spöttisches Echo: "Wie?

'Wird der Gewinn seiner Schwester (mit dem Geld meines Herrn) groß genug sein, um ihm zu helfen? Begierig auf dieses Ergebnis gibt er der Gräfin seinen Rat, wie sie spielen soll. Von diesem verhängnisvollen Moment an überträgt sich die Ansteckung seines eigenen Unglücks auf seine Schwester. Sie verliert wieder und wieder - bis auf den letzten Pfennig.

Der liebenswürdige und wohlhabende Herr bietet ein drittes Darlehen an, aber die skrupellose Gräfin lehnt es entschieden ab. Als sie den Tisch verlässt, stellt sie meinem Herrn ihren Bruder vor. Die Herren kommen in ein angenehmes Gespräch. Mein Herr bittet um die Erlaubnis, der Gräfin am nächsten Morgen in ihrem Hotel seine Aufwartung zu machen. Der Baron lädt ihn gastfreundlich zum Frühstück ein. Mein Herr nimmt an, wirft einen letzten bewundernden Blick auf die Gräfin, der ihrem Bruder nicht entgeht, und verabschiedet sich für die Nacht.

Als er mit seiner Schwester allein ist, spricht der Baron Klartext. "Unsere Angelegenheiten", sagt er, "befinden sich in einem verzweifelten condition und müssen ein verzweifeltes Heilmittel finden. Warten Sie hier auf mich, während ich Erkundigungen über meinen Herrn einhole. Offensichtlich haben Sie einen starken Eindruck auf ihn gemacht. Wenn wir diesen Eindruck in Geld umwandeln können, koste es, was es wolle, muss die Sache erledigt werden."

Die Gräfin steht nun allein auf der Bühne und hält einen Monolog, in dem sie ihren Charakter entwickelt.

Es ist ein gefährlicher und zugleich attraktiver Charakter. In ihrer Natur sind ungeheure Fähigkeiten zum Guten eingepflanzt, Seite an Seite mit ebenso bemerkenswerten Fähigkeiten zum Bösen. Es liegt an den Umständen, entweder das eine oder das andere zu entwickeln. Als Person, die überall für Aufsehen sorgt, wo sie auftaucht, wird diese edle Dame natürlich zum Gegenstand aller möglichen Skandalberichte gemacht. Auf einen dieser Berichte (in dem der Baron fälschlicherweise und in abscheulicher Weise als ihr Liebhaber und nicht als ihr Bruder bezeichnet wird) bezieht sie sich nun mit berechtigter Empörung. Sie hat gerade ihren Wunsch geäußert, Homburg zu verlassen, den Ort, an dem die üble Nachrede ihren Anfang nahm, als der Baron zurückkehrt, ihre letzten Worte belauscht und zu ihr sagt: "Ja, verlassen Sie Homburg auf jeden Fall, vorausgesetzt, Sie verlassen es in der Rolle der verlobten Frau meines Herrn!"

Die Gräfin ist erschrocken und schockiert. Sie beteuert, dass sie die Bewunderung meines Herrn für sie nicht erwidert. Sie geht sogar so weit, sich zu weigern, ihn wiederzusehen. Der Baron antwortet: "Ich muss unbedingt das Kommando über das Geld haben. Sie haben die Wahl: Entweder Sie heiraten das Einkommen meines Herrn im Interesse meiner großen Entdeckung - oder Sie überlassen es mir, mich und meinen Titel an die erste reiche Frau von niedrigem Rang zu verkaufen, die bereit ist, mich zu kaufen."

Die Gräfin hört mit Erstaunen und Bestürzung zu. Ist es möglich, dass der Baron es ernst meint? Er meint es furchtbar ernst. "Die Frau, die mich kaufen will", sagt er, "befindet sich in diesem Moment im Zimmer neben uns. Sie ist die reiche Witwe eines jüdischen Wucherers. Sie hat das Geld, das ich brauche, um die Lösung des großen Problems zu erreichen. Ich muss nur der Ehemann dieser Frau sein und mich zum Herrn über ungezählte Millionen Gold machen. Nehmen Sie sich fünf Minuten Zeit, um darüber nachzudenken, was ich Ihnen gesagt habe, und sagen Sie mir nach meiner Rückkehr, wer von uns beiden für das Geld, das ich will, heiraten soll, Sie oder ich."

Als er sich abwendet, hält ihn die Gräfin auf.

Alle edlen Gefühle ihres Wesens sind in den höchsten Tönen geschwungen. "Wo ist die wahre Frau", ruft sie aus, "die Zeit braucht, um das Opfer ihrer selbst zu vollenden, wenn der Mann, dem sie ergeben ist, es verlangt? Sie will keine fünf Minuten, sie will keine fünf Sekunden, sie hält ihm die Hand hin und sagt: Opfere mich auf dem Altar deiner Herrlichkeit! Nimm als Trittsteine auf dem Weg zu deinem Triumph meine Liebe, meine Freiheit und mein Leben!"

In dieser großartigen Situation fällt der Vorhang. Nach meinem ersten Akt zu urteilen, Mr. Westwick, sagen Sie mir ehrlich, und haben Sie keine Angst, mir den Kopf zu verdrehen: Bin ich nicht fähig, ein gutes Stück zu schreiben?"

Henry hielt zwischen dem ersten und dem zweiten Akt inne. Er dachte nicht über die Vorzüge des Stücks nach, sondern über die seltsame Ähnlichkeit der bisherigen Ereignisse mit denen, die sich bei der katastrophalen Hochzeit des ersten Lord Montbarry zugetragen hatten.

War es möglich, dass die Gräfin in ihrem gegenwärtigen Zustand glaubte, sie würde ihre Erfindungsgabe einsetzen, obwohl sie nur ihr Gedächtnis trainierte?

Die Frage war zu ernst, um sie vorschnell zu entscheiden. Henry behielt sich seine Meinung vor, blätterte die Seite um und widmete sich der Lektüre des nächsten Aktes. Das Manuskript ging wie folgt vor:

'Der zweite Akt beginnt in Venedig. Seit dem Datum der Szene am Spieltisch sind vier Monate verstrichen. Die Handlung spielt sich nun im Empfangssaal eines der venezianischen Paläste ab.

Der Baron wird allein auf der Bühne entdeckt. Er lässt die Ereignisse Revue passieren, die sich seit dem Ende des ersten Aktes zugetragen haben. Die Gräfin hat sich geopfert; die Söldnerhochzeit hat stattgefunden - aber nicht ohne Hindernisse, die durch Meinungsverschiedenheiten in der Frage der Heiratsregelungen verursacht wurden.

Private Nachforschungen, die in England angestellt wurden, haben den Baron darüber informiert, dass das Einkommen meines Herrn hauptsächlich aus dem stammt, was man "entailed property" nennt. Im Falle eines Unfalls ist er doch sicher verpflichtet, etwas für seine Braut zu tun? Er soll sich zum Beispiel für eine vom Baron vorgeschlagene Summe lebenslang versichern und das Geld so anlegen, dass seine Witwe es bekommt, wenn er zuerst stirbt.

'Mein Herr zögert. Der Baron vergeudet keine Zeit mit nutzlosen Diskussionen. "Lassen Sie uns auf jeden Fall", sagt er, "die Ehe als gescheitert betrachten." Mein Herr weicht aus und plädiert für eine geringere als die vorgeschlagene Summe. Der Baron antwortet kurz und bündig: "Ich verhandle nie." Mein Herr ist verliebt; die natürliche Folge ist, dass er nachgibt.

Bis jetzt hat der Baron keinen Grund, sich zu beschweren. Aber mein Herr kommt an die Reihe, wenn die Hochzeit gefeiert wurde und die Flitterwochen vorbei sind. Der Baron hat sich zu dem verheirateten Paar in einen Palast in Venedig begeben, den sie gemietet haben. Er ist immer noch darauf versessen, das Problem des "Steins der Weisen" zu lösen. Sein Labor ist in den Gewölben unter dem Palast eingerichtet, damit die Gräfin in den höheren Regionen des Hauses nicht von den Gerüchen der chemischen Experimente belästigt wird. Das einzige Hindernis auf dem Weg zu seiner großen Entdeckung ist, wie immer, der Mangel an Geld. Seine Lage ist derzeit wirklich kritisch. Er schuldet den Herren seines Standes Ehrenschulden, die unbedingt beglichen werden müssen, und er schlägt in der ihm eigenen freundlichen Art vor, sich das Geld von meinem Herrn zu leihen. Mylord lehnt dies in den unhöflichsten Worten ab. Der Baron wendet sich an seine Schwester, um ihren ehelichen Einfluss geltend zu machen. Sie kann ihm nur entgegnen, dass ihr edler Gatte (da er nicht mehr unsterblich in sie verliebt ist) nun in seinem wahren Charakter erscheint, als einer der gemeinsten Männer, die es gibt. Das Opfer der Ehe ist bereits erbracht und hat sich als nutzlos erwiesen.

Dies ist der Stand der Dinge zu Beginn des zweiten Aktes.

Der Auftritt der Gräfin stört den Baron plötzlich in seinen Überlegungen. Sie befindet sich in einem Zustand, der an Raserei grenzt. Unzusammenhängende Wutausdrücke kommen ihr über die Lippen: Es dauert eine Weile, bis sie sich ausreichend beherrschen kann, um Klartext zu sprechen. Sie ist doppelt beleidigt worden - erstens von einem Angestellten und zweitens von ihrem Ehemann. Ihr Dienstmädchen, eine Engländerin, hat erklärt, dass sie die Gräfin nicht länger bedienen wird. Sie wird auf ihren Lohn verzichten und sofort nach England zurückkehren. Als sie nach dem Grund für dieses seltsame Vorgehen gefragt wird, gibt sie frech zu verstehen, dass der Dienst der Gräfin kein Dienst für eine ehrliche Frau sei, seit der Baron das Haus betreten hat. Die Gräfin tut, was jede Dame in ihrer Position tun würde: Sie entlässt den Schuft empört auf der Stelle.

Mein Herr, der die wütende Stimme seiner Frau hört, verlässt das Arbeitszimmer, in dem er sich über seinen Büchern einzuschließen pflegt, und fragt, was diese Störung zu bedeuten hat. Die Gräfin informiert ihn über die unverschämte Sprache und das Verhalten ihrer Zofe. Mein Herr erklärt nicht nur, dass er das Verhalten der Frau voll und ganz gutheißt, sondern äußert auch seine eigenen abscheulichen Zweifel an der Treue seiner Frau in einer Sprache von solch schrecklicher Brutalität, dass keine Dame ihre Lippen damit beschmutzen könnte. "Wenn ich ein Mann gewesen wäre", sagt die Gräfin, "und wenn ich eine Waffe in der Hand gehabt hätte, hätte ich ihn vor meinen Füßen totgeschlagen!"

Der Baron, der bis jetzt schweigend zugehört hat, spricht nun. "Erlauben Sie mir, den Satz für Sie zu beenden", sagt er. "Sie hätten Ihren Mann zu

Ihren Füßen erschlagen, und durch diese unüberlegte Tat hätten Sie sich selbst um die Versicherungssumme gebracht, die auf die Witwe ausgestellt ist - genau das Geld, das benötigt wird, um Ihren Bruder aus der unerträglichen finanziellen Lage zu befreien, in der er sich jetzt befindet!"

Die Gräfin erinnert den Baron ernsthaft daran, dass dies kein Scherz ist. Nach dem, was mein Herr zu ihr gesagt hat, zweifelt sie kaum daran, dass er seinen schändlichen Verdacht seinen Anwälten in England mitteilen wird. Wenn nichts dagegen unternommen wird, könnte sie geschieden und in Ungnade fallen und auf die Welt hinausgeworfen werden, ohne eine andere Möglichkeit als den Verkauf ihrer Juwelen, um nicht zu verhungern.

In diesem Moment überquert der Kurier, der beauftragt wurde, mit meinem Herrn von England aus zu reisen, die Bühne mit einem Brief, den er zur Post bringen soll. Die Gräfin hält ihn auf und bittet ihn, sich die Adresse auf dem Brief anzusehen. Sie nimmt ihm den Brief für einen Moment ab und zeigt ihn ihrem Bruder. Die Handschrift ist die meines Herrn, und der Brief ist an seine Anwälte in London gerichtet.

Der Kurier macht sich auf den Weg zum Postamt. Der Baron und die Gräfin sehen sich schweigend an. Es sind keine Worte nötig. Sie verstehen die Lage, in der sie sich befinden, ganz genau; sie sehen deutlich das schreckliche Mittel dagegen. Was ist die klare Alternative, die sich ihnen bietet? Schande und Ruin - oder der Tod meines Herrn und das Geld der Versicherung!

Der Baron geht in großer Aufregung hin und her und führt Selbstgespräche. Die Gräfin hört nur Bruchstücke von dem, was er sagt. Er spricht von der Konstitution meines Herrn, die wahrscheinlich in Indien geschwächt wurde, von einer Erkältung, die sich mein Herr vor zwei oder drei Tagen zugezogen hat, von der bemerkenswerten Art und Weise, in der so leichte Dinge wie Erkältungen manchmal in schwerer Krankheit und Tod enden.

Er bemerkt, dass die Gräfin ihm zuhört, und fragt, ob sie etwas vorzuschlagen habe. Sie ist eine Frau, die trotz ihrer vielen Fehler das große Verdienst hat, ihre Meinung zu sagen. "Gibt es nicht so etwas wie eine schwere Krankheit", fragt sie, "die in einer Ihrer Flaschen in den Gewölben unten verkorkt ist?"

Der Baron antwortet, indem er ernsthaft den Kopf schüttelt. Wovor hat er Angst? Vor einer möglichen Untersuchung der Leiche nach dem Tod? Nein, er kann sich jeder postmortalen Untersuchung widersetzen. Es ist der Vorgang der Verabreichung des Giftes, den er fürchtet. Ein so angesehener

Mann wie mein Herr kann nicht ernsthaft krank werden, ohne dass ein Arzt anwesend ist. Wo ein Arzt ist, besteht immer die Gefahr der Entdeckung. Und dann ist da noch der Kurier, der meinem Herrn treu ergeben ist, solange mein Herr ihn bezahlt. Selbst wenn der Arzt nichts Verdächtiges sieht, könnte der Kurier etwas entdecken. Damit das Gift seine Wirkung mit der nötigen Geheimhaltung entfalten kann, muss es wiederholt in abgestuften Dosen verabreicht werden. Eine kleine Fehlkalkulation oder ein kleiner Fehler kann Verdacht erregen. Die Versicherungsbüros könnten davon erfahren und sich weigern, das Geld auszuzahlen. So wie die Dinge liegen, wird der Baron es nicht riskieren und auch seiner Schwester nicht erlauben, es an seiner Stelle zu riskieren.

Mein Herr selbst ist die nächste Figur, die auftaucht. Er hat wiederholt nach dem Kurier geklingelt, aber die Klingel wurde nicht beantwortet. "Was bedeutet diese Frechheit?"

Die Gräfin (die mit ruhiger Würde spricht - warum sollte ihr berüchtigter Ehemann die Genugtuung haben zu wissen, wie tief er sie verletzt hat?) erinnert meinen Herrn daran, dass der Kurier zur Post gegangen ist. Mein Herr fragt misstrauisch, ob sie den Brief gelesen habe. Die Gräfin teilt ihm kühl mit, dass sie nicht neugierig auf seine Briefe ist. Sie spricht von seiner Erkältung und fragt ihn, ob er einen Arzt aufsuchen wolle. Mein Herr antwortet grob, dass er alt genug sei, um sich selbst behandeln zu können.

Als er diese Antwort gibt, erscheint der Kurier, der von der Post zurückkehrt. Mylord gibt ihm den Auftrag, noch einmal loszuziehen und Zitronen zu kaufen. Er schlägt vor, es mit heißer Limonade zu versuchen, um das Schwitzen im Bett anzuregen. Auf diese Weise hat er früher Erkältungen geheilt, und auf diese Weise wird er auch die Erkältung heilen, an der er jetzt leidet.

Der Kurier gehorcht schweigend. Nach dem Anschein zu urteilen, geht er nur sehr widerwillig auf diese zweite Besorgung.

Mein Herr wendet sich an den Baron (der sich bisher nicht an dem Gespräch beteiligt hat) und fragt ihn in spöttischem Ton, wie lange er seinen Aufenthalt in Venedig noch zu verlängern gedenke. Der Baron antwortet leise: "Lassen Sie uns offen miteinander reden, mein Herr. Wenn Sie wünschen, dass ich Ihr Haus verlasse, brauchen Sie nur ein Wort zu sagen, und ich gehe." Mein Herr wendet sich an seine Frau und fragt, ob sie das Unglück der Abwesenheit ihres Bruders ertragen kann - wobei er das Wort "Bruder" grob beleidigend betont. Die Gräfin bewahrt ihre undurchdringliche Gelassenheit; nichts an ihr verrät den tödlichen Hass, mit dem sie den titelgebenden Rüpel betrachtet, der sie beleidigt hat. "Sie sind der Herr in diesem Haus, mein Herr", ist alles, was sie sagt. "Tun Sie, was Sie wollen."

Mein Herr sieht seine Frau an, sieht den Baron an und ändert plötzlich seinen Tonfall. Sieht er in der Gelassenheit der Gräfin und ihres Bruders etwas, das unter der Oberfläche lauert und ihn bedroht? Das ist zumindest sicher. Er entschuldigt sich unbeholfen für seine Ausdrucksweise, die er benutzt hat. (Elender Schuft!)

Die Entschuldigungen meines Herrn werden durch die Rückkehr des Kuriers mit den Zitronen und dem heißen Wasser unterbrochen.

Die Gräfin bemerkt zum ersten Mal, dass der Mann krank aussieht. Seine Hände zittern, als er das Tablett auf den Tisch stellt. Mein Herr befiehlt seinem Kurier, ihm zu folgen und die Limonade im Schlafzimmer zuzubereiten. Die Gräfin bemerkt, dass der Kurier kaum in der Lage zu sein scheint, seinen Befehlen zu gehorchen. Als sie das hört, gibt der Mann zu, dass er krank ist. Auch er ist erkältet; man hat ihn in dem Laden, in dem er die Zitronen gekauft hat, in einem Durchzug warten lassen; ihm ist abwechselnd heiß und kalt, und er bittet um die Erlaubnis, sich eine Weile auf sein Bett legen zu dürfen.

Die Gräfin fühlt sich an ihre Menschlichkeit appelliert und bietet an, die Limonade selbst zu machen. Mein Herr nimmt den Kurier am Arm, führt ihn zur Seite und flüstert ihm diese Worte zu: "Passen Sie auf sie auf und achten Sie darauf, dass sie nichts in die Limonade tut; dann bringen Sie sie mir mit Ihren eigenen Händen; und dann gehen Sie zu Bett, wenn Sie möchten."

Ohne ein weiteres Wort an seine Frau oder an den Baron zu richten, verlässt mein Herr das Zimmer.

Die Gräfin macht die Limonade, und der Kurier bringt sie seinem Herrn.

Auf dem Rückweg in sein eigenes Zimmer ist er so schwach und fühlt sich, wie er sagt, so schwindlig, dass er sich an den Stuhllehnen abstützen muss, wenn er an ihnen vorbeigeht. Der Baron, immer rücksichtsvoll gegenüber Personen von niedrigem Rang, bietet ihm seinen Arm an. "Ich fürchte, mein armer Freund", sagt er, "dass Sie wirklich krank sind". Der Kurier gibt diese außergewöhnliche Antwort: "Es ist aus mit mir, Sir: Ich habe mir den Tod geholt."

Die Gräfin ist natürlich erschrocken. "Sie sind kein alter Mann", sagt sie und versucht, den Kurier aufzumuntern. "In Ihrem Alter bedeutet eine Erkältung doch sicher nicht, dass Sie sich den Tod holen?" Der Kurier blickt die Gräfin verzweifelt an.

"Meine Lungen sind schwach, Mylady", sagt er, "ich hatte bereits zwei Anfälle von Bronchitis. Beim zweiten Mal hat sich ein großer Arzt zusammen mit meinem eigenen Arzt um mich gekümmert. Er betrachtete meine Genesung fast wie ein Wunder. Passen Sie auf sich auf", sagte er. "Wenn Sie einen dritten Anfall von Bronchitis bekommen, sind Sie so sicher wie zwei und zwei vier, dass Sie ein toter Mann sein werden. Ich spüre dasselbe innere Zittern, Mylady, wie bei den beiden früheren Anfällen - und ich sage Ihnen noch einmal, ich habe mir in Venedig den Tod geholt."

Der Baron spricht einige tröstende Worte und führt ihn in sein Zimmer. Die Gräfin bleibt allein auf der Bühne zurück.

Sie setzt sich und blickt auf die Tür, durch die der Kurier hinausgeführt wurde. "Ach, mein armer Freund", sagt sie, "wenn Sie nur mit meinem Herrn die Konstitution wechseln könnten, was für ein glückliches Ergebnis würde daraus für den Baron und für mich folgen! Wenn Sie nur mit ein wenig heißer Limonade von Ihrer Erkältung geheilt werden könnten, und wenn er sich an Ihrer Stelle den Tod holen könnte...!"

Sie hält plötzlich inne - überlegt eine Weile - und springt mit einem Schrei triumphaler Überraschung auf: Die wunderbare, unvergleichliche Idee ist ihr wie ein Blitz durch den Kopf gegangen. Lassen Sie die beiden Männer Namen und Orte tauschen - und die Tat ist vollbracht! Wo sind die Hindernisse? Entfernt meinen Herrn (mit guten oder schlechten Mitteln) aus seinem Zimmer und haltet ihn heimlich im Palast gefangen, um zu leben oder zu sterben, je nachdem, was in Zukunft notwendig sein wird. Legen Sie den Kurier in das leere Bett und lassen Sie den Arzt kommen, um ihn zu sehen - krank, in der Gestalt meines Herrn und (falls er stirbt) sterbend im Namen meines Herrn!'

Das Manuskript fiel Henry aus den Händen. Ein ekelerregendes Gefühl des Entsetzens überkam ihn. Die Frage, die ihm am Ende des ersten Aktes des Stückes in den Sinn gekommen war, gewann nun ein neues und schreckliches Interesse. Bis auf die Szene des Selbstgesprächs der Gräfin hatten die Ereignisse des zweiten Akts die Geschehnisse im Leben seines verstorbenen Bruders ebenso getreu wiedergegeben wie die Geschehnisse des ersten Akts. War die monströse Handlung, die sich in den Zeilen, die er gerade gelesen hatte, offenbarte, der morbiden Phantasie der Gräfin entsprungen? Oder hatte sie sich auch in diesem Fall der Vorstellung hingegeben, dass sie erfunden hatte, während sie in Wirklichkeit unter dem Einfluss ihrer eigenen schuldhaften Erinnerungen an die Vergangenheit schrieb? Wenn letzteres der Fall war, hatte er gerade den Bericht über die geplante Ermordung seines Bruders gelesen, die von einer Frau kaltblütig geplant worden war, die zu diesem Zeitpunkt im selben Haus wie er wohnte. Und um die Sache zu vervollständigen, hatte Agnes selbst den Verschwörern unschuldig den einen Mann zur Verfügung gestellt, der als passiver Akteur ihres Verbrechens geeignet war.

Schon der bloße Zweifel, dass es so sein könnte, war mehr, als er ertragen konnte. Er verließ sein Zimmer, entschlossen, der Gräfin die Wahrheit zu entlocken oder sie vor den Behörden als Mörderin auf freiem Fuß zu denunzieren.

Als er an ihrer Tür ankam, wurde er von einer Person empfangen, die gerade den Raum verließ. Diese Person war der Manager. Er war kaum wiederzuerkennen; er sah aus und sprach wie ein Mann in einem Zustand der Verzweiflung.

'Oh, gehen Sie rein, wenn Sie möchten!', sagte er zu Henry. 'Merken Sie sich das, Sir! Ich bin kein abergläubischer Mensch, aber ich beginne zu glauben, dass Verbrechen ihren eigenen Fluch mit sich bringen. Auf diesem Hotel liegt ein Fluch. Was passiert am nächsten Morgen? Wir entdecken ein Verbrechen, das in den alten Tagen des Palastes begangen wurde. Die Nacht kommt und bringt ein weiteres schreckliches Ereignis mit sich - einen Tod, einen plötzlichen und schockierenden Tod, im Haus. Gehen Sie hinein und überzeugen Sie sich selbst! Ich werde meine Stellung aufgeben, Mr. Westwick: Ich kann mich nicht mit den Todesfällen abfinden, die mich hier verfolgen!'

Henry betrat das Zimmer.

Die Gräfin lag ausgestreckt auf ihrem Bett. Der Arzt auf der einen und das Zimmermädchen auf der anderen Seite standen da und sahen sie an. Von Zeit zu Zeit stieß sie einen schweren, röchelnden Atem aus, wie ein Mensch, der im Schlaf unterdrückt wird. 'Wird sie wahrscheinlich sterben?', fragte Henry.

'Sie ist tot', antwortete der Arzt. 'Tot durch den Riss eines Blutgefäßes im Gehirn. Die Geräusche, die Sie hören, sind rein mechanisch - sie können noch stundenlang andauern.

Henry sah das Zimmermädchen an. Sie hatte wenig zu erzählen. Die Gräfin hatte sich geweigert, zu Bett zu gehen, und hatte sich an ihren Schreibtisch gesetzt, um weiter zu schreiben. Da das Zimmermädchen es für nutzlos hielt, sie zur Rede zu stellen, hatte es den Raum verlassen, um mit dem Verwalter zu sprechen. In kürzester Zeit wurde der Arzt ins Hotel gerufen, der die Gräfin tot auf dem Boden fand. Das war alles, was es zu erzählen gab - und nicht mehr.

Als Henry beim Hinausgehen einen Blick auf den Schreibtisch warf, sah er das Blatt Papier, auf dem die Gräfin ihre letzten Zeilen niedergeschrieben hatte. Die Buchstaben waren fast unleserlich. Henry konnte gerade noch die Worte 'Erster Akt' und 'Personen des Dramas' erkennen. Die verirrte Unglückliche hatte bis zuletzt an ihr Stück gedacht und es noch einmal von vorne begonnen!

# KAPITEL XXVII

Henry kehrte in sein Zimmer zurück.

Sein erster Impuls war, das Manuskript beiseite zu werfen und es nie wieder anzuschauen. Die einzige Chance, seinen Geist von der schrecklichen Ungewissheit zu befreien, die ihn bedrückte, indem er einen positiven Beweis für die Wahrheit erhielt, war durch den Tod der Gräfin zunichte gemacht worden. Welchem guten Zweck konnte es dienen, welche Erleichterung konnte er erwarten, wenn er weiter las?

Er ging im Zimmer auf und ab. Nach einer Pause nahmen seine Gedanken eine neue Richtung an; die Frage des Manuskripts stellte sich unter einem anderen Gesichtspunkt. Bisher hatte er durch die Lektüre nur erfahren, dass die Verschwörung geplant war. Woher wusste er, dass der Plan in die Tat umgesetzt worden war?

Das Manuskript lag direkt vor ihm auf dem Boden. Er zögerte, dann nahm er es in die Hand und las an der Stelle, an der er aufgehört hatte, wie folgt weiter.

'Während die Gräfin noch in die kühne und doch einfache Kombination von Umständen vertieft ist, die sie entdeckt hat, kehrt der Baron zurück. Er nimmt den Fall des Kuriers sehr ernst; er hält es für notwendig, einen Arzt zu konsultieren. Es ist kein Diener mehr im Palast, da das englische Dienstmädchen abgereist ist. Der Baron selbst muss den Arzt holen, wenn dieser wirklich gebraucht wird.

'"Lassen Sie uns auf jeden Fall ärztliche Hilfe in Anspruch nehmen", antwortet seine Schwester. "Aber warten Sie erst einmal ab, was ich Ihnen zu sagen habe." Dann elektrisiert sie den Baron, indem sie ihm ihre Idee mitteilt. Welche Gefahr der Entdeckung haben sie zu befürchten? Mein Herr hat in Venedig ein Leben in absoluter Abgeschiedenheit geführt: Niemand außer seinem Bankier kennt ihn, nicht einmal durch sein persönliches Erscheinen. Er hat seinen Kreditbrief als völlig Fremder vorgelegt, und er und sein Bankier haben sich seit diesem ersten Besuch nie wieder gesehen. Er hat keine Partys gegeben und ist zu keinen Partys gegangen. Bei den wenigen Gelegenheiten, bei denen er eine Gondel gemietet oder einen Spaziergang gemacht hat, war er immer allein. Dank des schrecklichen Misstrauens, das ihn beschämt, wenn er mit seiner Frau gesehen wird, hat er genau das Leben geführt, das es ihm leicht macht, sein Vorhaben zu verwirklichen.

Der vorsichtige Baron hört zu, gibt aber noch keine positive Stellungnahme ab. "Sehen Sie zu, was Sie mit dem Kurier machen können", sagt er, "und ich werde entscheiden, wenn ich das Ergebnis höre. Einen wertvollen Hinweis kann ich Ihnen noch geben, bevor Sie gehen. Ihr Mann lässt sich leicht von Geld verführen - wenn Sie ihm nur genug bieten. Neulich habe ich ihn im Scherz gefragt, was er für tausend Pfund tun würde. Er antwortete: 'Alles.' Denken Sie daran und bieten Sie Ihr Höchstgebot, ohne zu feilschen."

Die Szene wechselt in das Zimmer des Kuriers und zeigt den armen Kerl, der ein fotografisches Porträt seiner Frau in der Hand hält und weint. Die Gräfin tritt ein.

Sie beginnt klugerweise mit dem Mitgefühl für ihren mutmaßlichen Komplizen. Er ist sehr dankbar und vertraut seiner gnädigen Herrin seine Sorgen an. Jetzt, da er sich auf dem Sterbebett wähnt, empfindet er Reue, weil er seine Frau vernachlässigt hat. Er könnte sich mit dem Tod abfinden, aber die Verzweiflung übermannt ihn, als er daran denkt, dass er kein Geld gespart hat und seine Witwe ohne Mittel der Gnade der Welt überlassen wird.

Auf diese Andeutung hin spricht die Gräfin. "Nehmen Sie an, man würde Sie bitten, etwas ganz Einfaches zu tun", sagt sie. "Und nehmen Sie an, man würde Sie dafür mit einem Geschenk von tausend Pfund belohnen, als Vermächtnis für Ihre Witwe?"

Der Kurier erhebt sich auf seinem Kissen und sieht die Gräfin mit einem Ausdruck ungläubiger Überraschung an. Sie kann kaum so grausam sein (denkt er), mit einem Mann in seiner elenden Lage zu scherzen. Wird sie ihm klar sagen, was diese einfache Sache ist, für die es eine so großartige Belohnung gibt?

Die Gräfin beantwortet diese Frage, indem sie dem Courier ihr Vorhaben ohne die geringste Zurückhaltung anvertraut.

Es folgen einige Minuten des Schweigens, als sie dies getan hat. Der Kurier ist noch nicht schwach genug, um zu sprechen, ohne vorher zu überlegen. Immer noch den Blick auf die Gräfin gerichtet, macht er eine sonderbar freche Bemerkung zu dem, was er gerade gehört hat. "Ich war bisher kein religiöser Mensch, aber ich spüre, dass ich auf dem Weg dorthin bin. Seit Ihre Ladyschaft mit mir gesprochen hat, glaube ich an den Teufel." Es ist das Interesse der Gräfin, die humorvolle Seite dieses Glaubensbekenntnisses zu sehen. Sie nimmt keinen Anstoß daran. Sie sagt nur: "Ich werde Ihnen eine halbe Stunde Zeit geben, um über meinen Vorschlag nachzudenken. Sie sind in Lebensgefahr. Entscheiden Sie im Interesse Ihrer Frau, ob Sie für nichts oder für tausend Pfund sterben wollen."

Allein gelassen, überlegt der Courier ernsthaft seine Lage - und entscheidet sich. Er erhebt sich mühsam, schreibt ein paar Zeilen auf ein Blatt aus seinem Taschenbuch und verlässt mit langsamen und zögernden Schritten den Raum.

Die Gräfin, die nach einer halben Stunde zurückkehrt, findet den Raum leer vor. Während sie sich noch wundert, öffnet der Kurier die Tür. Was hat er außerhalb seines Bettes gemacht? Er antwortet: "Ich habe mein eigenes Leben geschützt, Mylady, für den Fall, dass ich zum dritten Mal von der Bronchitis genesen sollte. Sollten Sie oder der Baron versuchen, mich aus dieser Welt zu vertreiben oder mich um meine tausend Pfund Belohnung zu bringen, werde ich dem Arzt sagen, wo er ein paar Zeilen finden kann, in denen das Vorhaben Ihrer Ladyschaft beschrieben ist. In dem angenommenen Fall habe ich vielleicht nicht die Kraft, Sie zu verraten, indem ich mit meinen eigenen Lippen ein vollständiges Geständnis ablege, aber ich kann meinen letzten Atemzug nutzen, um das halbe Dutzend Worte zu sprechen, die dem Doktor sagen, wo er suchen soll. Diese Worte, so muss ich nicht hinzufügen, werden an Ihre Ladyschaft gerichtet sein, wenn ich feststellen kann, dass Sie Ihre Verpflichtungen mir gegenüber treu einhalten."

Mit dieser kühnen Vorrede nennt er die Bedingungen, unter denen er seine Rolle in der Verschwörung spielen und (falls er stirbt) im Wert von tausend Pfund sterben wird.

Entweder die Gräfin oder der Baron sollen die Speisen und Getränke, die ihm ans Bett gebracht werden, in seiner Gegenwart probieren und sogar die Medikamente, die der Arzt ihm verschreiben wird. Die versprochene Geldsumme soll in einer Banknote vorgelegt werden, die in ein Blatt Papier gefaltet ist, auf dem eine vom Kurier diktierte Zeile steht. Die beiden Beilagen werden dann in einem Umschlag versiegelt, an seine Frau adressiert und mit einem Poststempel versehen. Der Baron oder die Gräfin können sich Tag für Tag und zu ihrer eigenen Zeit davon überzeugen, dass der Brief an seinem Platz bleibt und das Siegel nicht gebrochen ist, solange der Arzt die Hoffnung hat, dass sein Patient wieder gesund wird. Die letzte Bedingung folgt. Der Kurier hat ein Gewissen und besteht, um es zu beruhigen, darauf, dass er über den Teil des Komplotts, der sich auf die Beschlagnahmung meines Herrn bezieht, in Unkenntnis gelassen wird. Nicht, dass es ihn sonderlich interessiert, was aus seinem geizigen Herrn wird - aber er mag es nicht, die Verantwortung für andere auf seine Schultern zu nehmen.

Nachdem die Gräfin diesen Bedingungen zugestimmt hat, ruft sie den Baron herein, der im Nebenzimmer auf die Ereignisse gewartet hat.

Er ist darüber informiert, dass der Kurier der Versuchung nachgegeben hat, aber er ist noch zu vorsichtig, um irgendwelche kompromittierenden Bemerkungen zu machen. Mit dem Rücken zum Bett zeigt er der Gräfin eine Flasche. Sie ist mit "Chloroform" beschriftet. Sie versteht, dass mein Herr in einem günstigen Zustand der Bewusstlosigkeit aus seinem Zimmer gebracht werden soll. In welchem Teil des Palastes soll er denn versteckt werden? Als sie die Tür öffnen, um hinauszugehen, flüstert die Gräfin dem Baron diese Frage zu. Der Baron flüstert zurück: "In den Gewölben!" Der Vorhang fällt.'

# KAPITEL XXVIII

So endete der zweite Akt.

Als er sich dem dritten Akt zuwandte, blickte Henry müde auf die Seiten und ließ sie durch seine Finger gleiten. Sowohl sein Geist als auch sein Körper hatten das Bedürfnis, sich auszuruhen.

In einem wichtigen Punkt unterschied sich der spätere Teil des Manuskripts von den Seiten, die er gerade gelesen hatte. Hier und da zeigten sich Anzeichen eines überlasteten Gehirns, als sich der Entwurf des Stücks seinem Ende näherte. Die Handschrift wurde schlechter und schlechter. Einige der längeren Sätze waren unvollendet geblieben. Beim Austausch von Dialogen wurden Fragen und Antworten nicht immer dem richtigen Sprecher zugeordnet. In gewissen Abständen schien sich die nachlassende Intelligenz des Autors für eine Weile zu erholen, nur um dann wieder zurückzufallen und den Faden der Erzählung hoffnungsloser denn je zu verlieren.

Nach der Lektüre von ein oder zwei der kohärenteren Passagen schreckte Henry vor dem immer dunkler werdenden Grauen der Geschichte zurück. Er klappte das Manuskript zu, herzkrank und erschöpft, und warf sich auf sein Bett, um sich auszuruhen. Fast im selben Moment öffnete sich die Tür. Lord Montbarry betrat das Zimmer.

Wir sind soeben aus der Oper zurückgekehrt", sagte er, "und wir haben die Nachricht vom Tod dieser unglücklichen Frau gehört. Es heißt, Sie hätten in ihren letzten Momenten mit ihr gesprochen, und ich möchte wissen, wie es passiert ist.

'Sie werden erfahren, wie es geschah', antwortete Henry, 'und mehr als das. Sie sind jetzt das Oberhaupt der Familie, Stephen, und ich fühle mich verpflichtet, Ihnen in dieser bedrückenden Lage die Entscheidung zu überlassen, was zu tun ist.

Mit diesen einleitenden Worten erzählte er seinem Bruder, wie das Stück der Gräfin in seine Hände gekommen war. 'Lesen Sie die ersten Seiten', sagte er. 'Ich bin gespannt, ob wir beide den gleichen Eindruck haben.'

Noch bevor Lord Montbarry den ersten Akt halb durchgelesen hatte, hielt er inne und sah seinen Bruder an. 'Was meint sie damit, dass sie dies als ihre eigene Erfindung rühmt?', fragte er. 'War sie zu verrückt, um sich daran zu erinnern, dass diese Dinge wirklich passiert sind?'

Das genügte Henry: Sie hatten beide den gleichen Eindruck gewonnen. 'Sie werden tun, was Sie wollen', sagte er. 'Aber wenn Sie sich von mir leiten lassen wollen, ersparen Sie sich die Lektüre der folgenden Seiten, auf denen die schreckliche Sühne unseres Bruders für seine herzlose Ehe beschrieben wird.'

'Haben Sie alles gelesen, Henry?'

'Nicht alles. Ich bin davor zurückgeschreckt, einige der letzten Teile zu lesen. Weder Sie noch ich haben unseren älteren Bruder viel gesehen, nachdem wir die Schule verlassen hatten, und ich für meinen Teil hatte das Gefühl und hatte nie Skrupel, mein Gefühl auszudrücken, dass er sich Agnes gegenüber schändlich verhalten hatte. Aber als ich das unbewusste Geständnis der mörderischen Verschwörung las, der er zum Opfer fiel, erinnerte ich mich mit so etwas wie Reue daran, dass dieselbe Mutter uns geboren hatte. Ich habe heute Abend für ihn gefühlt, was ich, wie ich mich schäme, noch nie für ihn empfunden habe.'

Lord Montbarry nahm die Hand seines Bruders.

'Sie sind ein guter Kerl, Henry', sagte er, 'aber sind Sie sicher, dass Sie sich nicht unnötig gequält haben? Weil ein Teil der Schriften dieser verrückten Kreatur zufällig die Wahrheit sagt, folgt daraus, dass man sich auf den Rest bis zum Ende verlassen kann?

'Daran gibt es keinen Zweifel', antwortete Henry.

'Kein möglicher Zweifel?', wiederholte sein Bruder. 'Ich werde weiter lesen, Henry, und sehen, ob es eine Rechtfertigung für Ihre zuversichtliche Schlussfolgerung gibt.'

Er las unaufhörlich weiter, bis er das Ende des zweiten Aktes erreicht hatte. Dann blickte er auf.

'Glauben Sie wirklich, dass die verstümmelten Überreste, die Sie heute Morgen entdeckt haben, die Überreste unseres Bruders sind?', fragte er. 'Und glauben Sie das aufgrund solcher Beweise wie diesem?

Henry bejahte die Frage wortlos mit einem Zeichen.

Lord Montbarry beherrschte sich - er war offensichtlich kurz davor, einen empörten Protest einzulegen.

'Sie geben zu, dass Sie die späteren Szenen des Stücks nicht gelesen haben', sagte er. 'Seien Sie nicht kindisch, Henry! Wenn Sie darauf bestehen, Ihr Vertrauen auf so etwas zu setzen, dann sollten Sie sich wenigstens gründlich damit vertraut machen. Werden Sie den dritten Akt lesen? Nein? Dann werde ich ihn Ihnen vorlesen.'

Er wandte sich dem dritten Akt zu und überflog die bruchstückhaften Passagen, die klar genug geschrieben und ausgedrückt waren, um auch für einen Fremden verständlich zu sein.

'Hier sehen Sie eine Szene in den Gewölben des Palastes', begann er. Das Opfer der Verschwörung schläft auf seinem armseligen Bett, und der Baron und die Gräfin betrachten die Lage, in der sie sich befinden. Die Gräfin hat (soweit ich das beurteilen kann) das benötigte Geld aufgetrieben, indem sie ihre Juwelen in Frankfurt verpfändet hat, und der Kurier im Obergeschoss hat nach Aussage des Arztes noch eine Chance auf Genesung. Was sollen die Verschwörer tun, wenn der Mann doch genesen sollte? Der vorsichtige Baron schlägt vor, den Gefangenen freizulassen. Wenn er es wagt, sich auf das Gesetz zu berufen, ist es ein Leichtes, zu erklären, dass er einem Wahn unterliegt, und seine eigene Frau als Zeugin aufzurufen. Andererseits, wenn der Kurier stirbt, wie soll dann der beschlagnahmte und unbekannte Adlige aus dem Weg geräumt werden? Passiv, indem man ihn in seinem Gefängnis verhungern lässt? Nein: Der Baron ist ein Mann mit einem feinen Geschmack; er verabscheut unnötige Grausamkeit. Bleibt die aktive Politik - sagen wir, die Ermordung durch das Messer eines angeheuerten Bravo? Der Baron ist dagegen, sich einem Komplizen anzuvertrauen, und auch dagegen, Geld für jemand anderen als sich selbst auszugeben. Sollen sie ihren Gefangenen in den Kanal werfen? Der Baron lehnt es ab, dem Wasser zu vertrauen; das Wasser wird ihn an der Oberfläche zeigen. Sollen sie sein Bett in Brand setzen? Eine ausgezeichnete Idee, aber der Rauch könnte gesehen werden. Nein: Da sich die Umstände nun völlig geändert haben, ist es der einfachste Ausweg, ihn zu vergiften. Er ist einfach zu einer überflüssigen Person geworden. Das billigste Gift genügt... Ist es möglich, Henry, dass Sie glauben, dass dieses Gespräch wirklich stattgefunden hat?

Henry gab keine Antwort. Die Abfolge der Fragen, die ihm gerade vorgelesen worden waren, entsprach genau der Abfolge der Träume, die Mrs. Norbury in den beiden Nächten, die sie im Hotel verbracht hatte, erschreckt hatten. Es war sinnlos, seinen Bruder auf diesen Zufall hinzuweisen. Er sagte nur: 'Fahren Sie fort.'

Lord Montbarry blätterte die Seiten um, bis er zur nächsten verständlichen Passage kam.

Hier", fuhr er fort, "ist eine Doppelszene auf der Bühne - soweit ich die Skizze verstehen kann. Der Doktor ist oben und schreibt unschuldig seine Bescheinigung über das Ableben meines Herrn am Bett des toten Kuriers. Unten in den Gewölben steht der Baron bei der Leiche des vergifteten Lords und bereitet die starken chemischen Säuren vor, die ihn zu einem Häufchen Asche zerfallen lassen sollen... Sicherlich ist es nicht der Mühe wert, solche melodramatischen Schrecken zu entschlüsseln? Lasst uns weitergehen! Lasst uns weitergehen!'

Er blätterte weiter und versuchte vergeblich, den Sinn der verworrenen Szenen zu entdecken, die folgten. Auf der vorletzten Seite fand er die letzten verständlichen Sätze.

Der dritte Akt scheint in zwei Teile oder Tableaus unterteilt zu sein", sagte er. Ich glaube, ich kann die Schrift am Anfang des zweiten Teils lesen. Der Baron und die Gräfin eröffnen die Szene. Die Hände des Barons sind auf mysteriöse Weise durch Handschuhe verdeckt. Er hat den Leichnam nach seinem eigenen System der Einäscherung in Asche verwandelt, mit Ausnahme des Kopfes...

Henry unterbrach seinen Bruder an dieser Stelle. 'Lesen Sie nicht weiter!', rief er aus.

'Lassen Sie uns der Gräfin gerecht werden', beharrte Lord Montbarry. 'Es gibt kein halbes Dutzend Zeilen mehr, die ich ausmachen kann! Der Baron hat sich durch das versehentliche Zerbrechen seines Säurebehälters die Hände schwer verbrannt. Er ist noch immer nicht in der Lage, den Kopf zu zerstören - und die Gräfin ist Frau genug (bei all ihrer Bosheit), um den Versuch zu scheuen, seinen Platz einzunehmen - als die erste Nachricht von der Ankunft der Untersuchungskommission eintrifft, die von den Versicherungsbüros entsandt wurde. Der Baron ist nicht beunruhigt. Wie auch immer die Kommission ermitteln mag, es ist der natürliche Tod des Kuriers (in der Gestalt meines Herrn), dem sie blindlings nachgehen. Da der Kopf nicht vernichtet werden kann, besteht die offensichtliche Alternative darin, ihn zu verstecken - und der Baron ist der Situation gewachsen. Seine Studien in der alten Bibliothek haben ihm ein sicheres Versteck im Palast aufgezeigt. Die Gräfin mag davor zurückschrecken, die Säuren anzufassen und den Prozess der Einäscherung zu beobachten, aber sie kann sicher ein wenig Desinfektionspulver aufstreuen...

'Nicht mehr!' wiederholte Henry. 'Nicht mehr!'

'Es gibt nichts mehr zu lesen, mein lieber Freund. Die letzte Seite sieht aus wie ein reines Delirium. Sie könnte Ihnen durchaus gesagt haben, dass ihre Erfindung sie im Stich gelassen hat!

'Sehen Sie der Wahrheit ins Auge, Stephen, und sagen Sie, dass sie sich erinnert.'

Lord Montbarry erhob sich von dem Tisch, an dem er gesessen hatte, und sah seinen Bruder mit mitleidigen Augen an.

'Deine Nerven sind nicht in Ordnung, Henry', sagte er. 'Und das ist kein Wunder, nach dieser schrecklichen Entdeckung unter dem Herdstein. Wir werden nicht darüber streiten. Wir werden ein oder zwei Tage warten, bis Sie wieder ganz Sie selbst sind. In der Zwischenzeit sollten wir uns zumindest in einem Punkt verstehen. Sie überlassen mir als Familienoberhaupt die Frage, was mit diesen Seiten des Schreibens geschehen soll?'

'Das tue ich.'

Lord Montbarry nahm leise das Manuskript auf und warf es ins Feuer. 'Möge dieser Schund etwas nützen', sagte er und drückte die Seiten mit dem Schürhaken fest. 'Der Raum wird kühl - das Spiel der Gräfin wird einige dieser verkohlten Holzscheite wieder in Flammen setzen.' Er wartete ein wenig am Kamin und kehrte dann zu seinem Bruder zurück. 'Nun, Henry, ich habe noch ein letztes Wort zu sagen, und dann bin ich fertig. Ich bin bereit zuzugeben, dass Sie durch einen unglücklichen Zufall auf den Beweis für ein Verbrechen gestoßen sind, das in den alten Tagen des Palastes begangen wurde, niemand weiß, wie lange das her ist. Mit diesem einen Zugeständnis bestreite ich alles andere. Anstatt mich der Meinung anzuschließen, die Sie sich gebildet haben, werde ich nichts von dem glauben, was geschehen ist. Die übernatürlichen Einflüsse, die einige von uns spürten, als wir zum ersten Mal in diesem Hotel schliefen - Ihre Appetitlosigkeit, die schrecklichen Träume unserer Schwester, der Geruch, der Francis überwältigte, und der Kopf, der Agnes erschien - ich erkläre sie alle zu reinen Wahnvorstellungen! Ich glaube an nichts, an nichts, an nichts!' Er öffnete die Tür, um hinauszugehen, und blickte zurück ins Zimmer. 'Doch', fuhr er fort, 'es gibt eine Sache, an die ich glaube. Meine Frau hat einen Vertrauensbruch begangen - ich glaube, Agnes wird Sie heiraten. Gute Nacht, Henry. Wir verlassen Venedig gleich morgen früh.

So löste Lord Montbarry das Geheimnis des Spukhotels auf.

POSTSCRIPT

Eine letzte Chance, die Meinungsverschiedenheit zwischen den beiden Brüdern zu schlichten, blieb Henry. Er hatte seine eigene Vorstellung davon, wie er die falschen Zähne als Beweismittel einsetzen könnte, wenn er und seine Mitreisenden nach England zurückkehrten.

Die einzige überlebende Verwahrerin der häuslichen Geschichte der Familie in den vergangenen Jahren war Agnes Lockwoods alte Amme. Henry nutzte die erste Gelegenheit, um zu versuchen, ihre persönlichen Erinnerungen an den verstorbenen Lord Montbarry wiederzubeleben. Aber die Krankenschwester hatte dem großen Mann der Familie nie verziehen, dass er Agnes verlassen hatte, und sie weigerte sich entschieden, ihr Gedächtnis zu befragen. Schon der bloße Anblick meines Herrn, als ich ihn das letzte Mal in London sah", sagte die alte Frau, "ließ meine Fingernägel jucken, um ihr Zeichen auf seinem Gesicht zu setzen. Ich wurde von Miss Agnes auf eine Besorgung geschickt und traf ihn, als er aus der Tür seines

Zahnarztes kam - und Gott sei Dank war das das letzte Mal, dass ich ihn gesehen habe!

Dank der schnellen Auffassungsgabe der Krankenschwester und ihrer wunderlichen Ausdrucksweise hatte Henry das Ziel seiner Nachforschungen bereits erreicht! Er wagte es, sie zu fragen, ob ihr die Lage des Hauses aufgefallen sei. Sie hatte es bemerkt und erinnerte sich immer noch an die Lage - nahm Meister Henry an, dass sie den Gebrauch ihrer Sinne verloren hatte, weil sie zufällig fast achtzig Jahre alt war? Noch am selben Tag brachte er die falschen Zähne zum Zahnarzt und räumte damit alle weiteren Zweifel (falls Zweifel überhaupt noch möglich waren) für immer aus dem Weg. Die Zähne waren für den ersten Lord Montbarry angefertigt worden.

Henry hat die Existenz dieses letzten Glieds in der Kette der Entdeckung nie einem lebenden Wesen verraten, auch nicht seinem Bruder Stephen. Er trug sein schreckliches Geheimnis mit ins Grab.

Es gab noch ein anderes Ereignis in der denkwürdigen Vergangenheit, über das er das gleiche mitfühlende Schweigen bewahrte. Die kleine Mrs. Ferrari erfuhr nie, dass ihr Mann nicht, wie sie vermutete, das Opfer der Gräfin gewesen war, sondern deren Komplize. Sie glaubte immer noch, dass der verstorbene Lord Montbarry ihr die Tausend-Pfund-Note geschickt hatte, und schreckte immer noch davor zurück, von einem Geschenk Gebrauch zu machen, von dem sie beharrlich behauptete, es trage 'den Blutfleck ihres Mannes' in sich. Mit der vollen Zustimmung der Witwe brachte Agnes das Geld zum Kinderkrankenhaus und gab es aus, um die Zahl der Betten zu erhöhen.

Im Frühjahr des neuen Jahres fand die Hochzeit statt. Auf besonderen Wunsch von Agnes waren die Mitglieder der Familie die einzigen Personen, die bei der Zeremonie anwesend waren. Es gab kein Hochzeitsfrühstück - und die Flitterwochen wurden in einem Cottage am Ufer der Themse verbracht.

Während der letzten Tage des Aufenthalts des frisch verheirateten Paares am Flussufer waren die Kinder von Lady Montbarry eingeladen, einen Tag lang im Garten zu spielen. Das älteste Mädchen belauschte (und berichtete ihrer Mutter) einen kleinen ehelichen Dialog, der das Thema "Spukhotel" berührte.

'Henry, ich möchte, dass du mir einen Kuss gibst.'

'So ist es, meine Liebe.'

'Jetzt, wo ich deine Frau bin, darf ich mit dir über etwas sprechen?'

'Was ist es?'

'Etwas, das am Tag vor unserer Abreise aus Venedig passiert ist. Sie haben die Gräfin in den letzten Stunden ihres Lebens gesehen. Willst Du mir nicht sagen, ob sie Dir gegenüber ein Geständnis abgelegt hat?'

'Kein bewusstes Geständnis, Agnes - und daher auch kein Geständnis, das ich Ihnen zur Last legen müsste.'

'Hat sie nichts über das gesagt, was sie in dieser schrecklichen Nacht in meinem Zimmer gesehen oder gehört hat?'

'Nichts. Wir wissen nur, dass sie sich von dem Schrecken nie mehr erholt hat.'

Agnes war nicht ganz zufrieden. Das Thema beunruhigte sie. Sogar ihr eigener kurzer Verkehr mit ihrer unglücklichen Rivalin aus anderen Tagen warf Fragen auf, die sie verblüfften. Sie erinnerte sich an die Vorhersage der Gräfin. 'Sie müssen mich an den Tag der Entdeckung bringen und zu der Strafe, die mein Verhängnis ist. War die Vorhersage einfach verblasst, wie andere sterbliche Prophezeiungen? Oder hatte sie sich in der schrecklichen Nacht erfüllt, als sie die Erscheinung gesehen und die Gräfin unschuldig dazu verleitet hatte, sie in ihrem Zimmer zu beobachten?

Zu den anderen Tugenden von Mrs. Henry Westwick gehört jedoch, dass sie nie wieder versuchte, ihren Mann dazu zu überreden, seine Geheimnisse zu verraten. Die Ehefrauen anderer Männer, die von diesem außergewöhnlichen Verhalten hörten (und die in der modernen Schule der Moral und der Manieren erzogen wurden), betrachteten sie natürlich mit mitfühlender Verachtung. Sie sprachen von Agnes fortan als 'eine ziemlich altmodische Person'.

Ist das alles?

Ja, das ist alles.

Gibt es keine Erklärung für das Geheimnis von dem Spukhotel?

Fragen Sie sich selbst, ob es eine Erklärung für das Geheimnis Ihres eigenen Lebens und Todes gibt.

ENDE